당신은 이 클럽의 아홉 번째 회원이 되었습니다

지금 당신은 '육식주의자 클럽'이라 쓰인 네온간판 아래 지하로 향하는 계단참의 문을 열었습니다. 계단 아래에는 … 는 달리 제법 그럴듯한 레스토랑이 …
레스토랑에는 오래된 … 식탁과 아홉 개의 의자가 있습 … 끝에 지친 기색이 역력한 붉은 … 사생활을 엿본 후 불안으로 밤을 … 앉아 있습니다. 천재 수학자와의 마지막 인터뷰를 앞둔 대학원생도, 금방이라도 폭발할 것 같이 무거운 증기를 뿜어내고 있는 로봇을 타고 온 군인도 있습니다. 식탁에 앉지도 서지도 못한 채 지하를 빠져나가지 못한 음식 냄새를 쫓다 소식 없는 연인을 떠올리며 눈물을 흘리는 탐험가도 있습니다. 조선의 탐라에서 지금의 제주를 거쳐 오느라 옛날 복식인 탐정과 자신이 예순두 살의 국어 교사라고 우기는 갓난아이는 서로를 믿지 못해 의심의 눈길이 가득합니다.
당신은 계단을 내려와 이 기묘한 레스토랑으로 들어섭니다. 마지막 회원의 도착을 확인한 클럽 회장은 식탁에 놓인 유리잔을 들어 포크로 영롱한 소리를 냅니다. 당신을 포함한 여덟 명의 회원은 그 소리에 주목합니다.
회장은 당신을 포함한 회원 한 사람 한 사람의 표정을 찬찬히 읽습니다. 그간 자신을 포함한 여덟 명의 회원이 차례로 가져온 음식을 떠올리는 듯 입술을 훔치는 혀의 놀림이 제법 군침을 돌게 합니다. 이제 당신을 포함한 여덟 명의 회원은 더는 기다릴 수 없다는 듯 앞에 놓인 유리잔을 포크로 두드리며 회장을 재촉합니다.
"지금부터 육식주의자 클럽의 아홉 번째 정기 시식회를 시작하겠습니다."
당신은 이곳에서 그간 상상조차 하지 못했던 음식을 맛보게 될 것입니다. 상상은 직접이든 간접이든 경험을 근거로 하는 것이기에, 지금부터 맛볼 요리는 절대 상상하지 못한 것이 분명할 겁니다.
하지만 이곳에도 규칙은 있습니다. 이에 동의한다면, 당신은 지금부터 매우 만족스러운 요리를 맛보게 될 것입니다.
"우리 육식주의자 클럽의 규칙에 따라 이 시간 이후로 들은 이야기는 모두 비밀에 부칠 것을 제안합니다. 동의하십니까?"

육식주의자 클럽

육식주의자 클럽

임성순
한현영
김이환
정명섭
강지영
전건우
배상민
문지혁

차례

계절의 끝

임성순

성균관대학교에서 국어국문학을 전공했다. 지은 책으로는 장편소설 《컨설턴트》, 《문근영은 위험해》, 《오히려 다정한 사람들이 살고 있다》, 《극해》, 《자기개발의 정석》, 《우로보로스》 등이 있다.

또다시 흙먼지가 날려 옵니다. 건물의 실루엣이 뿌연 황사 속에 사라집니다. 이제 하늘은 피처럼 붉게 변했다가 흑갈색의 어둠 속에 잠길 겁니다. 벌써 몇 주째 모래바람이 불었습니다. 과거, 우리가 봄이라 불렀던 계절의 끝까지. 그렇게 익숙한 풍경들은 차례로 모래 속으로 사라져갑니다.

오늘은 모처럼 숙소를 떠나 지하철 두 정거장 거리를 걸어갔습니다. 당신에게 편지를 써야겠다고 생각했고 편지를 쓰려면 종이가 필요했거든요. 종이는 여러모로 요긴하게 쓰이는 탓에 충분히 가지고 있지만 당신에게 쓰는 편지만은 꼭 편지지에 적고 싶었습니다. 어떻게 할까 고민하고 있을 때, 아직 식량을 구하러 다니던 시절에 지하철 두 정거장쯤 떨어진 문구점이 떠올랐습니다. 방한제를 보강하기 위해 문구점을 뒤지는 동안 언뜻 편지지를 봤었죠.

바로 짐을 꾸렸습니다. 비닐에 쌓아놓은 횃불 두 개, 밧줄 한 묶음, 라이터, 방수포, 말린 고기 약간 그리고 고장 난 손전등과 쇠지레를 챙겼습니다. 지하철 두 정거장은 이제 너무 먼 거리니까요. 당신은 버스 한 정거장도 택시를 탔던 절 떠올리며 웃을지도 모르겠습니다. 짧은 거리는 운동 삼아 걸으라고 늘 잔소리했었죠. 하지만 어쩌면 이 두 정거장에 목숨을 걸어야 할지도 모릅니다. 특히 지금처럼 바람이 부는 계절엔 말이죠.

숙소에서 나와 저는 지하철과 이어진 통로를 가로질렀습니다. 계단을 내려가는 동안 발소리는 지하 깊숙이 내려갔다가 떨어지는 물방울 소리와 함께 되돌아왔습니다. 마지막 계단에 내려서면 어둡고 습한 지하의 공기가 몸에 감겨 옵니다. 움찔하는 마음에 저도 모르게 한 걸음 뒤로 물러섰습니다.

눈보라 치는 한겨울이나, 바람이 부는 계절이면 과거 지하철이 다녔던 철로를 따라 이동합니다. 미리 확인한 길만을 다니죠. 하지만 그게 별 도움은 되지 않습니다. 약도를 만들어도 봤지만 아무 소용 없었습니다. 있던 길이 사라지고 없던 길이 나타나는 일이 빈번하니까요. 지하철의 절반은 무너져버렸고, 나머지 절반은 물에 잠겨 있습니다. 무너진 골조 아래로 기어야 하는 곳도 있고, 머리에 짐을 이고 목까지 찬 물을 까치발로 건너야 하는 곳도 있습니다. 수량에 따라 길은 살아 있는 생명체처럼 변합니다. 몰랐는데 지하철이란 놀랄 만큼 금방 지하수가 차오르더군요. 철로를 따라 전철이 다니던 시절엔 지하철 내부의 펌프로 물을 퍼냈던 거겠죠. 어떤 역들은 매표소 천장까지 물이 차올라 있습니다. 물론 물이 귀한 때이니 이런 지하수를 불평할 수는 없지요. 식수뿐만 아니라 통발이라도 넣어놓으면 아주 드물게 눈먼 송사리라도 낚을 수 있으니까요.

어쨌든 물이 차면 콘크리트의 철근이 부식하고, 그 부식을 따라 균열이 생긴 후, 겨울이면 그 틈으로 흘러든 얼음이 팽창해 점점 금이 갑니다. 그렇게 균열은 자랍니다. 지하로 내려가면 한때 굳건했던 콘크리트 벽들은 온통 금이 가 있습니다. 심각한 것들은 주먹이 들어갈 정도로 틈이 벌어져 있죠. 지금 제 앞에 있는 이 균열처럼 말입니다. 그 사이로 손을 넣어봅니다. 싸늘한 기운이 손가락 끝을 휘감습니다. 문득 생각합니다. 언제 무너져도 이상할 것이 없겠구나.

위험하지 않냐고요? 물론 위험하죠. 편지지를 구하기 위해서는 목숨을 걸어야 한다는 건 농담이 아닙니다. 하지만 이마저도 지상에 비하면 너무나 안전한 편입니다. 이 계절에 지상에 있다간 모래와 먼지바람에 갇혀 길을 잃어버리고 제자리를 맴돌다 죽을 수도 있으니까요. 고작 10여 미터 거리를 이동하다 길을 잃어버릴 뻔한 적도 있습니다. 그땐 코끝도 보이지 않을 만큼 모래바람이 심했으니까요. 이 계절에 밖에서 움직일 수 있는 거리는 허리에 밧줄을 묶고 나갈 수 있는, 딱 그 거리만큼입니다. 그마저도 1분만 서 있어도 속옷까지 모래가 들어오곤 합니다. 그러니 지하로 갈 수밖에요. 다만 어둠이 맘에 들지 않을 뿐입니다. 당신이 떠난 사이 어둠에 대한 안 좋은 기억들이 많이 생겼으니까요.

손전등을 가지고 다니던 무렵 어둠은 불편한 것이긴 해도 두려운 것은 아니었습니다. 하지만 이제 건전지는 포장에 든 새것이라 해도 모두 방전되어 있습니다. 처음 2, 3년간은 캠핑용 가스랜턴을 운 좋게 구해 잘 쓰고 다녔지만, 부탄가스가 그 긴 겨울 동안 가장 먼저 소진된 물품들 중 하나였죠. 그 이후 핸디 발전기가 달린 자가발전형 손전등을 썼지만 그조차도 충전지의 수명이 다해 핸들을 돌리는 동안만 반딧불이 같은 빛을 깜빡일 뿐입니다. 정말 위급한 순간에 쓰려고 보조로 챙기지만 램프의 빛은 죽어가는 이의 마지막 숨처럼 깜빡입니다. 그래서 횃불을 만들었습니다. 헝겊에 수지 그리고 약간의 알코올을 섞었죠. 플라스틱 타는 냄새가 역하고, 그을음이 생각보다 많이 나지만 불평할 입장은 못 됩니다. 이마저도 없으면 정말 지하로 내려갈 수 없거든요. 그래도 안심할 수는 없습니다. 횃불은 침수 구역을 이동할 때면 꺼져버리기 일수니까요. 침수된 구역의 깊이가 제 키보다 높거나 천장에 생긴 틈으로 지하수가 흘러내리면 피식 하는 소리와 함께 빛은 사라져버립니다. 불이 꺼지는 그 순간 마주해야 하는 어둠은 검은 공간이 차가운 손을 내밀어 목을 조르는 느낌입니다. 비유가 아니에요. 정말 숨을 쉴 수 없거든요. 부들부들 떨리는 손으로 라이터를 켜든, 손전등을 돌리든, 어떻게든 빛을 만들고 나면 그제야 숨을 쉴 수 있습니다. 손끝이 저리고, 몸이 싸늘해진 채 말이죠. 이마저도 물에 빠져 불이 꺼진 경우에 비하면 운이 좋은 편이죠. 생존을 위한 도구와 장비가 가득한 배낭을 메고 검은 물속에서 허우적대는 순간에는 두려움과 이성이 아슬아슬한 줄타기를 합니다. 배낭을 벗고 물 밖으로 나가면 살 수 있지만, 이것들을 잃어버리면 앞으로의 삶이 막막해지는 현실이 죽음만큼이나 분명하게 턱밑까지 차오르니까요.

이런 이유로 이 계절에 이동하는 건 바보 같은 짓입니다. 그렇다고 미안해하진 마세요. 정말 당신 때문에 목숨을 걸고 편지지를 구하러 나온 것은 아니니까요. 그 정도로 현실감이 없다면 지금까지 살아남지 못했을 겁니다. 편지지는 핑계일 뿐이에요. 실은 버티고 버티다 못해 끊어질 듯한 마음을 추스르기 위해 도망쳐 나온 겁니다.

바람의 울부짖는 소리가 하루 종일 들리고, 밤낮을 구분할 수 없는 어둠이 계속되면 집에 있는 것은 일종의 투쟁이 됩니다. 폐쇄된 공간이 주는 숨 막힘과 그치지 않는 윙윙거리는 바람 소리는 사람을 신경증 직전까지 몰아붙입니다. 때때로 잠에서 깨면 귀를 틀어막은 채 소리를 지릅니다. 당신은 이해할 수 없을 겁니다. 신경이 곤두서다 못해 턴테이블의 바늘처럼 날이 선 채 손톱으로 벽을 긁으며 바람 소리에 이기기 위해 비명을 지르는 순간의 절망감을. 정말 끔찍한 게 뭔 줄 아세요? 그 비명조차 바람 소리에 끝내 묻혀버리고 만다는 겁니다. 겨울이 가혹함과 싸워야 한다면, 이 계절은 광기와 싸워야 합니다. 하는 일 없이 식량이 줄어드는 것을 멍하니 바라보는 동안 바람, 바람, 바람, 바람 소리는 그치지 않습니다. 물론 이 불안과 광기가 폐쇄감이나 줄어드는 식량 때문만은 아닐 겁니다. 사냥을 하고 필요한 물품들을 찾고, 고장 난 것들을 고치고, 살아남기 위해 노력하는 동안은 정말 아무 생각도 하지 않을 수 있습니다. 몸을 움직이고 정신없이 쏘다니다 지쳐 쓰러져 잠들면 하루는 그렇게 평화롭게 끝나죠. 하지만 방에 갇혀 아무것도 못 하는 순간이 오면 어쩔 수 없이 좋았던 시절의 기억들이 떠오릅니다. 당신과 함께 했던, 안전하고 풍요롭고 행복했던 그 기억들 말이죠. 그래서 편지지 핑계를 대며 이렇게 안전한 숙소 밖으로 나올 수밖에 없는 겁니다. 목숨을 걸고 종이를 구하는 동안은 정말이지 아무것도 생각하지 않을 수 있으니까요. 아이러니하지 않나요? 망각하기 위해 추억을 되돌리려 하고 그것에 목숨까지 걸고 있다는 게.

그렇게 지금 어둠 속에 있습니다. 횃불이 타는 소리를 들으며 앞으로 나갑니다. 그때마다 무너진 콘크리트 옹벽들은 다른 형상으로 변하고, 발자국 소리는 통로를 따라 메아리칩니다. 바람이 모든 소리를 집어삼키는 지상과 달리 이곳은 고요합니다. 그것만으로 다른 세상에 온 기분입니다. 어둠이 횃불의 빛에 따라 춤추고 다른 그림자를 만드는 이곳은 마치 꿈속 같습니다. 뭐,

분명 좋은 꿈은 아닙니다.

얼마 전 당신 꿈을 꿨습니다. 제 꿈속에서 당신은 길을 걷고 있습니다. 제가 마지막으로 볼 때 신고 있었던 낡은 전투화를 신고, 모래바람이 불어오는 언덕을 홀로 가고 있습니다. 낡은 배낭과 목에 감은 목도리의 색이 바랜 것을 제외하고는 마지막 모습 그대로입니다. 돌아오겠다는 약속을 하지 않았다면 좀 더 편했을까요? 아니면 그 약속이 있었기에 지금까지 버틸 수 있었을까요? 하지만 이젠 알고 있습니다. 누군가 떠났다가 갑자기 돌아오기엔 너무 어려운 시절이라는 것을. 당신이 돌아올 것이라는 희망을 부적처럼 움켜쥐고 있었던 순간들도 있었습니다. 그러면 그 모든 괴로운 순간들을 모래를 삼키는 기분으로 버틸 수 있었습니다. 그러나 희망이라는 것도 시간 아래 천천히 빛이 바래더군요. 그리하여 이제는 꿈속의 당신 옷차림처럼 낡고 바랜 무언가가 되었습니다. 그리고 동시에, 그렇기에 끝끝내 포기할 수 없는 것이 되었습니다. 이런 마음을 당신은 이해할 수 있을까요? 마음 한 귀퉁이, 아주 작은 부분은 여전히 당신이 떠나갔던 그 길을 까치발로 바라보고 있습니다. 그 풍경들조차 쌓여가는 흙먼지 속에 차례로 서서히 사라져가고 있지만요.

'자를 대고 그어 잘라낸 듯 반듯한 사람.'

바짝 민 당신의 푸른 귀밑머리를 보며 이렇게 생각했습니다. 내 질문에 당신은 짧은 말로만 답했고, 그 때문에 당신이 날 싫어한다고 확신했습니다. 이유가 뭘까? 아무리 생각해 봐도 알 수 없었기에 약간은 화도 났었습니다.

"저랑 이야기하는 게 싫으세요?"

"아니요."

당신은 테이블에 올라와 있는 자신의 손을 바라보며 이렇게 답했습니다. 길고 가는 손가락이었죠. 바짝 잘라 있는 손톱들에 제 손끝이 간지러울 지경이었습니다.

"근데, 어떻게 두 마디도 답을 안 하세요?"

"긴장하면 말수가 적어지거든요."

한숨이 나왔습니다. 말하는 내내 시선조차 피하다니.

이상한 첫 만남이었습니다. 그날 인터뷰를 하러 가기로 한 건 실은 제가 아니었거든요. 담당 기자가 욕실에서 미끄러져 발목을 접질렸고, 당시 제가 세 살던 집이 당신이 일하던 연구소에서 가까웠으며, 외근을 핑계로 일찍 퇴근할 욕심에 덥석 대신 인터뷰하겠다고 나선 길이었습니다. 대멸종을 연구하는 과학자라는 타이틀도 호기심을 자극했습니다. 하지만 받아 온 원고는 모르는 과학용어들뿐이었고, 당신은 휴대전화의 음성인식 프로그램보다 짧은 답만을 하고 있었습니다.

"그러니까 별로 긴장하실 것 없어요. 불편하신 내용은 원하시면 뺄 테고 어차피 기사의 반은 사진이 나갈 거니까……."

"인터뷰 때문에 긴장한 게 아닙니다."

"그러면요?"

당신은 제 눈을 응시하며 커다란 눈을 껌벅였습니다. 저는 반사적으로 의자 등받이에 몸을 기댔죠. 그제야 비로소 당신의 모습이 한눈에 들어왔습니다. 유난히 하얗고 긴 목과 목보다 더 가늘었던 손가락 그리고 짧게 자른 머리. 어딘지 껑충하고 희미한 인상이었습니다. 그 순간 떠올랐던 것은 바람에 흔들리는 한해살이풀이었습니다. 여름 햇볕에 거침없이 쑥쑥 자라다 서리가 내리면 속절없이 죽어버리는, 그런 풀 말입니다.

당신이 떠난 한 달 뒤, 그러니까 그해 8월 첫 서리가 내렸습니다. 일기예보에선 그 일을 기상이변이라 했지만, 그 이변이 앞으로 2년간 지속될 것이라는 걸 그때는 아무도 알지 못했습니다. 이파리가 갈색으로 변해 말라가던 식물들은 흰 서리를 뒤집어쓴 채 얼어 죽었습니다. 운명의 날 이후 가로수부터 잡초까지 식물 대부분은 제대로 자라지 못했고, 논에선 벼꽃조차 피지 못했으므로 올해 식량 생산은 불가능하다는 건 누구나 이미 알고 있었습니다. 그래서 배급도 별 불평 없이 받아들이고 있었죠. 그러나 눈앞에서 얼어 죽어가는 식물들을 보자 다들 겁에 질렸습니다. 며칠 뒤, 첫눈이 내리기 시작하자 도시를 떠나는 사람들이 생겨나기 시작했습니다. 이내 떠나는 이들은 거대한 무리를 이뤘죠. 뉴스에서는 눈의 ph가 4.0 전후라며 산성이니 맞지 말 것을 경고했지만 그들의 발길을 막을 순 없었습니다. 그들이 향한 곳은 항구였습니다. 바다 건너 다른 나라에 가면 식량이나 물자가 풍부하다, 재난이 일어나지 않았다, 따뜻하다, 괴질을 피할 수 있다 따위의 소문을 믿고 모인 것이었습니다. 그들을 어리석다 할 수는 없었습니다. 무엇보다 희망이 필요했고, 희망은 저 밖에 있는 것처럼 보였으니까요. 그들은 화물선에 까맣게 달라붙어 어떤 전쟁의 피난민처럼 눈발이 휘날리는 이 나라를 떠났습니다. 애달픈 작별의 목소리가 부둣가에 울렸죠. 그 뒤, 떠난 이들은 아무도 돌아오지 않았습니다. 그들의 희망대로 어떤 이상적인 피난처를 찾았을까요? 떠나기 전 당신이 했던 말이 사실이라면 그럴 가능성은 희박하겠지요.

도시가 텅 비어가는 동안 수은주는 곤두박질쳤고 방송에서는 지역별로 대피소를 발표했습니다. 난방이 가능한 몇몇 장소를 정했으니 그곳에 모여 이 겨울을 견디라는 것이었습니다. 식량 배급의 거점 역할도 했으므로 남은 사람들은 대피소에 모였죠. 얼마 남지 않은 사람들이 모였음에도 대피소는 너무 좁았고, 또 추웠습니다. 대피소에서 만난 다른 기자에게 외국 소식을 들었습니다. 소문으로는 정부에서 해외로 조사단을 파견했는데 그들 중 돌아온 사람은 없다고요. 그것은 당신에 대한 소식이기도 했습니다. 저는 절망하지 않기 위해 이를 악물었습니다.

그 2년간의 겨울을 무어라 말할 수 있을까요? 고립과 소멸? 느린 동사? 예정된 멸종? 소설이나 영화에서 흔히 나오곤 하는 종말의 대혼란은 없었습니다. 배급량은 서서히 줄어들었지만,

모두 정부의 지시를 잘 따랐습니다. 언론이랄 것도 형식뿐이었지만 그마저 정부 통제하에 있었고, 모든 물자를 국가가 독점하고 있었으며 공권력은 마치 성벽 같았습니다. 당장의 생존을 위해 누구도 감히 시스템을 벗어날 엄두를 내지 못했습니다. 오히려 혼란을 부추기거나 이기적인 이들은 과할 정도로 사람들에게 조리돌림을 당하기 일쑤였죠. 어찌 보면 이해할 수 있는 반응이었습니다. 미증유의 재난에 믿고 의지할 무언가가 필요했던 것이겠죠. 종교 같은 애국심? 맹목적 집단주의? 생존을 위한 몸부림? 그것을 뭐라 불러야 할지는 알 수 없었지만, 그 무엇도 똘똘 뭉친 사람들의 결속을 깰 수 없을 것만 같았습니다. 그리고 실제로 결속은 깨지지 않았죠. 단지 쌓이는 눈 속에 천천히 파묻혔을 뿐입니다.

그래요. 그 겨울 끊임없이 내리는 눈이 있었습니다. 아직 최소한의 기능을 유지하고 있던 정부에서는 대피소들을 고립시키지 않기 위해 모든 인력을 제설작업에 집중했지요. 어차피 대피소에서 달리 할 만한 일도 없었습니다. 하지만 점점 도로망을 유지해 나가는 게 힘들어졌습니다. 제설차도, 다른 장비도 없이 오직 사람의 손으로 눈을 치워야 했으니까요. 설상가상으로 배급량이 줄며 사람들의 체력은 떨어졌고, 추위 아래 그런 가혹한 작업을 감당할 수 없었습니다. 병으로 쓰러지는 사람들이 늘었고, 일단 쓰러진 이들은 대부분은 끝끝내 일어나지 못했습니다. 아주 서서히 주요 도로에서 멀거나 도심에서 먼 대피소들부터 차례로 고립되어 연락이 두절되었습니다. 전기나 수도 같은 기간시설들도 하나둘 기능을 상실하며 대피소에만이라도 유지되던 전기나 수도, 가스들이 차례로 끊겼습니다. 국가라고 부를 만한 집단이 사실상 사라진 것이나 다름없었습니다. 아사 직전의 사람들이 유령처럼 대피소를 지키는 동안 혹한을 견디다 일제히 동사한 다른 대피소에 대한 소문이 입을 타고 전염병처럼 돌았습니다. 그리고 실제로 폐렴이 유행처럼 번져나갔죠. 하지만 이듬해에도 봄은 오지 않았고 5월 하순, 대피소 앞 새벽 기온은 영하 30도를 갱신했습니다.

그 후 대피소에서 무슨 일이 일어났는지는 저도 잘 모릅니다. 그곳에서 나왔거든요. 당신이 돌아오리라는 희망을 버릴 수 없어서 그 좁은 집 창문에 솜이불과 나무를 덧대고, 방 안에 페인트 통으로 작은 화로를 만들었습니다. 대피소와 집을 오가며 작년부터 준비해 두었던 것들이었죠. 여름이 오지 않고 해빙이 되지 않을 것이 확실해지자 저는 대피소를 떠났습니다. 죽을 때 죽더라도 좁고 지저분한 곳에서 다른 사람들과 함께 있기보다는 당신이 돌아올지도 모를 집에서 죽고 싶었으니까요. 더구나 배급이라고 나오는 음식은 미음이라고 부르기도 미안한 물을 탄 풀이 전부였으니 아쉬울 것도 없었죠. 물론 추웠습니다. 그래서 매일 빈집들에 들어가 나무로 된 가구를 부수어 그것을 장작 삼아 불을 지폈습니다. 이미 어디에도 식량이랄 것은 없었지만, 얼어붙은 상점가를 돌아다니면 사람들이 버리고 간 물건들이 잔뜩 있었으니까요. 그중엔 사료도 있었죠. 그래요. 애완용품샵 뒤편 창고에서 사료들을 발견했을 때 얼마나 기뻤는지 당신은 상상할 수 없을 겁니다. 사료들과 물고기용 건사료 그리고 개껌 등등이 그 긴 겨울의 제 주식이었습니다. 입김조차 얼어버릴 것 같은 방에서 페인트 통에 불을 피워놓고 물을 부은 사료를 끓인 후, 열대어 건사료를 양념처럼 뿌려먹었습니다. 그리고 이불을 뒤집어쓴 채 말라비틀어진 꽃다발만을 바라보고 있었죠. 그래요. 당신이 꺾어주었던 그 꽃다발 말입니다.

허벅지까지 차는 물을 거스르며 지하의 통로를 지나갑니다. 과거 강바닥 밑에 만들었던 이 길은 지하수가 금방 차오르죠. 거꾸로 떨어진 역 간판을 넘어 계속 물을 거슬러 올라갑니다. 물은 차갑고 바닥은 미끄러우며 젖은 바지는 자꾸 다리에 감깁니다. 휘청일 때마다 횃불은 꺼질 듯 위태롭습니다. 간신히 벽을 짚고 자세를 가다듬고 있을 때, 이상한 소리가 들립니다. 저는 그 자리에 얼어붙은 듯 멈춰 섭니다. 팔을 따라 온몸에 소름이 돋고 몸의 근육이 긴장합니다. 그 희미한 소리는 통로의 끝에서 들려옵니다. 저는 이내 소리의 정체를 깨닫습니다. 긴장이 풀리며 반사적으로 앞으로 튀어 나갑니다. 뜻밖의 횡재에 기뻐하면서.

"그러니까 약육강식이란 말이 잘못된 거야. 잡아먹히는 쪽이 절대 약한 게 아니라는 거지."

"그게 말이 돼? 먹히는 쪽이 약한 게 아니면?"

"살아남는 쪽이 강한 거지."

"무슨 소리야. 먹히면 죽는 거잖아. 당연히 먹는 쪽이 살아남는 거고 강한 거잖아."

"개체 하나는 그렇겠지. 하지만 종의 입장에서 보면 달라. 포식자가 멸종하는 경우도 아주 흔하거든. 아니, 엄밀히 말하자면 포식자 쪽이 훨씬 환경 변화에 취약하지."

연구소에 들러 당신을 태우고 퇴근하는 길엔 이런 대화를 주고받았던 기억이 납니다. 사실 저는 관심도 없던 내용들이었죠. 다만 무엇이든 당신과 대화하고 싶었을 뿐입니다. 지금 하고 있는 연구를 설명할 때 진지한 중저음의 목소리와 미간에 생기는 주름을 좋아했으니까요.

"그렇다고 약육강식이란 말이 틀렸다는 건 좀 이상하네. 학교에서도 배우는 거잖아."

"당신은 쥐가 강하다고 생각해? 인간이 강하다고 생각해?"

"그걸 질문이라고 해? 당연히 인간이지."

"언젠가는 인간이 더 강해질 수도 있겠지만, 아직은 아니야. 예를 들어 하늘에서 지름 30킬로미터의 운석이 떨어진다고 가정했을 때, 인류는 멸종하겠지만 쥐는 살아남을 거야. 실제로 백악기 공룡이 멸종할 때도 그랬거든."

"뭐, 세상이 망해도 바퀴벌레는 살아남는다는 그런 이야기?"

"그래. 쥐는 암컷 한 마리가 1년에 400마리 새끼를 낳고, 반년이면 성체로 자라 가임 개체가 돼. 현재 지구상 설치류의 개체 수는 은하계의 항성 수보다 많을 거라 추정하고 있지. 만약 인간조차 개미 수준의 지성으로 인식하는 초월적인 외계인이 나타나 지구를 연구한다면 어쩌면 쥐가 지배하는 행성으로 분류할지도 모를 일이야."

당신은 멸종을 연구하는 학자답게 이런 신기한 이야기를 하곤 했습니다.

"하지만 쥐는 인간 같은 문명이 없잖아. 인간은 문명을 만들고 지구의 환경까지 지배하고 있는데?"

"과연 그럴까? K-Pg 대멸종 때, 백악기 말 공룡들 중 인류랑 똑같은 종이 나타나 피부가 파충류 피부라는 것만 빼고 똑같은 문명을 이룩해, 똑같이 발전했다고 치자고. 그래. 만약 그런 공룡 인간이 존재해서 막 인공위성도 발사하고 우주도 나가고 인류 같은 문명을 이룩했다고 가정해 보자고. 그런데 운석 하나가 떨어졌어. 그래서 멸종했다면 지금 지구 역사와 뭐가 다를까?"

"뭐가 다른데?"

"아무것도 다를 게 없어. 그들이 뭘 이룩했건 이 유구한 시간 동안 아무것도 안 남을 테니까."

"에이 그게 무슨 말도 안 되는 소리야."

"실제로 그래. 인간이 이룩한 문명이란 유감스럽게도 아직은 고작 그 정도야. 멸종 후 2만 년? 아니면 넉넉잡아 10만 년 정도면 흔적조차 남지 않을 거라고. 장례 풍습 때문에 화석도 남지 않을 테고. 100만 년 정도가 지나면 지구는 인류가 애초에 존재하지 않았던 것처럼 시치미 뚝 떼고 있을걸. 기껏해야 유일하게 남는 건 방사성 폐기물 정도겠네. 그 연료봉조차도 인공적인 형태를 잃어버려서 자연광물처럼 보일 테지만. 5,000만 년쯤 후에 인간 비슷한 새로운 종이 나타나서 인간이 거주했던 지층을 발굴해도 무엇 하나 찾을 수 없을 거야."

"하."

정체로 막힌 강변도로를 따라 늘어선 자동차 미등을 바라보며 당신은 이렇게 덧붙였습니다.

"그럼에도 쥐나 쥐 비슷한 후손은 지구에서 여전히 살아 있을 거야. 아주 번성하면서. 이게 유구한 지구 역사 앞에 위대한 인간 문명의 수준이지."

쥐에 대해선 당신이 옳았습니다. 세상이 이 모양이 되어도 쥐들은 여전히 잘 살고 있죠. 그 긴 겨울 동안 멸종했을 거라 생각했는데, 날이 풀리자 어디에선가 일제히 몰려나오더군요. 그리고 순식간에 늘어났습니다. 고맙게도요.

제가 허벅지까지 차오른 물을 가르며 향한 곳도 쥐 울음소리 때문이었습니다. 그 소리는 갓 태어난 쥐 울음소리였거든요. 몇 차례 헤맨 끝에 버려진 철로 신호기의 전원박스 안쪽에서 아직 털도 나지 않은 여덟 마리의 갓 태어난 새끼 쥐들을 찾을 수 있었습니다. 살구색 핏덩이들은 심지 같은 다리를 꼬물거리며 옹

기종기 모여 있었습니다. 저도 모르게 미소를 지었습니다. 입안에 침이 고였거든요. 믿어지세요? 그래요. 저도 이렇게 변한 제가 믿어지지 않으니까요.

처음 먹었던 쥐는 튼실한 시궁쥐였습니다. 막 겨울이 끝나고 날이 풀릴 무렵 사방에서 쥐들이 쏟아져 나왔습니다. 그 무렵 쥐들은 동사한 사람들과 동물들의 사체를 먹으며 엄청나게 살이 올랐었습니다. 천적도 없고, 먹이는 많았으므로 쥐들은 엄청나게 늘어나 무리를 이뤘고, 저는 그것들이 무서워 늘 피해 다녔습니다. 때때로 무리를 이뤄 도로를 가로지르는 쥐 떼를 발견하고 기겁하곤 했습니다.

그리고 사료가 떨어졌습니다. 먹을 게 아무것도 없었습니다. 매일 폐허 속을 떠돌았지만 먹을 만한 거라곤 구두 뒤창조차도 남아 있지 않았습니다. 지난겨울 동안 사람이 먹지 못했다면, 쥐가 이미 먹어치웠으니까요. 겨울이 끝난 자외선이 내리쬐는 지표면에는 잡초조차 나지 않았고, 맹물만 실없이 들이켠 저는 퀭한 눈으로 해가 떨어지면 먹을 걸 찾아 텅 빈 도시를 떠돌았죠. 하지만 아무것도 찾을 수 없었습니다.

텅 빈 사료통에 떨어져 갇혀버린 쥐를 발견한 것은 2주째 굶고 있을 때였습니다. 너무나 배고파 책의 종이를 질겅질겅 씹다가 헛구역질을 했던 날이었습니다. 그 순간 제 눈에 그 큼지막한 시궁쥐는 고기로 보이더군요. 몸이 먼저 움직였습니다. 주저 없이 손을 집어넣어 저는 흑회색의 그놈을 움켜잡았습니다. 그래요. 벌레도 잡지 못하는 저였지만, 그 순간만큼은 꽉 잡고 놓지 않았죠. 제 손이라도 물어보기 위해 발버둥 치는 시궁쥐의 튼실한 맥박에 절로 미소가 나왔습니다. 손안에 살아 움직이는 고기가 있었으니까요. 저는 시멘트 벽에 그 쥐를 있는 힘껏 집어 던졌습니다. 빡 하는 소리와 함께 바닥에 떨어진 쥐는 피를 토했습니다. 앞다리는 경련하고 있었고, 꼬리가 몇 번인가 바닥을 쓸었습니다. 그렇게 한차례 꿈지럭거린 후 쥐는 이내 죽어버렸죠.

내장을 꺼내고 꼬치에 꿰었습니다. 누가 알려주지 않아도 이런 건 절로 하게 되더군요. 불 속에서 기름이 자글자글 끓어오르는 동안 쥐를 꿴 꼬치를 든 손이 떨렸습니다. 단백질이 타며 만들어내는 냄새가 그토록 좋은 향기라는 걸 그날 처음 깨달았습니다. 세포 하나하나를 깨우는 듯한 천상의 향이었죠. 배는 먹을 걸 달라고 요란스럽게 꾸르럭댔습니다. 쥐는 더럽다는 고정관념도 배고픔 앞에서는 잘 구우면 깨끗이 살균될 거야로 합리화됐죠. 맛있었냐고요? 저는 뼈까지 쪽쪽 빨아가며 먹었습니다. 씹을 때마다 자꾸 줄어드는 쥐의 크기가 원망스러울 뿐이었죠.

눈물이 나왔던 건 남은 쥐 뼈를 치우면서였습니다. 정말 깔끔하게 발라도 먹었더군요. 그 깔끔한 뼈를 보며 깨달았습니다. 이제 이전의 나로 돌아갈 수는 없구나. 2년간의 겨울도 어쩌지 못했던 과거로 돌아갈 수 있다는 희망이 잘 발라진 쥐의 척추뼈 앞에서 꺾였습니다. 이제 저는 쥐를 아무렇지도 않게 잡아먹는, 아니 어떻게 하면 더 많이 잡아먹을 수 있을까 고민하는 그런 사람이 되어 있었으니까요. 그래요. 여전히 배고팠거든요. 그래서 맹렬히 쥐를 더 잡을 방법을 고민하고 있었습니다. 그날 이전, 누군가 절 죽인다고 협박하며 쥐를 먹으라고 하면 죽음을 택할 사람이었습니다. 사료를 먹거나, 가구를 태우는 동안은 생각했습니다. 지금은 어쩔 수 없지만 당신이 돌아오면 모든 문제가 해결될 거야, 예전 같은 생활로 돌아갈 수 있을 거야. 그러나 쥐의 머리뼈 앞에서 깨달았습니다. 과거의 삶은 돌아오지 않는다는 걸요. 작은 쥐의 두개골이 제가 처한 현실이었고, 살기 위해서는 더 많은 쥐를 잡아야 했습니다. 더 울고 싶었지만 울지 않기로 했습니다. 바뀐 세상에선 빵에 흘러버릴 눈물도 너무나 소중하니까요.

아직 꼬물거리며 울고 있는 어린 쥐를 통째로 씹습니다. 여린 뼈가 부서지는 오독 소리가 나며 울음소리가 그칩니다. 약간의 피비린내와 함께 입안에서 육향이 퍼집니다. 말캉거리는 어린 살이 야들야들하게 씹히고 아직 연한 뼈들은 입안에서 부드럽게 맴돕니다. 저는 그것을 꼭꼭 씹어 먹습니다. 잔인한 일입니다. 살기 위해 먹어야 한다는 건 정말 잔인한 일이죠. 하지만 자책감이 들기보다는 기뻤습니다. 아직 먹을 수 있는 어린 쥐가 일곱 마리나 더 있었거든요. 그러므로 당신이 했던 말을 떠올립니다. 살기 위해 먹는 거니까. 이건 당연한 자연의 섭리야. 이렇게 제 자신을 합리화합니다.

"엄마가 당신 보고 싶다네. 언제 인사하러 갈래?"

"글쎄."

당신은 엄지손가락으로 식탁의 유리를 톡톡톡 두드리면서 달력을 바라보았습니다. 우리가 동거한 지 두 달쯤 지났고, 어머니는 당신 얼굴을 보고 싶다고 성화였습니다. 언제 결혼할지 궁금해하면서요. 당신이 달력을 보는 동안 저는 그사이 당신이 만든 파스타에서 베이컨을 골라내고 있었습니다. 당시 저는 선택적 육식을 하고 있었거든요. 하지만 주말이면 당신은 무신경하게 음식에 베이컨 같은 걸 넣곤 했습니다.

"지구상의 모든 생명체는 같은 DNA 구조로 이뤄져 있어."

제가 베이컨을 골라내는 모습을 보던 당신이 갑자기 정색했습니다.

"그래서?"

"그러니까 잡아먹는 쪽도 잡아먹히는 쪽도 거슬러 올라가면 결국은 진화의 결과 갈라져 나온 형제일 뿐이야. 지금 식탁에 올라와 있는 이것들도 결국 한 가지에서 갈라져 나온 형제라고. 식물이든 동물이든."

"꼭 그런 이야기를 지금 해야겠어? 식탁에서."

"그게 어때서? 같은 DNA 구조로 이뤄져 있다는 말은 결국 먹고 먹히는 문제는 중요하지 않다는 거야. 우리는 단백질로 이뤄진 레고 블록들이고, 먹는다는 건 하나를 분해해 거기서 나온 블록을 잠깐 다른 것에 결합시켜 두는 것뿐이라고. 생각해 봐.

DNA는 정보야. 그리고 종을 가리지 않고 모든 생명체가 동일한 방식으로 정보를 기록하고 있어. 결국 종이란 당신이 쓰는 글의 문장 같은 거야. 그리고 문장들 이른바 생태계라는 거대한 책 속에서 끊임없이 생과 사를 통해 고쳐 쓰고 있는 거지. 진화도 마찬가지야. 진화란 한 생명체가 더 나아지거나 우월해지거나 멸종하거나의 문제가 아니라, DNA란 기호로 쓰인 책 속에서 이 지구라는 환경과 생명체들의 상호작용들을 자신의 육체 내부에 단백질로 된 정보로 치환해 서술하는 방식인 거야. 종이라는 문장을 환경의 변화에 따라 조금씩 고쳐 쓰는 게 진화일 뿐이지. 생명이란 스스로의 육체에 쓰는 정보일 뿐이야. 그러니 육식이든 채식이든 뭘 먹는다는 점에선 다를 게 전혀 없어. 어차피 자신의 정보를 유지하기 위해 다른 정보를 지우는 거니까. 우월해서 먹는 것도 아니고, 먹었다고 우월해지는 것도 아니며, 먹는다고 죄가 되는 건 전혀 아니야. 이 먹고 사는 모든 게 결국 거대한 계 안에서 각자의 신체에 정보를 치환해 하나의 계라는 책을 써 내려가고 있을 뿐이니까."

"거창하네."

"거창한 게 아니라……."

"그렇게 잘난 분이 내 말은 늘 귓등으로 흘려듣지. 전에 말했잖아. 내가 이 베이컨을 안 먹는 건 동물이라서가 아니라고. 이 돼지를 생명체가 아닌 산업적 도구로 키우는 방식에 동의할 수 없어서야. 그리고 당신의 그 훌륭한 설교에도 불구하고, 내 인생은 신체에 기록하는 무슨 생태계의 정보 따위가 아니야. 나로 존재하는 한 인간이고, 그 한 인간의 결정이라고. 똑똑한 당신은 그걸 같잖게 생각할지도 모르겠지만."

"그런 뜻이 아니라……."

"그리고 우리 엄마 만나러 가는 게 그렇게 싫어?"

"그게 무슨 뜻이야?"

"당신, 말 돌린 거잖아. DNA가 어쩌구 하면서. 우리 엄마 만나면 결혼 이야기 꺼낼까 봐. 아니야?"

"그게 아니라 나는 당신이 자꾸 베이컨을 골라내니까……."

당신은 이렇게 말하며 계속 손가락으로 테이블을 두드리고 있었습니다. 휴지를 잘게 찢거나, 손가락 관절을 꺾어 소리를 내거나, 의미 없는 메모를 하는 식으로 원치 않는 화제에서 달아날 때면 당신은 손을 가만히 두질 못했습니다. 저는 자리에서 일어났습니다. 알고 있었습니다. 당신이 결혼을 불합리하고 낭비적인 제도라 믿는다는 걸. 그리고 결혼도 아이도 원하지 않는다는 걸. 그걸 미리 충분히 이야기하고 저도 받아들였으며, 그래서 함께 동거하기로 결정했었죠. 하지만 때때로 이런 의문이 치받듯이 떠올랐습니다. 이 남자가 결혼하지 않는다고 말하는 건 나라서 그런 건 아닐까? 나를 사랑하지 않아서 결혼까지는 생각할 수 없다는 게 아닐까? 그래서 그날 당신이 꽃다발을 선물했을 때조차 저는 선선히 기뻐할 수 없었는지도 모르겠습니다.

마지막 남은 새끼 쥐를 집어 듭니다. 쥐는 구슬프게 울며 울며 눈꼽만 한 앞다리를 바동거립니다. 저는 깨닫습니다. 이 쥐에게 일어난 일과 그날 일어난 일이 크게 다를 바 없다는 것을. 하늘에서 죽음의 광선이 내려오느냐, 죽음을 선고하는 손가락이 내려오느냐 정도의 차이일 뿐입니다. 이미 일곱 마리나 먹었고, 이 작은 새끼를 먹느냐 먹지 않느냐는 제 허기에 큰 영향을 끼치지 않을 것입니다. 그럼에도 그것 역시 입안에 넣습니다. 동정이나 연민을 느끼는 것은 이제 너무 주제 넘는 일이니까요. 가능한 빠르고 확실하게 머리를 어금니로 으깹니다. 입안으로 퍼지는 피맛을 느끼며 생각합니다. 그날은 이런 것이었구나. 끝은 이렇게 무감하며 갑작스러운 것이었구나.

사람들이 제일 처음 느낀 변화는 인터넷 해외망이 문제였습니다. 그날 해외망과 연결이 되질 않는다고 통신사들을 욕하는 글이 올라오기 시작했던 것을 기억합니다. 마감이 코앞이었지만 일찌감치 기획기사 한 꼭지를 써둔 탓에 인터넷을 들락거리며 월급 도둑질을 하고 있었거든요. 저야 동영상을 보는 것 빼곤 해외망을 쓸 일이 없었으니 딱히 불편할 일은 아니었습니다. 뉴스를 몇 개 훑어보고, 인터넷 쇼핑에서 계절 신상을 훑어본 후 다시 커뮤니티에 들어가자 해외에 있는 사람들과 전화가 되지 않는다는 글이 올라왔습니다. 망 문제다 아니다, 주소를 배분해 주는 서버가 나갔다, 그러면 전화가 왜 안 되겠냐. 대륙 간 회선이 끊어졌다, 위성 연결을 하면 된다, 안 된다로 게시판에서는 시답지 않은 논쟁이 벌어졌었지만 제가 상관할 일은 아니었죠. 저의 시선을 끌었던 건 공항 직원이 올린 글이었습니다. 원거리 항공 노선의 항공기들에 대한 해외 정보가 업데이트 되지 않고 있다고, 이대로라면 항공관제에 문제가 생길 수도 있다는 글이었습니다. 기자로서 촉이 움직였습니다. 인터넷 창을 닫고 시간을 확인했죠. 마감까지 시간이 좀 있는데 이게 뭐가 될까? 저는 일단 사회부장과 이야기해 보기로 했습니다. 뭔가 되겠다 싶으면 부장이 데스크와 이야기해 결정하겠지. 이런 생각을 하며 자리에서 일어났을 때 사이렌이 울렸습니다. 오늘이 민방위 훈련 날이었던가? 확성기의 목소리가 답을 들려줬습니다.

"이것은 실제 상황입니다."

저는 10초쯤 그 자리에 멍하니 서 있었습니다. 말도 안 되는 일이었거든요. 경보를 울릴 정도로 중대한 일이 일어났다면, 그리고 그것과 관련해 정부의 결정이 있었다면 언론사인 우리가 모를 리 없었습니다. 정부의 주요 기관에는 담당 기자들이 나가 있어 보통 그런 소식은 정부의 공식 발표보다 먼저 들어오기 마련이었거든요. 그런데 정체를 알 수 없는 경보가 예고 없이 울렸던 겁니다. 그 이야기는 이 경보가 정상적 절차로 벌어진 일도 아니며, 일반적인 의사결정으로 내려진 것도 아니라는 의미였죠. 동시에 그만큼 시급한 일이라는 뜻이기도 했습니다. 사무실에 남아 있던 사람들의 눈빛이 갑자기 변했습니다. 다들 일제히 전화기를 집어 들었죠.

TV 뉴스에서 아나운서는 속보를 말하고 있었지만, 그조차 정확히 무슨 일이 일어났는지 모르고 있는 것 같았습니다.

"미국과 유럽의 나라들과 인터넷을 포함한 모든 유형의 유무선 통신이 끊겼습니다. 그리고…… 확인 결과 중동의 국가들 역시 마찬가지라고 합니다. 현재로써는 일본과 중국 일부, 그리고 호주 일부 지역만 연락이 가능하다고 합니다. 정부에선 무슨 일이 일어났는지 파악하기 위해서……."

그때 갑자기 화면 밖에서 손이 하나 쓱 들어와 원고를 내밀었습니다. 아나운서는 원고를 훑어보고 심각한 표정으로 기사를 바꿨죠.

"정부에서 지금 행동요령이 내려왔습니다. 국민 여러분 당황하지 마시고, 지금 즉시 가까운 민방위 대피소로 대피해 주시기 바랍니다. 자세한 사항은 대피소에서 알려드릴 것입니다. 다시 한 번 말씀드립니다. 이것은 실제 상황입니다. 국가 비상통신망을 계속 켜두시고, 지금 즉시 가까운 민방위 대피소로 대피해 주시기 바랍니다. 국민 여러분 이것은 실제 상황입니다. 저희도 상황이 파악되는 대로 계속 뉴스 속보를 보내드리겠습니다. 국가 비상 채널인 저희 방송에 채널을 맞춰주시고……."

당신에게 전화를 걸었습니다. 회선에 문제가 생긴 것인지, 다들 전화통을 붙잡고 있기 때문인지 신호가 걸리지 않았습니다. 주차장으로 달려가 안전벨트를 맬 때까지 이 상황이 무엇인지

도무지 파악할 수 없었습니다. 전쟁이 일어난 걸까? 하지만 대피령일 뿐 공습경보는 아니었습니다. 그렇다면 자연재해? 하지만 여느 날과 다를 바 없는 날씨에 지진 비슷한 것도 없었습니다. 주차장에서 빠져나오자 길은 쏟아져 나온 차로 이미 난리였습니다. 경찰과 민방위 명찰을 찬 사람들이 차들을 모두 바깥 차선으로 유도하고 있는 중이었고, 덕분에 사방에서 경적 소리가 울려댔습니다. 저는 대시보드를 열어 보도차량이라는 표찰을 조수석 앞 유리에 붙이고 길을 막고 있는 교차로의 경찰에게 기자증을 내밀었습니다. 경찰은 비상용으로 비워둔 가장 안쪽 차선으로 제 차를 안내했죠. 대피소로 달려가는 사람들의 표정에서 저와 같은 두려움을 읽을 수 있었습니다.

그다음은 당신도 기억하시죠? 연구소에 나를 들여보낼 수 있다, 없다를 놓고 경비와 한바탕했잖아요. 이상한 일이었습니다. 경비도 내 얼굴을 몇 번이나 봐서 알고 있었는데 한사코 들여보내주질 않았으니까요. 당신은 사람들이 피난을 가 텅 비어 있던 연구소 옆 아파트 단지 화단으로 절 데려갔습니다. 이해하라고. 정부에서 조사 의뢰를 하면서 보안등급이 갑작스레 상향 조정되었다는 말을 하면서요. 그리고 가야 한다 말했죠. 이 일의 원인을 조사하기 위해.

"왜? 왜 당신이야? 왜 당신이 가야 하냐고."

"논문을 쓴 적 있거든. 대멸종과 GRB의 관련성에 대해서. 아마 우리나라에선 그런 주제의 논문을 쓴 학자는 내가 유일할 거야."

"그게 말이 돼? 논문을 쓴 적이 있다고 가야 한다고?"

"그러게. 사실 나도 내가 가서 뭘 할 수 있을지 모르겠어. 정말 GRB인지도 모르겠고. 하지만 아무것도 모르는 사람이 가는 것보단 낫겠지."

"그 GRB라는 게 뭔데?"

"감마레이버스트."

"그게 뭐길래? 좀 알아듣게 설명하라고!"

"우주에서 블랙홀이나 중성자별이 폭발해 갑자기 엄청나게 강력한 감마선 폭풍이 몰아치는 거야. 감마선이란 핵폭탄이 터지면 나오는 죽음의 광선인데, 그게 뜬금없이 하늘에서 쏟아져 내려오는 거지."

저는 하늘을 바라봤습니다. 황혼이 물들기 시작한 하늘은 지평선 끝이 조금 밝은 것 빼면 별다를 것 없어 보였습니다.

"갑자기? 그게 말이 돼?"

"갑자기는 아니고, 거리에 따라 몇 십 년, 혹은 몇 백 년 전, 몇 천 년 전에 일어난 일일 수도 있어. 다만 지금 지구에 그 광선이 도착한 거지. 그리고 지구 반대편에 직격했던 거 같아. 만일 그렇다면 그쪽 사람들은 모두 즉사했을 거야. 전자장비는 다 타버렸을 거고, 생명체들은 크고 작은 것 가리지 않고 세균까지 죽어버렸을 거야. 감마선을 맞으면 세포를 이루는 분자들이나 DNA가 이온화되니까."

저는 입을 다물지 못했습니다. 이게 무슨 말도 되지 않는 소리인 걸까?

“마, 말도 안 돼! 그런 일이…… 그런 일이 일어날 리 없잖아.”

“논문이 맞는다면 일어날 리 없는 것도 아니고, 처음 일어난 일도 아닐 거야. 지구에서 일어난 대멸종 중 최소한 한 번 이상은 GBR이 연관됐으니까. 다만 100만 년에 한 번쯤, 정말 드물게 일어나는 우주적인 재난이지. 그리고 그런 재난이 지구에 직격한다는 건 더더욱 희박한 확률이고. 하지만 우주는 너무나 넓고 시간도 충분해서 언제든 일어날 수 있는 일인 거야.”

“농담하는 거지? 봐! 당신이나 나나 지금 살아 있어! 죽음의 광선이라며!”

“감마선이 아무리 강력해도 지구 반대편까지 완벽히 투과할 수는 없으니까. 그래도 안심할 수 없는 게 지구는 자전 중이라는 거야. 우리도 몇 시간 뒤면 감마선 조사 범위에 들어갈 수도 있어. 긴 GBR의 경우도 1만 초 이상 지속되는 경우는 드무니까 이미 폭풍이 휩쓸고 지나갔다고 믿고 싶지만, 이런 류의 재난은 인간의 능력으로 예측할 수도 경고할 수도 없으니 확실하게 말할 수 있는 건 아무것도 없어.”

“그럼, 대피 경보가…….”

당신은 제 양팔을 잡았습니다. 그리고 심각한 표정으로 말했죠.

“잘 들어. 감마선은 투과율이 어마어마하니까, 가능한 가장 깊은 지하로 내려가! 최소한 지하 5층 이상? 가장 깊이 내려가는 건물을 찾아 들어가. 그 정도라면 설사 피폭을 당한다 해도 당장 생명에는 지장이 없을 거야."

"모르겠어. 난 지금 당신이 무슨 소릴 하는지 전혀 모르겠다고!"

"이해가 안 된다면 일단 대피부터 해. 생각은 나중에 해도 늦지 않아."

"당신은?"

"난, 정부에서 마련한 비행기를 타고 자전 반대 방향으로 거슬러 올라 감마선이 직격했던 것으로 추정되는 나라들을 조사하러 갈 거야. 정말 GBR이라면 곧 알게 되겠지. 30분 후 공항으로 가는 헬기가 올 거라고 했어."

당신은 초조한 표정으로 손목시계를 보며 이렇게 말했습니다.

"지금, 이 상황에 날 버리고 가겠다고? 그게 말이 돼!"

"버리다니 무슨 소리야! 돌아올 거야. 그저 무슨 일이 일어났는지 조사하러 가는 거라고."

당신의 답을 듣기도 전에 왈칵 눈물이 쏟아졌습니다. 이 모든 일이 믿을 수 없었습니다. 인류의 반, 혹은 3분의 2 이상이 즉사했으며, 그 정도의 생명체들도 이미 모두 죽었고, 우리도 곧 죽을지도 모른다는 이야기를 당신이 떠날 것이라는 말과 함께 듣고 있었으니까요. 어느 쪽이 더 눈물이 나게 했는지 이제 와선 기억나지 않습니다.

"감마선 폭풍이 지나가서 대피령이 해제돼도, 이미 오존층이 모두 파괴됐을 테니까, 낮에는 절대 실외에 나오지 마. 이산화질소 때문에 스모그가 엄청 심할 거야. 마스크 꼭 쓰고, 그리고 GBR이 일어났다고 추정되는 오르도비스기 대멸종 때 뒤이어 빙하기가 온 걸 감안하면, 오존층의 상실이 기후에도 안 좋은 영향을 미칠 수 있어. 스모그 때문이거나 대기의 기온 역전 때문이겠지. 아니면 바다 밑에서 어떤 일이 일어나 대기 조성에 문제를 일으킬 수도 있고. 그러니까 방한 장비 같은 걸 미리 챙겨둬. 비상식량은 구하기 힘들겠지만, 되는 힘껏 사두고. 또 뭐가 있을까? 할 말은 많은데 시간이 없어서……."

"그만 소리…… 하지 마. 그게 걱정이면 당신이…… 안 가면…… 되잖아!"

목이 메어 목소리가 제대로 나오지 않았습니다. 머릿속이 하얗게 변해 무얼 해야 할지 알 수 없었습니다.

"돌아올 거야. 돌아올 건데, 그때까지 당신이 살아 있어야 하니까. 울지 마. 괜찮아. 분명 괜찮을 거야."

괜찮을 수 없었죠. 이미 인류의 반 이상이 죽었고, 세상이 멸망하고 있는데 누구도 괜찮을 리 없었으니까. 자꾸 닦아도 눈물은 멈추지 않았습니다. 당신은 그런 절 남겨놓고 화단을 건너갔습니다. 그리고 꽃을 꺾기 시작했죠. 결국은 말라버릴 그 꽃을요.

"잘 간직해. 돌아오면 결혼식 부케로 쓰자."

답해야 했는데, 목소리가 잘 나오지 않았습니다. 아니 뭐라 답해야 할지 몰라 바보 같은 얼굴로 어정쩡한 미소를 지을 수밖에 없었습니다. 당신이 내게 결코 하지 않을 말이라 믿고 있었거든요. 식물의 성기를 여자에게 선물하는 걸 이해할 수 없다던 당신이, 꽃을 모아 내게 주며 결혼을 말했을 때 차라리 슬펐습니다. 세상이 이렇게 되었기에 비로소 결혼을 말할 수 있는 걸까? 아니면 자신이 돌아올 가능성이 희박하기에 결혼을 말하는 걸까? 하지만 차마 떠나는 당신에게 그걸 물을 수는 없었습니다. 연구소로 돌아가는 당신의 머리 위로 정부에서 보냈다는 헬기가 지나갔을 뿐입니다. 문이 닫히고 당신의 뒷모습이 보이지 않을 때까지 그 자리에 서서 마지막 모습을 바라보았습니다. 그러나 끝까지 당신은 결코 뒤를 돌아보지 않았습니다.

혼자 남겨진 동안 말라가는 꽃을 보며 그 질문들은 제 안에서 맴돌며 맴돌았고, 점점 커졌습니다. 그러나 답은 돌아오지 않았습니다. 그 사이 꽃은 마르고 또 말라, 한숨에도 바스라질 것처럼 야위었습니다.

편지지는 끝내 구하지 못했습니다. 문구점은 찾았지만 편지지 매대가 창가에 있더군요. 편지지는 쏟아지는 자외선 때문에 일어난 황변으로 쭈글쭈글한 노란 종이 뭉치가 되어 있었습니다. 하긴, 식물마저 제대로 자랄 수 없는 땅에서 종이인들 온전할 리가 없습니다. 매대에 전시되어 있는 편지지들 중 하나를 뽑아보았습니다. 노란 종이에는 희미하게 변색된 꽃무늬가 그려져 있었습니다. 정말 이제는 볼 수 없는 과거의 풍경이더군요. 꽃을 심어도 자라지 않으니까요. 딱 그 정도가 이제 지금의 저와 추억 속 당신과의 거리겠지요.

문구점에서 나오다 하늘을 올려다보곤 깨달았습니다. 이제 막 바람 부는 계절이 끝났음을. 바람이 멈췄고, 뿌연 하늘이 서서히 푸르게 변하기 시작했습니다. 갑자기 스카이라운지에 올라가 주변을 봐야겠다는 생각이 든 건 물러나는 먼지구름 사이로 우리가 몇 번이나 데이트를 즐겼던 그 건물이 보였기 때문일 겁니다. 폐허가 된 풍경 아래 마천루는 변함없이 우뚝 서 있었습니다.

바람이 부는 계절엔 모래먼지 때문에, 그리고 지금처럼 태양이 비추면 자외선 때문에, 늘 칭칭 싸매고 다니는 탓에 계단을 올라가는 건 꽤 힘든 일이었습니다. 한 바가지쯤 땀을 흘리며 계단참에 앉아 네 번이나 쉬어야 했죠. 꼭대기 층에 있는 스카이라운지에 도착했을 무렵엔 멀리 서쪽 하늘로 붉은 황혼이 타는 듯 번져가고 있었습니다.

유리창은 모두 깨져 있으며, 흰 시트가 씌워져 있던 테이블은 뒤집힌 채 나뒹굴고, 붉은 카펫은 모래먼지가 카펫보다 두껍게 쌓여 있습니다. 은색 촛대도, 와인도, 그 비싼 접시들도 먼지 아래 있습니다. 그래도 거짓말처럼 당신과의 기억이 떠오릅니다. 그때 함께 마셨던 와인의 맛이 거의 혀끝에서 느껴질 정도입니다.

“저 끝 보여?”
“응. 저기 해가 지는 저 끝?”
“하늘과 만나선 저 선, 저길 봐. 바다야.”

"정말? 여기서 바다가 보인다고?"

"응. 이걸 보여주고 싶어서 온 거거든. 바다로 지는 일몰."

"왜?"

"아름답잖아. 쓸쓸하고."

당신은 미소 지었습니다.

그날 이후 정말 많은 일이 있었습니다. 당신과 함께했던 일부터 당신이 떠난 후 일어난 일. 그리고 당신에게는 결코 말할 수 없는 어떤 일들까지. 어떤 것들은 제 안에 흔적을 남겼고 어떤 것들은 잊어버렸습니다. 혹은 잊어야 했습니다. 살아남는다는 것은 그런 것이었고, 어떻게든 버텨 이곳에 왔습니다. 당신의 말대로라면 문장조차 되지 못했던 일들이죠. 유리창이 다 깨어져 위태로워 보이는 건물 끝에 서서 당신과 함께 보던 서쪽 하늘을 바라봅니다. 바다는 보이지 않고 끝없이 펼쳐진 붉은 땅이 보일 뿐입니다. 그래서 이미 말라버린 강물의 줄기를 따라 폐허나 다름 바 없는 건물들 너머를 훑으며 어디쯤에서 육지와 바다가 나뉘었는지 기억을 돌이킵니다.

간조라 바닷물이 빠진 걸 거야.

하지만 지평선의 끝까지 경계를 찾을 수 없습니다. 그리고 알게 됩니다. 어디서 이토록 많은 먼지와 모래바람이 불어오는지를요. 바다가 사라진 것입니다. 눈앞에 펼쳐진 사막 같은 붉은 벌판은 과거 바다의 갯벌이었던 거죠. 상전벽해라는 단어가 떠올랐습니다. 갑자기 코끝이 시큰해오고 눈물을 흘리지 않기 위해 고개를 돌립니다. 아아, 알고 있습니다. 당신은 결코 돌아올 수 없습니다. 바다가 사막이 되고, 강물이 황무지가 되어도 당신은 오지 않습니다. 말라붙은 강을 따라 끊어진 다리들이 죽어가는 고래처럼 숨을 헐떡이고, 밀려나는 먼지구름 사이로 모습을 드러낸 도시는 멸종한 짐승의 화석처럼 보입니다. 이미 말라버렸다고 생각한 눈물이 뺨을 타고 흐릅니다. 저는 나지막이 당신의 이름을 부릅니다. 이름은 마천루를 따라 흐르는 바람에 흩어지고, 모처럼 별이 빛나는 검은 하늘이 흑단처럼 먼지구름을 뚫고 밀려옵니다.

이제 밤이 오고 또 다른 계절이 시작될 것입니다. 당신의 말처럼 어떤 것들은 살아남아 또 다른 문장을 육체에 새겨 넣겠죠. 이 계절이 가고 다음 계절이 찾아올 때까지.

끝.

관음종자

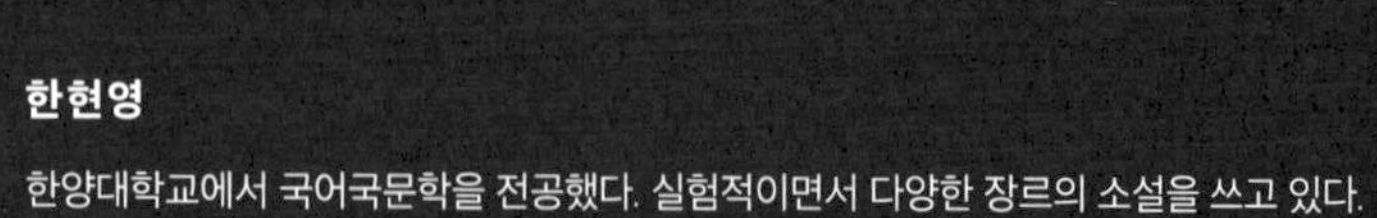

한현영

한양대학교에서 국어국문학을 전공했다. 실험적이면서 다양한 장르의 소설을 쓰고 있다.

1.

여자가 캔들을 켰다.

딥디크의 휘기에. 깨끗한 무화과나무가 가득한 정원에서 풍길 것 같은 달고 신선한 풀 나무의 향기다. 저 향을 처음 맡았던 날, 향기의 이름이 궁금해 백화점 매장을 다 돌아다니면서 수백 개의 향을 시향했다. 마침내 같은 것을 찾아내 집에서도 피워보았지만 어쩐 일인지 옆집의 향을 맡는 것과는 느낌이 전혀 달랐다.

그녀가 캔들을 켜는 요일이 따로 정해져 있지는 않다. 주말에만 태우는 것도 아니다. 그녀는 방에 남자친구가 오는 날에 캔들을 태운다. 시계를 보니 아직 해도 지지 않은 오후 5시였다. 머지않아 초인종이 울렸다. 그녀의 휘기에 타임이 시작될 시간이었다.

"아아, 아, 아항."

여자는 고양이처럼 운다. 매트리스가 균일한 리듬으로 바닥을 울렸다. 침대 헤드에 머리가 닿아 쿵쿵거리는 소리가 나더니 이내 뭉툭한 소리로 바뀌었다. 남자가 여자의 머리 위에 베개를 끼워준 모양이다. 아니면 손으로 감싸줬을지도 모르지. 후자가 더 마음에 드니 그쪽으로 상상하기로 한다.

숨을 죽이고 몸을 벽 가까이로 붙였다. 어두운 벽 안에서 어렴풋한 빛이 새어 나온다. 옆방에서 뿜어져 나오는 뜨거운 열기에 내 귓가에 땀 한 방울이 흘러내린다. 새끼손톱보다 작은 틈에 눈동자를 가져다 댄다. 속눈썹이 벽에 닿아 깜빡거리면서 어둠 속에서 엉켜 있는 남녀의 움직임이 아른아른 보인다.

"아 좋아, 너무너무."

여자가 만족스러운 신음 소리를 내며 남자를 깔고 앉았다. 제대로 된 실루엣은 보이지 않지만 방 안의 분위기를 주도하는 것은 분명 그녀다. 휘기에 향초의 심지는 불안하게 일렁거렸고, 땀이 흘러내리는 여자의 목덜미처럼 나는 이미 흠뻑 젖어버렸다.

옆집 여자가 이사 온 지 어느덧 3개월가량 지났다. 지은 지 5년쯤 된 7평짜리 오피스텔은 입지 조건이 좋고 주변 환경이 안전한 편이어서인지 유독 혼자 사는 여자가 많았다. 나와 그녀도 그런 여자 중 한 명이었다.

그녀의 얼굴을 처음 본 장소는 오피스텔 복도였다. 재활용 쓰레기를 버리러 나가려고 문 바깥이 잠잠해질 때까지 타이밍을 재다가 마침내 벌컥 열었을 때, 하필이면 옆집 여자도 동시에 문을 열었다. 낭패였다. 문밖으로 나온 그녀는 키가 크고 늘씬했다. 높은 스틸레토 힐을 신고 긴 머리를 완벽한 셋팅펌으로 말아놓은 모습이었다. 화려한 화장을 한 얼굴에는 사람의 시선을 끄는 묘한 구석이 있었다. 그녀와 눈이 마주치자마자 난 뭔가에 찔린 것처럼 문을 닫아버렸다.

아마 이상하게 생각했겠지. 하지만 전날의 휘기에 타임이 문제였다. 전날 그녀는 처음으로 휘기에 향을 풀풀 풍겨댔다. 밤이 새도록 질펀하게 몸을 섞는 소리와 상스러운 대화 소리가 끊이질 않았다. 도대체 몇 번을 하는 거야? 여기 방음이 이렇게 안 됐던가? 경비실에 신고를 할까 말까 중얼거리던 중에 이상함을 느꼈다. 휘기에 향의 냄새를 처음으로 인식한 것이다.

왜 저 방 냄새가 여기까지 나지?

그녀의 방은 내 방 바로 옆에 붙어 있었다. 나는 1002호, 그녀는 1001호였다. 방음이 안 되는 건 진작 알았지만 옆집의 향초 냄새가 이렇게 선명하게 맡아질 정도로 마감이 덜 됐단 말인가. 나는 소리와 냄새가 가장 강한 곳을 찾아 벽에 코를 킁킁대며 기었다. 진원지를 찾는 것은 어렵지 않았다. 구석의 벽 한쪽에 조그맣게 반짝이는 빛이 보였다. 새끼손톱만 한 구멍 너머로 빛나는 노란 조명은 내 방의 것과 같은 오피스텔의 기본 옵션이었다. 천천히 그 빛을 향해 몸을 구부리고 막 구멍에 눈을 대려는 순간이었다.

"아악, 자기야!"

허공을 찢는 여자의 비명에 소스라치게 놀라 엉덩방아를 찧었다. 심장 뛰는 소리가 너무 커서 옆방에 들킬까 봐 한 손으로 왼쪽 가슴을 짚었다.

"하아, 나 갔어. 처음이야."

오르가즘의 기쁨에 흠뻑 젖은 여자의 목소리였다. 구멍 저 너머로 성인의 나체가 엉켜 있는 그림자가 어렴풋하게 보였다. 휘기에의 향기로도 만족스러운 섹스를 끝낸 남녀의 뭉근한 동물적 냄새를 지울 수는 없었다.

그리고 참으로 우스꽝스러운 일이지만, 내 방에 숨어 그들을 바라보는 변태적인 행위에서, 처음으로 지금껏 알지 못했던 크기의 흥분이 내 안에 숨어 있었다는 사실을 알게 되었던 것이다.

이 세상의 여자들 중에서 진짜 흥분을 느껴본 사람은 몇 퍼센트일까? 세상에 느끼는 여자와 못 느껴본 여자 두 부류가 있다면 나는 후자였다. 나에게 성(性)적인 취향이 있다고는 생각해본 적 없다. 쾌감을 느껴본 적 없다고 상대 남자에게 말하면 대개 반응은 두 가지였다. 어디 하자가 있는 사람처럼 취급하거나 혹은 자기가 성애의 즐거움을 느끼게 해주겠다고 큰 책임을 진 사람처럼 굴었다. 어느 쪽이든 실패하긴 마찬가지였다.

그런데 옆집 여자의 성행위를 바라보는 것—더 엄밀히 말하자면 엿보는 것—이 나에게 그 감정을 느끼게 해주다니 무슨 기괴한 일인가. 나는 처음 겪은 일이라 혼란스러움을 착각했다고 여겼다. 확인하고 싶어서 그녀의 방에 또 한 번 남자가 오기를 초조하게 기다렸다. 며칠 뒤 저녁, 옆집 여자는 향초에 불을 붙였다. 내 방에 나 있는 작은 틈으로 옆집 여자의 침대 아랫부분이 보였고 매트리스는 일정하지 않은 리듬으로 흔들렸다. 단지 그것뿐이었다.

하지만 나는 더 그럴 수 없을 만큼 흥분하고 말았다.

내가 변태가 되어버리다니. 아니 처음 태어났을 때부터 변태였는데 이제야 깨우친 건가? 남의 행위를 엿보고 좋아하는 사람이라니 생각만 해도 혐오스러운데 그게 바로 나였다. 심각한 범죄다. 자칫해서 들키기라도 하면 스토킹으로 처벌받을지도 모른다.

내가 이렇게 골머리를 앓는 것을 모르는 옆집 여자는 줄기차게 자기 방으로 남자친구를 데려왔다. 요즘은 아예 옆집에 함께 사는 것 같았다. 밤마다 예의 그 향을 풍겨대는 탓에 나는 파블로프의 개처럼 냄새만으로도 흥분했다. 이번까지만, 딱 한 번만 더, 자신을 비난하면서도 벽의 틈새로 향하는 내가 있었다.

오늘은 초인종이 울렸을 때부터 옆집 여자와 그녀의 남자친구가 싸우는 소리가 들렸다. 그런 사적인 내용에는 별로 흥미가 없어서—가장 사적인 것에만 흥미가 있었다—하품이 나왔다. 아무래도 오늘은 안 하겠지? 저렇게 심하게 싸우면? 기대감이 식어서 먼저 잘까 고민하고 있을 때였다.

"야, 담배 피우지 마."

"뭐 어때."

중저음에 가까운 남자의 목소리는 착 가라앉아 있었다. 잠 때문에 조금씩 멍해지는 순간, 매캐한 연기가 코끝을 찔렀다.

"콜록콜록!"

나는 놀라 내 입을 막았지만 이미 늦었다.

순간 침묵이 찾아왔다. 나에게 담배 냄새를 맡으면 기침을 하는 버릇이 있다는 걸 깜빡했다. 저쪽 방에서도 선명하게 내 기침 소리가 들렸을 것이다. 옆방에서 당혹스러운 기색이 느껴졌다.

"뭐야? 옆집 기침 소리가 왜 이리 가깝게 들려?"

"방음이 잘 안 되나 보지."

"오피스텔이 이렇게 방음이 안 된다고? 이상한데."

저벅저벅, 옆방의 남자가 내가 있는 쪽을 향해 걸어오는 소리가 들렸다. 남자의 인영이 구멍 너머로 아스라하게 보였다.

"알고 보면 옆방에서 다 듣고 있는 거 아니야?"

그는 내가 앉아 있는 벽 쪽을 살펴보기 시작했다. 금방이라도 그 틈새를 발견할 수 있을 위치였다. 구멍에 눈만 가져다 대도 나를 발견할 수 있을 것이다. 나는 아직 입을 막은 채로 숨도 쉬지 못하고 앉은 자세 그대로였으므로. 얼른 피했어야 했는데. 움직일 수가 없었다. 순식간에 눈앞이 캄캄해지고 등이 식은땀으로 젖었다. 남자가 막 내가 보이는 벽의 틈새를 향해 몸을 숙이려고 했을 때였다.

"지금 그게 문제야? 얘기에 집중 안 해?"

옆집 여자가 날카로운 목소리를 던졌다. 남자는 잠깐 멈칫하더니 곧 미련 없이 벽 앞을 떠나 옆집 여자에게 몸을 돌렸다. 2차전을 시작했고 나는 그 틈을 타 황급히 몸을 피했다. 이불 속으로 들어가 두 손으로 얼굴을 감싸고 호흡 곤란이 온 사람처럼 심호흡을 했다.

"네가 뭔데 나한테 그딴 말을 해?"

"닥쳐, 조용히 해!"

옆집의 두 사람은 몇 시간 동안을 소리 높여 싸웠다. 여자가 크게 소리를 지르면 남자는 말을 자르듯이 으르렁댔다. 여자가 분함을 못 이겼는지 물건을 던지는 소리가 들렸다. 쿵! 하고 무거운 것이 크게 부딪치는 소리가 이어졌다. 그러고 나서야 가까스로 싸움 소리가 잦아들었다. 새벽으로 넘어가는 시간이었다.

난 그때까지도 혹시 들켰을지 모른다는 불안감에 잠을 이루지 못하고 있었다. 옆집에서는 더 이상 아무 소리도 들리지 않았고 싸움은 일단락된 것 같았지만, 만약 휘기에 향기가 난다 해도 엿볼 생각은 하지도 못했을 것이다. 자꾸만 벽에 난 구멍 너머로 이쪽을 들여다보는 사람의 눈동자와 마주치는 상상이 들어서 오한이 솟았다.

귀를 곤두세우고 아침까지 뜬눈으로 지새웠다. 옆집에서 욕실을 쓰는 소리가 들리더니 얼마 지나지 않아 옆집의 문이 열리고 사람이 빠져나왔다. 나는 나도 모르게 현관문에 달라붙어 어안렌즈를 통해 복도를 확인했다. 옆집에서 엘리베이터를 타기 위해서는 복도를 걸어가면서 우리 집 앞을 지나쳐야 했다. 렌즈에 담긴 사람은 옆집 여자의 남자친구였다. 짧은 머리에 체격이 다부지고 평범한 생김새, 몇 차례나 벽의 구멍을 통해 본 그 얼굴이었다.

그때였다. 옆집 남자는 갑자기 걸음을 멈추고 내가 서 있는 현관문을 바라보았다. 나는 눈이 마주친 것 같은 공포감에 그대로 굳었다. 실제로는 1초나 되었을까, 짧은 시간이었지만 그 자리에 얼어붙어 있었던 시간은 한없이 길게 느껴졌다. 남자는 표정 없이 시선을 거두고 엘리베이터를 향해 걸어갔다. 저벅저벅, 살짝 바닥을 끄는 발소리가 멀어지면서 겨우 숨을 쉴 수 있었다.

옆집 남자가 엘리베이터를 타고 사라진 후에 시계를 쳐다보았다. 오전 9시가 훌쩍 넘었다. 평소라면 옆집 여자가 출근하고도 남았을 시간이었다. 하지만 그녀가 집을 나서는 소리는 들리지 않았다. 쿵, 하고 큰 소리가 났던 어젯밤이 떠올라 나는 어쩐지 신경이 쓰였다. 구멍이 뚫린 옆집의 벽을 바라보았다. 벽 너머는 여전히 고요했다.

그렇게 며칠이 지났다. 그날 이후로 나는 신경증이 있는 사람처럼 옆집에서 나는 소리에 귀를 기울이고 있었다. 하지만 아무리 생각해도 의혹이 떠나지 않았다.

그들이 싸운 날 이후로 옆집을 드나드는 발소리가 하나뿐이었다.

2.

"억측이야."

도아는 한마디로 잘라 말했다. 난 늘 그녀의 단호함이 좋았다. 함께 웹툰 작업을 시작한 이유도 그녀가 후진 것을 후지다고 곧바로 말할 수 있는 칼 같은 성격을 가졌기 때문이었다. 그녀는 스토리와 콘티를 메신저를 통해 나에게 보내주었지만 아주 가끔은 은혜를 내리듯이 먹을 것을 싸 들고 나의 집으로 올 때도 있었다.

"이상하지 않아? 아침에도 저녁에도 한 사람만 왔다 갔다 한다는 게?"

"옆집 여자가 나가는 소리를 네가 못 들은 거겠지."

"남자 발소리만 들린다니까. 그 특유의 걸음걸이가 있어. 저벅, 저버억. 약간 바닥을 끌면서 무겁게 걷는 소리."

책상 위를 손바닥으로 치면서 소리를 묘사했다.

"무엇보다 이상한 게 있어."

여전히 미심쩍다는 얼굴을 하고 있는 도아의 눈을 마주 보았다.

"드라이기 소리가 안 들려."

"드라이기 소리?"

"옆집 여자는 머리숱도 많고 길어. 거의 허리까지 온다니까. 아침이든 저녁이든 머리를 감으면 인공적인 바람으로 말려야 되는 머리야. 자연적으로 마르게 뒀다간 몇 시간이나 걸릴걸. 그런데 옆집에선 아침에도 저녁에도 드라이기 소리가 안 들린다고. 며칠째."

"흠……."

도아는 미간을 찡그렸다. 이제야 내 말을 진지하게 듣는 눈치였다.

"사정이야 모르는 거잖아. 옆집 여자가 갑자기 회사를 그만두고 계속 집에 있을 수도 있고."

"그런데 하필이면 싸운 날 이후로 바깥을 드나드는 소리가 뚝 끊긴 게 마음에 걸린다고. 만약 옆집 여자한테 무슨 일이라도 생긴 거면 어떡해?"

도아는 잠깐 1001호와 맞닿아 있는 벽을 바라보았다. 웹툰을 시작하기 전에는 노량진에서 숙식하며 경찰이 되기를 꿈꿨던 그녀였다. 도아는 내가 찜찜해하는 이유를 이해한다는 듯이 고개를 끄덕이면서 침대에 걸터앉았다.

"무슨 말인지는 알겠어. 그런데 어쨌든 옆집 일이니까 네가 못 듣고 지나갔을 수도 있는 거잖아. 확실한 것도 아닌데 왜 이렇게까지 신경을 써. 좀 오지랖 아냐? 원래 남들한테는 관심도 없는 애가, 옆집이랑 너랑 무슨 상관이라고."

말문이 막혔다. 도아의 의문은 지당했다. 옆집 여자와 나는 인사 한번 나누어본 적 없는 남남이었으니까. 무슨 일이 생기든 말든 사실 나와는 관계없는 일이다.

내가 옆집 여자에게 과도하게 갖는 관심은 이런 것이라고 설명하기가 힘들었다. 이해할 수 있게 이야기하려면 최근 발견한 나의 비뚤어진 정욕에 대해서도 털어놓아야 했다. 옆집의 섹스

소리에 귀를 기울이고 심지어 엿보려는 시도까지 했다는 것을 알면 대체 뭐라고 생각할까. 누구든 틀림없이 날 경멸하겠지.

모르는 척 넘어갈까. 방음이 안 좋아서 어쩔 수 없이 들렸다고 핑계를 대볼까.

하지만 의아해하는 도아의 얼굴을 쳐다보다가 깨달았다. 설령 나의 바닥을 드러내는 한이 있더라도, 지금까지의 일을 없던 일인 양 무시할 수는 없었다. 이미 나는 돌아갈 수가 없었다. 휘기에 향을 맡기 이전의 나는 과거가 되었다. 은밀한 사생활을 엿본 미안함, 깊숙한 곳에 숨어 있었던 쾌감을 알려준 고마움, 관음을 하며 나도 모르게 쌓인 유대감 같은 것이 나를 변화시켜 놓았다. 결국 나는 휘기에 향을 처음 맡았을 때부터 지금까지의 일을 도아에게 천천히 설명했다.

"……그래서 확인하고 싶어."

"별, 미친년."

내가 털어놓은 이야기에 도아는 단 한마디로 반응했다. 함께 일하는 친구가 변태라니 믿을 수 없다는 얼굴이었다. 하지만 내가 꽤 간절해 보였는지 더 욕하지는 않았다. 그녀는 옆집과 연결되어 있는 벽의 구멍을 발견하고 들여다보았다.

"뭐가 보여?"

"아니, 그냥 화장대랑 거울밖에."

도아는 끙, 하는 소리를 내며 손톱으로 얇은 시멘트벽을 몇 번 두드렸다.

"아무리 생각해도 네가 과대망상하는 거야. 그날 네가 못 들은 사이에 옆집 여자가 집 밖으로 나가버렸을지도 모르잖아. 그러면 남자 혼자서 집에 드나드는 소리도, 여자가 내는 소리가 없다는 것도 다 설명이 돼."

"그렇긴 하지."

나는 애매한 목소리를 냈다. 아까까지만 해도 무슨 일이 벌어진 것이 틀림없다는 쪽이었는데 도아의 말을 듣고 보니 아닐 수도 있다는 쪽으로 마음이 기울고 있었다. 도아는 날 설득했다고 생각했는지 곧 옆집 일에는 흥미를 잃고 자신이 짜 온 스토리를 설명하기 시작했다. 하지만 나는 여전히 벽 너머가 신경 쓰였다.

"일단 프롤로그부터 작업하면서 톤 맞춰보자. 분량이 짧으니까 금방 작업할 수 있지? 공모전 날짜 뜨기 전에 최소한 3화까지는 나오면 좋겠어."

"그런데 정말 무슨 일이 있는 거면 어떡해."

도아가 고개를 흔들었다. 그녀가 말하는 동안 내가 제대로 집중하지 않았던 것을 이미 눈치채고 있었던 모양이었다.

"그 얘기 언제까지 할 거야?"

"아니 아무리 생각해도 이상해서 그래. 향초를 이렇게 오랫동안 안 피운 적도 없었고, 게다가 그날 정말 격렬하게 싸웠단 말이야. 말다툼뿐만 아니라 쿵쿵대고 부딪치는 소리도 들렸어. 한 번 확인이라도 해보면 안 돼? 지금 마음에 걸려서 아무것도 못 하겠어."

"무슨 말도 안 되는 의리야."

"아무 일도 일어나지 않았을 수도 있어. 그럼 정말 다행인 거고, 내가 과하게 생각한 거라고 인정할게."

"너는 옆집 여자 목소리랑 같이 남자 목소리도 들었을 거 아니야. 그 남자가 여자친구랑 싸웠다고 갑자기 폭력을 휘두르거나 할 사람 같았어?"

나는 긴장감으로 아까부터 흔들고 있던 다리를 멈추었다. 그리고 도아를 똑바로 쳐다보았다.

"그거야 모르지."

"어?"

"그걸 어떻게 알겠어. 갑자기 폭력성을 드러내는 사람이 따로 있는 건 아니잖아. 그 남자가 평범하지 않고 원래부터 미친놈이었는지 묻는 거라면 내 대답은 '몰라'겠지. 하지만 그런 말이 무슨 의미가 있어? 수많은 사건들이 그렇듯이 평범한 사람이 극단적으로 변해서 갑작스럽게 범죄를 일으키곤 하잖아."

그러니까 내가 증거 없이 옆집 남자를 의심하는 것은 오지랖, 매우 앞서 나가는 의심, 그가 무고하다면 큰 실례가 될 수 있는 행동이다. 하지만 그럼에도 불구하고 옆집 여자가 혹시 위험에 처했을지도 모른다는 아주 작은 가능성이 있다면 그 가능성을 확인하고 싶었다.

평소 이렇게 강하게 의견을 드러내지 않는 내 성격을 알고 있는 도아는 잠시 아무 말도 하지 않았다. 창밖은 점차 어두해지고 있었다. 도아는 곧 고개를 끄덕였다.

"좋아. 그러면 내가 확인해 보고 오면 아무 말 안 하기다?"

"정말? 어떻게 할 건데?"

"어떡하긴. 네 말을 들어보니 싸운 날 이후로 여자가 집에서 나가는 소리가 없었다면서. 안 나갔으면 어디 있겠어. 그 여자는 계속 저 옆집 안에 있다는 거잖아."

도아가 벽에 난 구멍을 향해 고개를 돌렸다. 나는 침을 꿀꺽 삼켰다.

"그렇게 되네."

"그러니까 집 안에 사람이 있는지 확인해 보면 되지."

그녀는 몸을 일으켰다. 행동력과 추진력 하나는 타의 추종을 불허하는 그녀였다. 곧바로 나갈 기세로 현관을 향해 걸어가는 도아를 얼른 붙잡았다.

"어떻게 할 거냐니까?"

"내가 확인해 보고 올 테니까 너는 가만히 있어."

도아는 말릴 새도 없이 나를 옆으로 밀치고 현관을 나섰다. 난 그녀를 따라가려 했지만 코앞에서 문이 닫혔다. 더 솔직히 말하면 문을 열고 도아의 뒤를 따를 수도 있었지만 망설이며 멈췄다. 옆집 여자와 만나게 될지도 모른다는 두려움 때문이었다. 그녀와 마주했을 때 어떤 얼굴을 해야 하는지 정하지 못했다. 옆집 여자는 말하자면 나에게는, 스크린 속의 인물 같은 느낌이라고 할까. 그 어떤 현실보다도 맞닿아 있으면서도.

내가 우물쭈물하는 동안 도아는 1001호 앞으로 걸어가 초인종을 눌렀다. 딩동딩동, 하는 커다란 소리가 굳이 귀를 기울이지 않아도 들렸다. 하지만 옆집에서는 아무 기척이 없었다. 도아는 몇 번 더 초인종을 누르고 계세요, 소리를 하면서 문을 두드리기도 했다. 하지만 옆집은 침묵을 지킬 뿐이었다.

"아무도 없나 본데?"

도아는 어깨를 으쓱하며 집으로 돌아왔다. 내가 과민반응을 하고 있었다는 걸 인정하라는 표정이었지만 아직도 기분이 꺼림칙했다.

"알고 보면 심플한 일이었던 거지. 옆집 여자가 나가는 소리를 네가 못 들은 것뿐이야. 집에 없는 게 틀림없다니까."

"하지만."

나는 반항해 보았다.

"초인종에 반응을 안 한다고 해서 안에 사람이 없다고 단정짓기는 일러."

"아직도 포기 안 했니."

"잘 생각해 봐. 드나드는 소리도, 씻고 머리를 말리는 소리도 안 나고 있다면 평범한 상태는 아니라는 거잖아. 자유롭게 움직이지 못하고 소리도 내지 못할 상황일 가능성이 크지."

"너 너무 많이 갔어."

"별로 많이 안 갔어. 충분히 있을 수 있는 일이야."

도아는 내 말을 부정하지 않았다. 팔짱을 끼고 생각에 잠겼다.

나는 옆방과 통해 있는 벽의 구멍 앞에 주저앉았다. 속눈썹이 뭉개질 정도로 눈을 가까이 대고 옆집을 들여다보았다. 매트리스의 끝 부분과 화장대의 거울 그리고 그 앞에 놓여 있는 화장품들이 보였다.

"만약 네 추론이 다 진짜라고 쳐도 그 정도 증거만 가지고는 움직일 수 없어. 다 심증이잖아. 눈에 보이는 증거가 없으니 경찰에 신고해도 받아주지 않을 거야."

"그건 그래. 이상하게 생각하는 이유를 뭐라고 말하겠어."

"남의 일에 신경 끄라는 소리나 듣겠지."

맞는 말이었다. 불확실한 남의 일에 이토록 열을 올리고 있다니 나와 어울리지 않는 일이다. 외출을 안 한 지 몇 년째인 데다 가족들이 어떻게 사는지도 잘 모르는 내가 아닌가.

갑자기 스스로에게 자괴감이 찾아와 벽의 구멍에서 눈을 떼려고 했을 때였다. 화장대의 거울에 무언가가 보였다. 순간 심장이 철렁 내려앉았다.

"이제 그만하고 작업 얘기나 하자."

"잠깐만……."

난 침을 삼켰다. 그리고 천천히 도아 쪽을 돌아보았다.

"이리 와서 봐봐. 저 화장대 거울에 비춰 보이는 거."

도아가 앉을 수 있도록 한 걸음 물러나 앉으며 말을 이었다.

"벽에 피가 튀었어."

3.

"집 구조는 여기나 거기나 똑같지?"

도아가 원룸 안을 두리번거리며 살폈다. 7평, 23.14제곱미터. 고개를 반만 꺾어도 전체가 눈에 들어오는 크기였다.

"욕실에 있을까?"

"그럴 수도 있지. 하지만 내가 범인이라면 욕실에 숨겼을 것 같지는 않은데."

"왜?"

"욕실은 배수구로 밑에 집, 위의 집이랑 연결되어 있잖아. 만약 옆집 여자가 구해달라고 소리라도 친다면 곧바로 들키는 거 아냐?"

고개를 끄덕였다. 일리 있는 말이었다. 그녀는 오피스텔에 딸려 있는 붙박이장을 열더니 고개를 저었다.

"이 안에는 못 들어가겠네. 아래에 서랍이 있어서 앉아 있기 힘들 것 같아."

그렇지 않아도 이번에 우리가 기획한 웹툰은 범죄물이었고, 스토리를 담당한 도아는 한없이 진지해져 있었다. 난 집 안 곳곳을 살피는 도아를 보면서 태블릿에 그림을 그렸다. 우리 집과 거울처럼 마주 보는 구조로 지어져 있는 1001호의 평면도였다. 벽의 구멍이 나 있는 곳에 표시를 하고 시선이 닿는 곳까지 빨간색으로 표시를 했다.

"지금까지 눈에 띈 적이 없었으니 이 사각지대에 있다고 봐도 되겠지."

"그럼 여기랑 여기."

도아가 손가락으로 두 군데를 짚었다. 주방, 그리고 창문과 맞닿아 있는 보일러실이었다. 원룸답게 주방은 좁은 편이었다. 사람이 있을 만한 공간은 없었다. 아주 잠깐 냉장고가 눈에 들어와—하필이면 이 오피스텔에 딸린 냉장고는 양문형이었다—섬뜩하기는 했지만 지나친 생각일 거라고 스스로를 달랬다. 나머지 선택지를 살폈다. 한 사람이 들어가 있어도 무리가 없을 만한 크기, 단단하게 닫아둘 수 있는 철문이 있는 곳.

"보일러실."

나와 도아는 동시에 말했다. 그리고 내 방에 붙어 있는 보일러실 문을 쳐다보았다.

"피를 보니까 괜히 안 좋은 생각이 드는데…… 그렇게까지는 생각 안 해도 된다고 말해주지 않을래?"

"네 생각이 맞을 수도 있어."

도아가 조심스럽게 대답했다. 도아에게 옆집 여자는 얼굴 한 번 본 적 없는 사람이었지만, 우리 둘이 상상하고 있는 장면에 대해서는 직접적인 언급을 꺼렸다. 마치 길에 나 있는 구덩이를 의식적으로 피해가는 것처럼.

"그래도 지금은 그런 생각하지 말자."

그녀는 내가 좋아하는 단호함으로 말해 주었다. 한마디일 뿐이었지만 꽤 큰 힘이 되었다. 난 머리에 떠오른 핏빛 상상을 지워내고 보일러실에 있을지 모를 옆집 여자를 어떻게 확인하면 좋을지 생각하기 시작했다.

"일단 옆집에 들어가야 해."

"오피스텔 관리인한테 사정을 이야기해 볼까?"

"설명할 방법이 있어?"

"없어. 창문으로 건너가는 건 위험하겠지?"

"여기 10층이야."

도아는 뭐 이렇게 생각이 안 나냐고 투덜거리며 허리까지 길게 내려온 머리를 하나로 묶어 올렸다. 그녀의 몸짓을 보다가 퍼뜩 떠오르는 것이 있었다.

"너 키가 몇이지?"

"나? 172."

"옆집 여자가 너랑 키가 비슷했어."

"진짜?"

"머리 길이도 너랑 비슷했고."

그녀는 눈치가 빨랐다. 거기까지만 말했는데도 내가 하려던 말을 모두 알아들었다. 도아는 마스크가 있는지 물으며 밖으로 나갈 준비를 했다.

원래 안 열어드리는데 한 번만 해드리는 거라고, 오피스텔의 젊은 관리인은 투덜거리며 도아에게 마스터키를 내밀었다고 했다. 마스크를 쓴 도아는 미세먼지 때문에 목이 완전히 갔다는 핑계로 고개만 끄덕이면서 열쇠를 받아 왔다. 우리는 함께 1001호 앞에 섰다. 무슨 이유가 있든 이건 가택침입이다. 키를 넣어 돌리고 나면 돌이킬 수 없다. 긴장이 되어서 손끝이 저릿저릿했다.

"들어간다."

도아는 망설임 없이 열쇠를 꽂고 문을 열었다. 우리 집과 같은, 좁고 꽉 들어찬 공간이 눈앞에 펼쳐졌다. 가장 먼저 확인한 것은 침대 헤드 쪽 벽에 튀어 있는 피였다. 틀림없는 사람의 핏자국이었다. 점점이 흩뿌려진 핏방울을 지우려고 했는지 문지른 흔적이 남아 있었는데 테두리가 누렇게 될 정도로 굳어 있었다. 도아와 나는 눈을 마주치고 고개를 끄덕이며 범죄에 대한 확신의 시선을 주고받았다.

나는 보일러실 쪽으로 걸어갔다. 안에 있을 옆집 여자의 모습을 상상했다. 그녀와 눈이 마주치고, 인사를 나누는 상상도 했다. 난 떨리는 손으로 손잡이를 잡고 잠깐 심호흡을 한 후에, 드디어 잡아당겼다.

하지만 보일러실의 문은 덜걱거리며 열리지 않았다.

"어떻게 된 거지?"

"어디 봐봐. 문고리가 고장 났네."

도아가 낭패라는 얼굴을 했다. 경찰 실기 시험 중 하나인 악력을 통과하기 위해서 수시로 악력기를 들고 다니는 도아가 잡아당겼는데도 문은 꿈쩍도 하지 않았다.

"중간에 뭐가 걸렸어. 도구로 잘라내서 열어야 될 것 같아."

"어떤 도구?"

"펜치 같은 거. 집에 있어?"

"아니, 사 오면 되지. 잠깐만 기다려."

난 얼른 집 밖으로 뛰어나왔다. 집 근처에 있는 철물점으로 달려가 펜치가 들어 있는 공구세트를 하나 샀다. 막 걸음을 재촉하고 있을 때였다.

오피스텔의 엘리베이터 앞에 옆집 남자가 서 있었다.

나는 너무 놀라 공구 상자를 쿵 떨어뜨렸다. 그는 이상하다는 얼굴로 나를 돌아보았다.

상자를 주워 드는 손이 덜덜 떨렸다. 그나마 다행인 것은 옆집 남자가 내 얼굴을 모른다는 사실이었다. 나는 몇 번이고 조그만 틈을 통해 일방적으로 그 남자의 얼굴을 봤지만 그는 집 안에 박혀 있는 나를 확인한 적이 없었으니까. 옆집 남자가 흥미를 잃고 고개를 돌렸다. 엘리베이터를 기다리는 동안 나는 옆에 서서 손톱을 물어뜯기 시작했다. 벽에 뿌려져 있던 피가 눈앞에 아른거렸다.

엘리베이터를 탄 남자가 10층을 눌렀다. 나는 다른 버튼을 누르지 않고 가만히 서 있었다. 같은 층에 사는 사람이라는 것을 인식했는지 옆집 남자는 엘리베이터 안의 거울을 통해 내 얼굴을 힐끗 보았다. 얼마 전까지만 해도 평범하고 무난하다고 생각했던 얼굴이었다. 하지만 지금은 더없이 섬뜩해 보였다.

4, 5, 6.

옆집에 도아가 있다. 그 집에 도아가 있다. 옆집 남자가 집에 들어와 있는 도아를 보게 될 것이다. 남자가 들어가기 전에 도아가 빠져나올 수 있을까? 혹시라도 집 밖으로 나와 있지는 않을까? 그런 요행을 바랄 수는 없었다. 지금 내가 할 수 있는 건 하나뿐이었다.

7, 8.

나는 9층의 버튼을 눌렀다. 띵, 하는 소리와 함께 엘리베이터가 멈추자 남자는 휴대폰에 눈을 박고 있다가 고개를 들었다. 그러다 9층이라는 것을 알고 상체를 뒤로 뺐다. 나는 문이 열리자마자 빠르게 엘리베이터를 빠져나갔다. 그리고 복도를 가로질러 달리기 시작했다. 비상계단으로 향하는 문을 열고 한 번에 세 개씩 계단을 뛰어 올랐다. 1001호는 가장자리에 있었기 때문에 엘리베이터보다는 비상계단과 가까웠다. 엘리베이터가 10층에 도착한 소리가 들렸다. 숨도 쉬지 못하고 1001호 앞에 도착한 나는 문을 거세게 두드리기 시작했다.

"도아야! 도아야! 일어나 봐! 나 너무 급해!"

있는 힘껏 목소리를 내어 소리를 질렀다. 제발 도아가 내가 왜 이러는지 알아줬으면. 과할 만큼 문을 두드리는 소리가 복도에 울렸다.

엘리베이터에서 내려와 집을 향해 걸어오던 옆집 남자가 멈칫했다.

"거기서 뭐 하는 겁니까?"

"네? 아, 제가 너무 급한데 친구가 자고 있는 것 같아서 깨우려고요."

나는 볼일이 급하다는 것을 표현하기 위해 몸을 배배 꼬았다. 옆집 남자의 표정은 잔뜩 굳어 있었다.

"착각하셨는데요. 여기는 제 집이에요."

"네?"

깜짝 놀랐다는 듯이 현관문을 쳐다보았다. 그리고 어색하게 웃었다.

"친구네 집이어서 호수를 헷갈렸네요."

"좀 비켜요."

"죄송해요."

난 들어가라는 듯이 물러나 내 집인 1002호 앞에 섰다. 그리고 건성으로 초인종을 누르고 문을 몇 번 두드리는 시늉을 했다. 그러는 동안 옆집 남자는 1001호의 도어락 번호를 누르고 문을 열었다. 옆집의 열린 문 안쪽으로 시선이 쏠리는 것을 막을 수가 없었다. 혹시 도아가 뛰쳐나올지도 모른다는 생각을 했기 때문이다.

"왜요?"

옆집 남자는 들어가지 않고 잠시 나를 보고 있었다.

"아무것도 아니에요."

그는 경계하듯이 문의 틈을 좁히며 집 안쪽으로 사라졌다. 등에서 식은땀이 흐르는 것을 느끼며 나는 급하게 집 안으로 뛰어

들어갔다. 그리고 벽에 난 구멍에 눈을 가져다댔다.

다음 순간 입을 틀어막아야 했다. 나를 보는 눈동자와 마주쳤다. 정신을 차리고 보니 그건 도아의 눈이었다. 침대 아래에 몸을 숨긴 그녀는 입술에 손가락을 가져다 대고 나에게 조용히 하라고 눈빛으로 일렀다. 나는 몸을 떨며 고개를 끄덕였다.

눈동자를 움직여 화장대 거울에 비친 옆집 남자를 보았다. 그는 셔츠의 단추를 풀며 냉장고에서 물을 꺼내고 있었다. 욕실에 들어가기를 기다려야 하는 걸까. 아니면 잠이 들기를? 그때까지 들키지 않고 숨어 있을 수 있을까?

옆집 남자는 물을 마시면서 침대 쪽으로 천천히 걸어왔다. 그의 움직임에 촉각이 곤두섰다. 침대에 걸터앉은 남자의 발이 보였다. 발을 조금만 안쪽으로 구부려 밀어 넣는다면 도아의 다리와 닿을 수도 있을 만큼 가까운 거리였다.

그때 쾅, 하고 약하게 부딪치는 소리가 났다. 철문을 두드리는 것 같은 소리는 옆집의 보일러실에서 들려왔다. 귀가 번쩍 뜨였다. 보일러실의 소리는 몇 번 더 이어졌다.

"조용히 해."

옆집 남자가 건조한 목소리로 말했다. 보일러실 안쪽에서 들리는 소리가 멈췄다. 도아와 나의 눈동자가 마주쳤다. 그리고 동시에 깜빡임으로 끄덕임을 대신했다.

역시 보일러실에 옆집 여자가 있다! 게다가 아직 살아 있다!

생각이 맞아떨어진 것을 기뻐하기 이전에 도아를 저 집에서 빼내야 했다. 잠깐이라도 좋으니 남자를 집 밖으로 나오게 할 방법을 찾기 시작했다. 난 도아에게 잠깐만 기다리라는 눈빛을 보내고 자리에서 일어섰다.

"택배가 옆집으로 갔다고요?"

관리인이 미심쩍은 투로 물었다. 나는 다소 과하게 보일 만큼 강하게 고개를 끄덕였다.

"택배 기사님이 헷갈리셨나 봐요."

"그럼 직접 옆집으로 가셔서 찾아오시면 될 것 같은데."

"거기 남자 혼자 살지 않아요? 이런 일로 대면하기 괜히 좀 껄끄러워 가지고. 어쨌든 택배 확인만 좀 해주세요."

가면처럼 웃는 내 얼굴을 보며 관리인이 고개를 갸웃거리더니 1001호에 인터폰을 연결했다. 옆집 남자의 목소리가 들렸다. 그는 택배를 받은 게 없다고 대답하는 것 같았다. 나는 다급한 마음에 인터폰을 내려놓으려는 관리인의 손목을 잡아채어 빼앗았다.

"분명히 옆집이라고 했어요. 오늘까지 꼭 받아야 돼서 그러니까 잠깐만 내려와서 확인 좀 해주세요!"

"글쎄 택배 상자를 받은 게 없다니까요."

"저는 모르겠고요, 어쨌든 옆집 분이 이렇게 말씀하시니까 일단 내려오셔서 확인해 주시죠?"

관리인이 귀찮음을 숨기지 않고 말했다. 얽히고 싶지 않으니 너희끼리 해결하라는 태도였다. 무심함이 이렇게 고마울 수가 없었다. 옆집 남자는 더 대꾸할 말을 찾지 못했는지 얼마 지나지 않아 1층의 관리실로 내려왔다. 남자는 내 얼굴을 보고 인상을 찌푸렸다.

"뭔지는 모르겠지만 받은 거 없습니다."

"이상하다. 옆집으로 갔다고 하던데요."

목소리가 떨려 나왔다. 지금쯤 도아는 침대 밑에서 빠져나와 우리 집으로 들어갔겠지. 일단 그거면 됐다 싶었다. 옆집 남자는 갑자기 불려 나온 것이 불쾌한 듯 기분 나쁜 내색을 했다.

"그 옆집이 저희 집이 아니라 1003호인가 보죠. 저희 집에는 계속 아무도 없어서 택배를 받을 수가 없었다고요."

아무도 없기는, 거짓말이다. 보일러실에 사람을 가둬두었으면서.

"그런데 여기 이분이 남자분 혼자 사는 것 같다고 하던데 그건 무슨 소리예요? 1001호 입주민은 장세라 씨, 여자 한 분이라는 기록밖에 없는데. 지금 거기 사세요?"

관리인이 끼어드는 말에 나는 쾌재를 외쳤다. 옆집 남자는 갑작스러운 질문에 조금 당황한 듯 눈을 껌뻑거렸다.

"남자친굽니다. 사정이 있어서 같이 지내고 있어요."

"둘이 같이 살면 얘기를 해야죠. 그런 건 알려달라고 했는데."

"잠깐만 지내는 거라서요. 며칠 있다가 나갈 겁니다. 어쨌든 택배는 받은 것 없으니 확인해 보세요. 올라가보겠습니다."

옆집 남자는 약간 급하게 말을 끊고 나갔다. 말을 피하는 모양새였지만 수상하게 느껴질 정도는 아니었다. 도아는 빼냈을지 몰라도 옆집 여자는 어떻게 구해야 할까? 1003호에도 들러보겠다고 말하며 관리실을 빠져나오려고 했다.

"아, 1001호! 그러고 보니 아까 마스터키 가져간 건 돌려주셔야죠."

심장이 쿵 내려앉았다.

엘리베이터 앞에 서 있던 옆집 남자가 천천히 내 쪽을 향해 몸을 돌렸다.

"마스터키라뇨."

"여자친구분이 문 고장 났다고 빌려 가신 거 말이에요."

"제 여자친구……가요?"

옆집 남자의 눈동자가 번들거렸다. 길을 걸으면 흔히 볼 수 있는 평범한 외모의 남자라고 생각했는데 눈빛에 살기가 돌자 완전히 다른 사람 같이 보였다. 그는 분명하게 나를 쳐다보고 있었다. 나는 본능적으로 위험을 깨달은 작은 동물처럼 눈을 피했다.

그때 엘리베이터가 도착했다. 먼저 올라탄 그는 나를 쳐다보며 열림 버튼을 누르고 있었다. 그와 그 좁은 공간에 같이 있는 것을 상상만 해도 목이 졸리는 기분이었지만 그 순간에는 피할 명분이 떠오르지 않았다. 겨우 발을 옮겨 엘리베이터에 올라탔다. 10층으로 향하는 동안 그와 나 사이에는 싸늘한 기운이 감돌고 있었다. 나는 이보다 더 느린 엘리베이터를 타본 기억이 없었다.

가까스로 10층에 도착했다. 나는 머뭇거렸지만 남자는 먼저 내리라는 듯이 한 발 물러서 있었다. 꺼림칙했지만 그곳을 벗어나고 싶어서 급한 걸음으로 빠져나왔다. 달려가듯 집 앞에 도착해 도어락의 버튼을 누르고 문을 열었다. 집 안에는 무사히 탈출한 도아가 있었다. 그녀를 발견하니 매트 위에 푹 떨어지는 것처럼 마음이 놓였다. 하지만 도아의 놀란 표정을 보고 황급히 뒤를 돌았을 때였다. 그곳에는 발로 문이 닫히는 것을 막고 서 있는 옆집 남자가 있었다.

"그래서 둘 중에 누가 내 여자친구야?"

옆집 남자는 비릿한 웃음을 짓고 있었다.

나와 도아가 아무 소리를 내지 못하고 있는 동안, 옆집 남자는 나를 밀치고 집 안으로 들어서서 등 뒤로 문을 잠갔다. 나는 고장 난 인형처럼 어, 어 하는 소리를 내면서 뒷걸음질을 쳤다. 옆집 남자가 내 방 안으로 걸어 들어왔다. 위협적인 기운이 방 안에 풍선처럼 가득 찼다.

"옆집 여자 보일러실에 있는 거 맞지?"

도아가 잔뜩 긴장한 낮은 목소리로 물었다.

"며칠째 그 좁아터진 곳에 가둬놓으면 죽을지도 몰라. 아까는 열어달라고 문까지 두드리던데."

"너희가 무슨 상관이야?"

옆집 남자는 이빨을 드러내듯이 말했다.

"알아? 너희는 세라 이름도 모르잖아. 모르는 사람이 죽든 말든 무슨 상관이야? 아무것도 모르면서 웬 참견이냐고."

옆집 남자는 나와 도아를 번갈아가며 보았다. 그가 옆집 여자에게 물리적인 폭력을 휘둘렀던 남자라는 것을 알고 있다는 것만으로도 몸과 마음이 위축되었다. 그때 옆집 남자가 탁자 위에 있는 꽃병을 거꾸로 들었다.

"이 방의 보일러실은 두 명도 들어갈 수 있을까?"

말을 끝내기가 무섭게, 옆집 남자는 도아에게 꽃병을 휘둘렀다. 꽃병에 머리를 맞은 그녀는 등 뒤로 쥐고 있던 휴대폰을 바닥에 떨어뜨렸다. 경찰에 신고를 하려고 했는지 화면에는 112라는 숫자가 선명하게 떠 있었다.

"도아야!"

"세라한테도 처음부터 그러려던 건 아니었어. 어쩌다 보니 그렇게 된 거야. 그런데 이제는 돌이킬 수 없잖아? 너희도 그렇게 되는 거지, 어쩌다 보니."

그가 이번에는 나에게 몸을 돌렸다. 마주 선 몸이 부들부들 떨렸다.

그 순간 이상하게도, 익숙한 냄새가 났다. 수액을 가득 먹은 듯 달고 시원한 과일 나무의 향기, 쾌락의 낙원에서 날 것 같은 향기, 내가 그토록 흥분하는 휘기에의 향. 옆집 여자가 향초를 태운 것도 아닌데 어째서 그 냄새를 맡을 수 있었을까. 이상한 일이었다. 그리고 수순처럼, 서랍장 위에 올려놓은 향초와 그 옆의 캔들 라이터가 눈에 가득 들어왔다.

옆집 남자가 꽃병을 들고 나에게 달려왔다. 나는 더 이상 생각할 겨를이 없었다. 손을 뻗어 캔들 라이터를 집었다. 검은 총 모양으로 생긴 커다란 캔들 라이터는 점화구가 두 뼘에 가까울 정도로 길었다. 나는 방아쇠를 당기듯 점화 버튼을 누르며 펜싱을 하는 사람처럼 옆집 남자의 얼굴을 향해 힘껏 라이터를 찔렀다.

"으윽!"

남자의 앞머리에 불이 붙었다. 남자는 꽃병을 떨어뜨리며 뒤로 물러났다. 그리고 도아, 여성들의 밤거리를 지켜주고 싶어서 경찰 시험을 3년이나 준비했던 우리의 김도아가 일어나 옆집 남자에게 덤벼들었다. 그녀의 손에는 늘 들고 다니는 악력기가 쥐어져 있었다.

4.

그 후의 일은 다행히도 쉽게 해결되었다. 옆집 남자는 도아가 명치를 향해 내지른 주먹을 맞고 그 자리에 쓰러졌다. 우리는 경찰에 신고를 했고, 경찰들이 도착하기 전에 옆집의 문을 열고 들어가 보일러실의 문을 땄다. 옆집 여자는 머리와 얼굴에 피가 잔뜩 말라 있었지만 다행히 정신을 차렸다.

"어떻게, 알았어요?"

그녀는 자신을 끌어내는 우리를 멍한 얼굴로 쳐다보았다. 우리가 어떻게 알았는지, 아마 옆집 여자는 평생 모를 것이다. 내가 그녀에게 어떤 종류의 감정을 품고 있는지도.

옆집 남자가 경찰에 잡혀 들어간 이후 옆집 여자는 다른 곳으로 이사를 했다. 그녀는 떠나기 전에 우리 집 앞에 선물을 하나 두고 갔다. 향수였다. 휘기에는 아니었지만 같은 브랜드의 탐다오라는 이름이었다. 그 향은 누군가를 추모하기 위한 공간에서, 혹은 경전에 파고들어 사는 고아한 승려의 옷자락에서 날 법한 향이었다. 그럼에도 불구하고 휘기에보다 더 유혹적이라는 생각이 들었다.

나 역시 오래 지나지 않아 다른 집으로 이사를 했다. 도아와 새로 시작한 웹툰이 공모전에 당선되었고 정식으로 연재를 시작하면서 두 사람이 함께 작업할 공간이 필요해졌기 때문이다. 새로 구한 집은 투룸이었고, 아주 작지만 거실도 있었다.

거실의 커튼에 탐다오를 뿌렸다. 창의 바람을 통해 은은한 향내가 퍼졌다. 거실의 창문 건너편에는 같은 단지의 오피스텔 창문이 선명하게 보였다.

"또 뭘 훔쳐보고 있어."

도아가 장바구니를 들고 집으로 들어왔다. 나는 찔끔해 창문에서 한 걸음 떨어졌다. 훔쳐보긴 뭘 훔쳐봐, 소심하게 반항했다. 그러면서도 한마디 덧붙여 보았다.

"다음 작품은 여자의 쾌감에 대한 얘기면 어떨까?"

창 건너편에는 불빛이 점멸하고 있었다. 향초의 촛불처럼 일렁거렸다.

끝.

붉은 가면을 쓴 사나이

김이환

2004년부터 지금까지 《양말 줍는 소년》, 《절망의 구》, 《디저트 월드》, 《초인은 지금》 등 열네 편의 장편소설과 여섯 편의 공동단편집을 출간했다. 2009년 멀티문학상, 2011년 젊은작가상 우수상, 2017년 SF 어워드 장편소설 우수상을 수상했다. 단편 〈너의 변신〉이 잡지 《Koreana》를 통해 9개 국어로 번역되었고 프랑스에서도 출간되었으며, 장편소설 《절망의 구》와 《초인은 지금》은 일본에서 만화로 각색되어 출간을 준비 중이다. 평소 좋아하는 판타지, SF, 동화, 추리, 미스터리, 문단 문학 등의 다양한 장르를 넘나들거나 재조합해서 소설을 쓰고 있다. 독립영화를 좋아하여 《씨네 21》, 《계간 독립영화》등 다양한 지면에 독립영화 리뷰를 싣기도 했다.

뜨거운 해가 내리쬐는 바위산에서, 붉은 가면을 쓴 사나이가 바위틈에 숨어 계곡을 내려다보고 있었다.

계곡에서는 산적들이 지나가던 행인을 약탈 중이었다. 그들은 마차에서 남자들을 끌어내 죽이고 여자들은 겁탈한 다음 죽였다. 마차에서 짐을 모두 꺼내 바닥에 내동댕이친 후 값나가는 물건을 빼내고, 시신을 아무렇게나 걷어차며 주머니를 뒤져 지갑을 챙기고, 비싼 외투를 벗겨 가죽 가방, 신발과 함께 한쪽에 모았다.

피비린내 나는 약탈을 지켜보면서, 붉은 가면을 쓴 남자는 얼굴에서 붉은 천이 감겨 있지 않은 유일한 부분인 입술과 턱을 천천히 긁었다. 산적들이 마차와 함께 따라온 수레에서 나무 궤짝을 끌어내렸을 때, 남자는 욕설을 내뱉었다.

"내가 먼저 덮쳤어야 했는데."

산적들은 궤짝을 열려 애썼지만 열지 못했다. 심지어 부수지도 못했다. 산적들이 궤짝을 발로 차고 바위에 던지고 망치로 내리치면서 화를 내는 소리가 계곡에 울려 퍼졌다. 붉은 가면을 쓴 남자는 킬킬 웃었다.

"멍청한 놈들. 마법이 걸려 있는 물건은 힘으로 절대 못 부숴."

산적들은 여전히 열리지 않는 궤짝 주변에서 웅성거리고 있었다. 산적들을 지켜보던 남자는 부츠 옆에 꽂은 단검을 쓰다듬으며 계획을 세우기 시작했다. 만약 산적들이 궤짝을 놓고 간다면, 완전히 떠나길 기다렸다가 안전해진 다음 궤짝을 차지하면 된다. 만약 산적들이 궤짝을 가져간다면, 따라가면서 기회를 엿보다 습격해 빼앗아야 한다.

그렇다면 아주 긴 추격이 될 것이다…….

남자는 기다리고 기다렸다.

그리고 운이 좋았다. 산적들이 궤짝을 내팽개치고는 옷과 보석, 돈 같은 다른 물건들만 가지고 계곡을 떠난 것이다. 그러나 남자는 바로 계곡으로 내려가지 않고 신중하게 기다렸다.

바위산 주변의 사막에서 건조한 바람이 불어와 한바탕 산 주변을 휩쓸다가 멀리 사라졌다. 가끔 전갈과 독사들이 바위 그늘 밑에서 움직였다.

산적들이 돌아오지 않자, 남자는 조용히 몸을 일으켰다. 말라 죽은 풀과 키 작은 나무들 사이로 걸음을 서둘러 재빨리 계곡으로 내려갔다. 바위를 지나고 시체 사이를 지났다. 한때 높은 신분의 부자들이었으나, 이제는 사막 한가운데의 바위산에 버려진 시체가 되고 만 그들에게 그는 별다른 동정심도 관심도 못 느꼈다.

곧 남자는 마법의 궤짝에 도착했다. 궤짝 옆에서 움찔거리던 전갈을 부츠로 밟아 죽인 다음 조용히 궤짝을 내려다보았다.

붉은 가면을 쓴 사나이는 큰 키에 단단한 근육질이었다. 부츠는 낡은 가죽으로 되어 있었고, 검은색의 바지와 셔츠 역시 낡고 허름한 것이었다. 그리고 얼굴에는 붉은 천이 감겨 있었다.

천과 천 사이로 보이는 눈이 궤짝에 새겨진 글자를 천천히 읽었다.

"부자 놈들, 역시 돼지치기 말대로 마족의 물건을 가지고 있었군. 안에 뭘 숨겼는지 볼까."

그는 단검을 꺼냈고, 궤짝에 대었다. 궤짝의 경첩은 칼이 닿자마자 달칵 소리를 내며 가볍게 열렸다. 그는 검을 다시 부츠 옆 칼집에 넣었다.

상자 안에는 특별한 일에만 입는 좋은 옷과 장신구가 들어 있었다. 남자는 널브러진 시체 중 나란히 누워 있는 젊은 남자와 젊은 여자의 시체를 바라보며 중얼거렸다.

"결혼식에 가는 길이었군."

장신구 밑에는 집과 땅의 소유를 기록해 놓은 서류들이 있었다. 그는 정보를 알려준 '돼지치기'를 위해 서류를 챙겼다. 그리고 서류 더미 밑에는 작은 가죽 주머니가 있었다. 남자는 주머니를 집어서 안을 들여다보았다. 그 안에는…….

"찾았다."

남자가 안에 든 것을 막 꺼냈을 때, 등 뒤에서 목소리가 들렸다.

"이것 봐라?"

등 뒤에서 산적들이 그를 내려다보고 있었다.

붉은 가면을 쓴 사나이는 알몸으로 나무에 매달린 채 신음했다. 산적들이 그를 흠씬 두들겨 팬 다음, 옷을 모두 벗겨서 나무에 밧줄로 묶어놓고 다시 두들겨 팼던 것이다. 그리고 사내의 옷을 뒤져 몇 닢의 동전과 단검을 빼앗았다.

산적들이 바쁘게 움직이는 동안 한쪽 눈에 검은색 안대를 한 남자가 단검을 위로 던졌다가 다시 받았다가 하면서, 나무에 묶인 붉은 가면을 쓴 사나이를 바라보았다.

잠시 후 애꾸눈은 단검을 던졌고, 사내의 옆구리를 스쳐 지나서 나무에 꽂혔다. 옆구리의 피부가 찢어지며 피가 흘렀고, 가면을 쓴 사내는 몸을 비틀며 지저분한 욕설을 내뱉었다.

"가져와."

애꾸눈이 나무를 턱으로 가리키며 명령하자, 사내의 옷가지를 뒤지던 절름발이가 절룩대며 힘들게 걸어서는 나무로 다가가 사내 옆에 꽂힌 단검을 뽑아 다시 애꾸눈에게 가져다주었다. 애꾸눈은 가면을 쓴 사나이를 노려보며 단검을 위로 던졌다가 받기를 반복했다.

"저 새끼 가면 벗겨봐. 어떻게 생긴 놈인지 얼굴 좀 보자."

애꾸눈의 명령이 떨어지자 산적들은 하던 일을 중단하고 모두 남자에게 다가가 얼굴을 휘감은 천을 잡아당겼다.

"꺼져 개새끼들아!"

사내는 외쳤다. 산적들이 풀어보려 애써도 붉은 천이 얼굴에서 떨어지지 않았다. 산적들은 잡아당겨 보고, 칼로 찢으려고 해보고, 천과 피부 사이에 칼을 억지로 쑤셔도 넣어보았다. 그동안에도 계속 붉은 가면을 쓴 사나이는 욕을 해댔다. 마침내 산적들은 말했다.

"안 됩니다."

"불을 붙여서 천을 태워봐."

애꾸눈의 말에, 가면을 쓴 사내는 버럭 소리 질렀다.

"얼굴을 보려고 가면을 벗기라는 놈이 얼굴을 다 태우면 어쩌자는 거야?

"맞는 말이긴 한데……."

애꾸눈은 무심히 손가락으로 얼굴을 긁으며 말했다.

"왜 가면이 안 벗겨지는지 호기심이 생겨서 말이야. 뭐 대단한 얼굴인데 마법까지 써서 가리나?"

붉은 가면을 쓴 사나이는 대답했다.

"마법이 아니라 저주야."

"저주?"

애꾸눈은 되묻더니 단검을 던졌고, 피가 흐르고 있는 옆구리를 스쳐서 나무에 꽂혔다. 사나이는 다시 욕을 해댔다. 절름발이가 나무로 다가가 칼을 뽑아서 애꾸눈에게 가져다주더니 귀에 대고 조용히 뭔가를 속삭였다. 절름발이는 키가 작고 왜소한 체격의 남자였다. 그는 산적 무리에서 서열이 낮은 존재인지 계속 주변의 눈치를 보면서 조심스럽게 행동했다.

절름발이의 말을 듣고 난 두목은 천천히 사내에게 다가와 말했다.

"너는 마족인가?"

"왜 내가 마족이라고 생각하는데?"

"나는 질문에 질문으로 대답하는 놈을 좋아하지 않아."

애꾸눈이 단검을 사나이의 옆구리에 꽂으려는 시늉을 하자, 사나이가 허둥지둥 대답했다.

"맞아, 맞아, 나는 마족이야. 그래서 평생 얼굴을 가리고 사는 저주도 받고 마법 걸린 단검도 가지고 있어. 그러니 제발 이 줄 좀 풀어줘."

"단검에 새겨진 글자가 마족의 글자라고 하는군. 우리 절름발이 선생님이 글자를 많이 아시거든."

애꾸눈은 단검으로 절름발이를 가리켰다.

"하지만 정말 마족이 맞을까? 마족이 아니라도 저주는 걸릴 수 있어. 마족의 물건이야 구하려면 구할 수 있지. 얼굴을 보면 확인이 될 텐데 가면이 벗겨지지 않으니…… 그래도 모험을 하고 싶지는 않아. 그냥 마족이라고 생각하자."

애꾸눈의 말에 산적들이 실망한 얼굴이 되었다. 누군가 말했다.

"대장님, 그러면 저놈을 못 죽이잖습니까."

"못 죽이지. 마족을 죽이면 저주가 따라오니까."

애꾸눈은 땅에 침을 퉤 뱉었다. 붉은 가면을 쓴 사나이는 애꾸눈에게 말했다.

"이봐 똑똑한 산적 양반, 당신들 구역에 얼쩡거린 건 미안해. 하지만 나 때문에 그 궤짝도 차지했잖아. 그러니 줄 좀 풀어줘. 조용히 집으로 돌아갈 테니까. 내가 약속하지."

"그게 문제야. 네가 우리 계곡에 숨어서 기다리고 있었단 말이지. 궤짝을 가진 놈들이 계곡을 지나가는 걸 어떻게 알았냐는 거야. 정보를 어디서 얻었지?"

대답을 망설이던 사나이는, 애꾸눈이 단검으로 사나이의 다친 옆구리를 쿡쿡 찌르기 시작했기 때문에 서둘러 말했다.

"'블랙 리버'의 '돼지치기'를 아나? 그놈이 가르쳐줬어."

"블랙 리버? 멀리서도 왔군. 그 돼지치기라는 놈은 어떻게 정보를 얻었다고 하던가?"

"몰라. 그놈은 그냥 뭐든지 다 알아. 돈 되는 건 뭐든지. 제발 풀어줘. 살려주면 돌아가서 전해줄게. 산적들의 물건은 넘보는 게 아니라고……."

"거참, 피곤하게 됐군. 죽이면 편하게 해결될 일인데 죽이질 못한다니……."

애꾸눈은 중얼거렸다.

"대장님, 이빨 가져가면 안 됩니까?

산적 중 한 명이 다가와, 피투성이가 된 손에 쥐고 있던 이를 보여주며 말했다.

"시체들 중에 이가 성한 놈이 별로 없어서 몇 개 못 뽑았습니다. 저놈의 이가 튼튼하니 몇 개 뽑아서 가져가고 싶습니다. 죽이지만 않으면 되는 거 아닙니까?"

그러자 산적들이 너도나도 외쳤다.

"저는 등가죽을 벗기고 싶습니다."

"저는 손가락을 잘라서 장식품으로 쓰고 싶습니다."

애꾸눈이 절름발이를 돌아보자 절름발이가 조용히 대답했다.

"마족은 웬만하면 건드리지 않는 게 좋습니다."

"운 좋은 줄 알아라."

애꾸눈은 사내에게 말한 다음, 부하들에게 마물이 나오기 전에 계곡을 떠나자고 말했다. 부하들은 아쉬워하면서도, 대장의 명령을 거역하지 못하고 주섬주섬 전리품을 챙겨 떠날 준비를 했다. 붉은 가면을 쓴 사나이는 소리쳤다.

"그냥 두고 가지 마! 날 놔줘야지! 여기서 줄에 묶인 채로 말라 죽으란 말이야?"

"직접 죽이지만 않으면 저주가 오지 않습니다."

절름발이가 말했고, 애꾸눈은 고개를 끄덕이고는 부하들에게 명령했다.

"해 지기 전에 서둘러."

"내가 죽으면 너희를 저주할 테다! 나처럼 말라 죽을 거야! 마물에게 잡아먹힐 거다!"

붉은 가면을 쓴 사나이는 고래고래 외쳤지만 소용없었다. 산적들은 사내를 나무에 묶은 채로 남겨두고는 게으른 걸음으로 계곡을 떠났다.

붉은 가면을 쓴 사나이는 나무에 묶인 채로 소리쳤다.

"씨발! 씨발놈들! 살려줘! 살려달라고! 풀어달라니까 이 씨발놈들아!"

계곡에는 말라 죽은 풀, 나무, 가끔 바위를 기어가는 전갈들뿐이었다. 잠시 후 대머리독수리가 하늘을 맴돌더니 가까운 바위 위에 내려앉았다.

"꺼져!"

그는 외쳤으나 대머리독수리는 눈을 끔벅이며 그를 쳐다볼 뿐이었다. 지금이야 소리칠 기운이 있지만, 힘이 다 빠지면 목소리로 독수리를 쫓지도 못할 것이다. 그러면 독수리는 더 가까운 바위로 다가올 것이고……. 남자는 필사적으로 손목을 비틀었으나 밧줄은 꼼짝도 않았다.

해가 뜨겁게 내리쬐고, 남자는 목이 마르고 힘이 빠졌다. 대머리독수리가 한 마리에서 세 마리로, 그리고 여섯 마리로 늘어났다. 시간이 흐르자 해가 기울면서 나무와 바위의 그림자도 천천히 길어졌다. 사내의 그림자도 천천히 길어졌다.

어느 순간, 해가 더 이상 기울지 않았는데도 사내의 그림자가 점점 더 길어졌다.

그림자는 잠시 망설이더니, 땅에서 일어났다.

"섀도우."

붉은 가면을 쓴 사나이는, 땅을 딛고 서 있는 사람 모양의 그림자를 향해 말을 걸었다.

"내가 위험에 처했잖아. 도와줘야 할 거 아냐? 안 그래? 그게 네가 하는 일이잖아."

검은 그림자는 움직이지 않았다.

"내 말에 대답 좀 해봐."

여전히 그림자는 아무 움직임 없었다.

"섀도우, 줄 정도는 풀 줄 알잖아, 왜 말을 안 들어? 이러다가 죽게 생겼다니까! 나는 네놈이 죽여야 하잖아. 죽게 놔둘 거야?"

갑자기 그림자의 머리 부분에 두 개의 눈이 생기더니 남자를 조용히 내려다보았다. 그림자는 그보다 훨씬 키도 덩치도 컸던 것이다. 섀도우에 눈이 생기는 일은 붉은 가면을 쓴 사나이조차 처음 보는 광경이었으므로 놀라 잠시 아무 말도 하지 못했다.

생각을 거듭한 사나이는 섀도우에게 변화가 있다면 좋은 신호일지도 모른다 판단하고 계속 말을 걸었다.

"멀뚱멀뚱 보기만 하면 뭐 해? 풀어달라니까! 이 개새끼야, 평생 나를 따라다니면서 괴롭히더니 이제는 쳐다보기만 해? 뭐라고 대답이라도 해봐! 눈을 만들었으면 그다음엔 입이라도 만들어봐!"

순간, 새도우가 갑자기 사라졌다. 동시에 나무 뒤에서 인기척이 들렸고, 사내는 줄에 묶여 잘 움직이지 않는 몸을 억지로 돌려 뒤를 바라보았다. 나무 뒤에서 다리를 절룩거리는 남자가 그에게 다가왔다.

절름발이는 말했다.

"따라오세요."

절름발이가 줄을 풀었고, 붉은 가면을 쓴 사나이는 앞으로 고꾸라졌다.

"이봐, 절름발이. 고맙네. 그런데 말이야……." 절름발이를 따라가던 붉은 가면을 쓴 사나이는 말했다. "손 좀 풀어주면 안 돼? 불편해서 제대로 걸을 수가 있어야지."

그는 알몸에 맨발로 그리고 손은 여전히 등 뒤로 묶인 채로 절름발이를 따라 걷고 있었던 것이다. 앞서가는 절름발이가 그를 돌아보지도 않고 대답했다.

"그건 안 됩니다. 내가 위험해지니까요."

"알몸에 아무 무기도 없는 사람이 뭐가 위험해?"

"키 크고 건장한 남자가 힘없는 절름발이 죽이는 일 정도는 충분히 가능하죠."

절름발이는 붉은 가면을 쓴 사나이의 단검을 왼손에서 오른손으로 옮겨 쥐며 대답했다. 사나이는 잠시 걸음을 멈추고 주위를 둘러보더니 말했다.

"왜 이쪽으로 가나? 계곡을 벗어나는 길이 아니라 더 안쪽으로 들어가는 길이잖아. 황무지를 빠져나가 블랙 리버로 가려면 반대쪽으로 가야 맞잖아."

"맞습니다. 그리고 그쪽에는 제 동료들이 있습니다. 제가 당신과 같이 있는 모습을 보고 뭐라고 할까요? 그냥 저를 믿고 조용히 따라오시면 안 됩니까? 이 길을 따라 계곡을 넘어가면 새로운 계곡이 나타나고, 계곡 너머 바위산으로 건너가는 다리가 있습니다. 그곳에 옷가지와 신발을 숨겨놓고 당신을 구하러 왔습니다. 그러니 조용히 따라오시면 됩니다."

절름발이는 대답했다. 사나이를 돌아보는 그의 표정은 냉랭했다. 말이 끝나자 그는 돌아서서 걷기 시작했고 사나이는 입을 다물고 천천히 따라갔다.

잠시 후 사나이는 절름발이에게 말했다.

"이봐, 의심해서 미안해."

"저는 '레드 트리'에 살았습니다. '레드 트리'를 아십니까?"

절름발이는 대답 대신 엉뚱한 말을 했다. 붉은 가면을 쓴 사나이는 조용히 대답했다.

"아니…… 몰라."

"가을이 되면 숲의 나무들이 붉게 물들어서 '레드 트리'라고 불리던 마을입니다. 마족이 사는 지역과 인간들이 사는 지역의 경계에 있는 마을이었죠. 어렸을 때 마족을 많이 봐왔고 마족 친구도 있었습니다. 마족이 사람들의 편견처럼 나쁜 종족이 아니라는 것 또한 잘 압니다."

"고맙군."

"마족을 죽이면 저주가 따라온다는 말은 그저 미신이라는 점도 잘 압니다."

"그 이야기를 두목에게 했다간 난 죽었겠군."

"그렇습니다."

맨발로 모래와 바위 위를 걷자니 사나이의 발이 점점 아파왔다. 하지만 절름발이는 그가 따라오든 말든 걷고 있었기 때문에, 잠자코 따라갔다. 계곡에는 한동안 절룩거리는 다리를 질질 끌고 걷는 소리와 맨발이 흙과 모래를 밟는 부스럭 소리만 이어졌다.

절름발이는 돌아보지도 않고 말을 이었다.

"아시다시피 산적들은 사람 죽이는 걸 좋아하지 않습니다."

"아시다시피?"

"그렇습니다. 산적들은 보통 가난한 여행자들에게서 통행료를 요구하거나, 간혹 지체 높은 사람을 잡으면 인질로 붙잡고 몸값을 요구하죠. 저는 몸값을 요구하는 편지를 쓰는 일을 합니다. 글을 아는 산적이 많지 않아서요. 오늘 계곡의 사람들을 모두 죽인 건 두목이 그들을 마음에 들지 않아 했기 때문입니다. 분명 재산이 많아 보였는데도, 더 이상 가진 게 없다고 거짓말을 하더군요."

"자네는 산적치고는 착한 사람 같군."

사나이는 비꼬려는 의도로 말했는데 뜻밖의 대답이 돌아왔다.

"제 가족들도 산적들이 죽였습니다."

"그래? 그런데 당신은 산적이 됐어?"

"레드 트리 마을은 이웃의 마족 왕국이 몰락하면서 같이 가난해졌습니다. 때마침 가뭄이 오면서 마을 사람들은 마을을 떠나거나 남아서 굶어 죽었습니다. 부모님도 굶어 죽었고, 저도 병을 얻어 다리를 못 쓰게 됐죠. 지나가던 마족들이 거둬서 돌봐주지 않았으면 저도 죽었을 겁니다. 그런데 어느 날 산적의 습격을 받았죠. 그때는 가뭄이다 보니 산적들이 지금보다 더 포악했거든요. 산적들은 마족을 다 죽이고, 저는 잡아다가 노예로 부렸습니다. 제가 어렸을 때의 일입니다. 나이가 들면서 저도 더 이상 노예가 아닌 산적의 일원이 됐죠."

"안됐군."

"알몸으로 산적에게 붙잡힌 사람에게 위로까지 듣고 싶진 않군요."

절름발이는 그를 돌아보면서 웃었지만, 농담 같은 말투와는 달리 냉소적인 웃음이었다. 사나이는 웃지 않고 그저 이렇게만 말했다.

"내 이름은 스탄이야."

"저는 그냥 절름발이입니다."

"이름이 '그냥 절름발이'인 사람은 없어."

"이전에는 이름이 있었지만 산적으로 살면서 그냥 절름발이가 됐습니다. 스탄이라니, 마족의 이름은 아니군요."

“나는 완전한 마족이 아니야. 얼굴도 모르는 마족 아버지와 인간 어머니가 피를 섞었을 뿐이야.”

“이름이 스탄이면 성은 뭡니까?”

“내 성을 아는 놈은 죽여야 돼.”

그의 대답에 절름발이가 돌아보았고, 이번에는 스탄이 먼저 웃어 보였다.

“물론 농담이야.”

절름발이는 다시 걸었다.

스탄도 그를 따라 계속 걸었다. 뜨거운 햇빛과 마른바람을 맞으며 걸어가는 동안 목이 마르고 발은 갈수록 더 아팠다. 손을 뒤로 묶인 채로 걷기도 쉽지 않았다. 약한 모습을 보여서는 안 된다는 생각에 힘들지 않은 척했지만, 발이 질질 끌리는 것을 스스로도 느끼고 있었다.

스탄은 절름발이에게 말했다.

“그게 이유인가?”

“무엇의 이유요?”

절름발이가 그를 돌아보았다.

“나를 살려주는 이유 말이야. 산적들은 사람을 죽이는 걸 싫어하니까. 나는 뺏을 돈도 없고 몸값을 대신 지불할 사람도 없어. 그저 그런 떠돌이지. 거짓말을 하지 않았으니 죽이지 않고 싶다, 그런 이유인가?”

“맞습니다.”

"신기한 이유군."

스탄은 말했으나 절름발이는 대답이 없었다.

"두목에게는 뭐라고 말하고 나를 구하러 왔나?"

"오늘 전리품을 나눠 가지는데 두목이 저에게 단검을 줬습니다. 지금은 산적들이 쉬는 시간입니다. 오늘의 수확 덕분에 앞으로 한 달은 쉬어도 되겠죠. 그래서 이곳으로 돌아왔습니다."

"나중에 계곡으로 돌아왔을 때 나무에 묶인 채로 말라 죽은 시체가 없는 걸 보면 두목이 언짢아하지 않겠나?"

"계곡에는 가끔 사람이 다니니까 어느 친절한 사람이 풀어줬거니 하고 넘기겠죠."

"혹은 마물이 잡아먹었거나."

"그 말도 맞습니다."

절름발이는 대답했다.

"레드 트리 근방의 던전에 대한 소문은 들어보셨습니까?"

"아까 말했듯이 전혀 몰라."

"예전에 마족의 성이 있었는데, 그곳이 지금은 던전이 되었습니다."

"레드 트리는 여기서 아주 멀지 않나?"

"블랙 리버만큼이나 멀죠."

방향은 정반대지만. 스탄이 말했으나 절름발이는 그의 말에 신경 쓰지 않고 말을 이었다.

"큰 성이었습니다. 왕국이 멸망한 지 몇 백 년이 지났지만 여전히 터가 남아 있고, 사람들은 마족의 저주가 걸려 있다며 다가가길 꺼리죠. 그리고 성의 지하에 던전이 있습니다. 던전 어딘가에 왕국이 멸망하면서 남은 마족의 보물이 있다고 하더군요."

"그런 데 들어가면 안 돼. 보물 있다는 던전에 잘못 들어갔다간 살아 나오기 힘들어. 마물에, 함정에, 풀지 못하는 저주에…… 던전은 위험해."

"이곳은 간혹 있습니다. 신통치 않은 보물을 가져와서 그렇죠. 산적 중에도 더러 있습니다. 낡은 금속이나 지저분한 동전들, 바스러진 천 같은 것을 가지고 와서 자랑하죠. 그리고 다시 들어가서 더 큰 보물을 가지고 나오겠다고 허풍을 부리고요. 정말 깊은 어딘가에 마족 왕국의 빛나는 보석이 박힌 황금 왕관이 있을지도 모르죠."

"믿기 어렵군."

"간혹 붉은 보석을 가지고 나오는 사람도 있습니다."

"레드 스톤 말인가? 레드 스톤이라면 나도 알지. 그건 던전이 아니라 나라 여기저기서 흘러나오는 거잖아. 내가 잘 알아. 돼지치기가 좋아하지."

이런 말을 해도 되던가, 스탄은 자신에게 되물었다. 멀쩡해 보이려 애쓰려고 말을 너무 많이 하고 있었다. 하지만 그렇다고 아무 말이나 해서는 안 된다. 그러나 이제는 힘이 없다 못해 정신이 다 희미해질 지경이어서 스스로를 제어하기 힘들었다.

절름발이는 말했다.

"레드 스톤은 옆 나라에서 좋아하죠. 과학에 쓴다고 하더군요."

"과학이란 말을 몇 번 들었는데, 과학이 도대체 뭔가?"

"그냥 마법 같은 것 아닐까요? 누구나 할 수 있는 마법이요. 이웃 나라에서는 그걸 이용해 이상한 물건들을 만들어낸다고 하더군요. 제가 붉은 보석에 관심이 있는 이유는 유령에 대한 소문 때문입니다. 던전에 들어간 사람이 다시 돌아오지 않는 이유가 그 안의 마물에게 잡아먹히거나 성에 남아 있는 수많은 덫에 빠져 죽었기 때문이 아니라, 유령 때문이라는 소문이요."

"그 여자 유령을 누가 정말 봤다고 하던가?"

"여자라고는 한 적 없습니다."

절름발이가 그를 돌아보았다. 스탄은 마른침을 삼키며 대답했다.

"유령은 보통 여자니까…… 그리고 던전의 유령에 대한 소문을 들은 것도 같아."

"춤을 추는 여자 유령이죠. 사람을 잡아먹는다는 소문도 있고, 레드 스톤을 지킨다는 소문도 있고, 레드 스톤을 주면 소원을 들어준다는 소문도 있죠."

"유령이 사람 소원을 들어준다니, 그런 유령이 어딨어?"

"맞습니다. 저도 헛소문이라고 생각합니다."

"나에게는 들으나마나 한 소리군. 화이트 월도, 값진 보물도. 그저 지금 사느냐 죽느냐가 중요할 뿐이야. 내가 산적들에게 자신에 대해 말했다는 걸 알면 돼지치기가 날 그냥 두지 않을 테니까. 그런데 던전 이야기는 애초에 왜 꺼낸 거야?"

그때 바위산이 끝나고 깊은 계곡이 보였다. 깊고 험난한 계곡에 외나무다리가 놓여 있었다. 줄과 나무가 일부 썩어 있었지만, 절름발이는 사람 한 명 정도 지나가는 건 문제없다고 말했다.

"다리를 건너면 산적들이 더 이상 쫓아오지 못합니다. 멀지만 돌아서 가면 블랙 리버로 갈 수 있습니다. 걸어서 닷새 정도 걸릴 겁니다."

"고마워."

"옷은 다리 옆 수풀에 숨겨뒀습니다."

절벽 바로 앞에 있는 수풀이었다. 절름발이가 뒤에서 다가오더니 손목을 내밀라고 말했다. 스탄은 잠시 긴장했지만, 절름발이는 말없이 단검으로 손목의 밧줄을 끊었을 뿐이었다. 그는 찢어질 듯 아픈 발의 통증을 참으며 수풀로 다가갔다. 그리고 수풀을 뒤져 절름발이가 말한 옷과 신발 꾸러미를 찾았다.

"옷이 어디에 있지?"

스탄이 고개를 돌려 물어보았을 때, 절름발이가 스탄의 등을 발로 걷어찼다. 스탄은 앞으로 굴러서 덤불을 지나 낭떠러지까지 갔다가, 간신히 끝에 매달렸다. 밑으로는 수십 미터 깊이의 계곡이 있었다.

절름발이가 천천히 다가와 그를 내려다보았다. 손에 든 단검을 허공에 던졌다가 다시 받으며, 절름발이는 말했다.

"내가 왜 던전 이야기를 꺼냈냐고요? 던전이 되기 전에 그곳은 원래 화이트 월이라는 성이었습니다. 화이트 월이 원래는 어떤 곳이었는지 아십니까?"

"나는 처음 듣는데. 지리 수업은 됐고 말이야, 올라가게 손부터 잡아주겠나?"

절름발이는 부츠를 신은 발로 스탄의 손을 밟았고, 스탄은 소리쳤다.

"이 개새끼가!"

절름발이는 조용히 말했다.

"화이트 월에는 미친 왕이 있었습니다. '타로그'라는 이름의 마족이었죠. 얼마나 미쳤는지 한번은 마을 하나를 다 몰살한 적도 있습니다. 마족의 왕이 레드 트리 마을 사람들을 어떻게 죽였는지 아십니까?"

"나는 모르는 일이야!"

"절벽에서 떠밀었죠. 몇 백 명을 전부! 딱 한 명, 어린 소녀 한 명만이 살아남았지만 다리를 다쳐서 절름발이가 됐죠."

"나는 레드 트리가 어딘지도 몰라. 마족도 아니고 마족 피가 섞였을 뿐이야. 네가 미친 마족 왕 때문에 가족을 잃은 슬픔은 이해하지만 그렇다고 날 죽일 것까진 없잖아."

스탄은 가쁘게 숨을 몰아쉬며 간신히 대답했다. 절름발이는 단검을 들어 스탄을 가리키며 말했다.

"단검에 마족 왕가의 문장이 있어. 그리고 똑같은 문장이 네

팔에 문신으로 있고. 너는 분명히 화이트 월 왕족이다. 내 가족을 죽인 마족이야."

절름발이는 스탄의 검지를 밟았고, 그다음에는 중지를 밟았다. 이렇게 하나씩 손가락을 밟아 짓이길 때마다 스탄은 비명을 지르고 몸을 흔들었다. 계곡으로 떨어지지 않으려고 손에 필사적으로 힘을 주었다.

절름발이는 말했다.

"너를 죽이고 오겠다고 두목에게 말했지. 마법이 걸린 단검으로 죽이면 마족의 저주도 따라오지 않을 테니 단검을 달라고 거짓말을 해서 말이야. 너도 봤겠지만 절름발이 남자가 산적으로 살기는 쉽지 않아. 나는 복수도 하고 두목의 신임을 얻어 더 좋은 자리도 얻는 셈이야. 이제 몰락한 왕족이 열 손가락을 다 다쳐도 여전히 절벽에 매달릴 수 있는지 그것만 보면 돼."

스탄은 외쳤다.

"너를 저주한다! 너는 말라 죽을 거다! 마물에게 산 채로 잡아먹힐 거야!"

절름발이가 오른손을 다 밟자 스탄은 더 이상 손가락에 힘을 주지 못하고 절벽을 놓았고, 남은 왼손으로만 절벽에 매달렸다. 절름발이는 말했다.

"너는 나를 저주할 자격이 없어. 네놈의 시체는 독수리도 파먹지 않을 거다. 마물도 네 시체 썩는 냄새를 피할 거야."

"새도우!"

갑자기 스탄이 절름발이의 등 뒤를 보며 외쳤다. 절름발이는 뒤를 돌아봤지만 뒤에는 아무도 없었다. 그런데 그다음에 누군가 있었다. 절름발이는 자신의 그림자가 천천히 땅에서 솟아오르더니 검은색이 더 짙어지면서 사람 모양의 형태로 변하는 광경을 지켜보았다.

"이게 도대체……."

그리고 스탄이 한 손으로 절벽에서 기어올랐다. 뒤늦게 절름발이가 스탄을 알아차리고 단검을 휘둘렀을 때는 이미 늦어 있었다. 스탄은 단검을 든 절름발이의 손을 주먹으로 쳐내고는 절름발이의 배를 걷어찼다. 단검은 땅바닥으로 떨어졌고, 절름발이는 수풀을 굴러 절벽으로 떨어질 뻔했다가 간신히 두 손으로 바위를 붙잡아 매달렸다.

절름발이가 기어오르려 하자, 스탄은 말했다.

"내 이름은 스탄 타로그, 화이트 월의 주인이자 모든 마족의 왕이다."

"뭐?" 절름발이는 놀라서 외쳤다. "왕국이 멸망하면서 왕도 죽었을 텐데……."

스탄은 절름발이의 손을 발로 밟았고, 절름발이는 붙잡고 있던 바위를 놓치고 아래로 떨어졌다. 절름발이가 절벽 아래로 떨어지면서 저주를 퍼부었고, 어느 순간 저주의 말이 뚝 그쳤다.

"내 성을 아는 놈은 전부 죽여야 돼."

스탄은 중얼거린 다음 땅에 털썩 주저앉았다. 온몸의 근육에서 땀이 흘렀다.

"옷도 없고, 신발도 없군."

그는 손으로 발을 주무르며 그림자를 향해 말했다.

"그래도 섀도우 네가 레드 스톤은 챙겼으니 다행이야."

그림자는 품 안의 어둠에서 작은 가죽 주머니를 꺼냈다. 그리고 안에서 엄지손가락 첫 마디만 한 크고 붉은 보석을 꺼냈다.

"네놈이 가장 좋아하는 거니까 잘 가지고 있어."

그림자는 고개를 끄덕였다.

"저거 하나 구하려고 이 고생을…… 아니…… 레드 스톤은 그 정도 가치가 있지…… 분명 있어……."

스탄은 단검을 꽉 쥐었다. 거친 모래바람이 계곡에서 불어 올라왔고, 모래 알갱이들이 그의 온몸에 따갑게 부딪혔다. 그림자는 레드 스톤과 가죽 주머니를 품에 넣은 다음 땅으로 몸을 눕히더니 그의 그림자 속으로 사라졌다.

"블랙 리버까지 죽지 않고 도착할 수 있을까."

붉은 가면을 쓴 사나이는 팔로 알몸을 감싸 안은 채 걷기 시작했다.

끝.

스팀워커

Steam Walker

정명섭

1973년 서울 출생. 직장인에서 바리스타, 바리스타에서 소설가가 되었다. 2006년 을지문덕을 주인공으로 하는 장편소설 《적패》를 출간한 뒤로 역사, 추리, 공포, SF, 아동·청소년 등 다양한 장르의 작품을 발표했다.

광화 8년(서기 1917년) 3월, 대한제국

증기마차는 결국 고개를 넘지 못했다. 함윤성 중위는 지붕에 올려놓은 자전거를 타고 고개를 넘어갔다. 해가 뉘엿뉘엿 저물어가는 고개를 넘자 언덕 아래 어둠 속에 국립무기연구소가 보였다. 내리막길 중턱에 자리 잡은 초소에서 자전거를 세운 함윤성 중위는 총검이 장착된 소총을 겨눈 경비병에게 신분증을 내밀었다.

"개성 경비여단 소속 함윤성 중위다. 어준태 박사의 출두 명령을 받고 왔다."

신분증을 가지고 경비초소 안으로 들어간 경비병이 연구소 안으로 전화를 했다. 그사이, 함윤성 중위는 길옆의 논두렁을 바라보면서 담배를 하나 피웠다. 통화를 끝낸 경비병이 신분증을 건네줬다.

"아래쪽으로 쭉 내려가시면 오른쪽에 정문이 나올 겁니다."

신분증을 챙기고 자전거를 타는데 경비초소에서 나지막하게 듣고 싶지 않은 이름을 속삭이는 게 느껴졌다. 그리고 일부러 들으라는 듯 가래침을 길게 뱉는 소리도 들렸다.

국립무기연구소 안으로 들어선 함윤성 중위를 반긴 것은 작업복 차림의 어준태 박사였다. 6척 장신에 떡 벌어진 어깨와 두툼한 콧수염 덕분에 갸름하고 체구가 작은 함윤성 중위보다 오히려 더 군인처럼 보였다.

"어서 오게."

어준태 박사가 내민 손을 잡은 함윤성 중위가 대답했다.

"증기마차가 퍼져버리는 바람에 늦었습니다."

"하루 이틀 일인가. 따라오게. 보여줄 게 있어."

어준태 박사가 함윤성 중위를 데리고 간 곳은 국립무기연구소 제일 안쪽에 있는 건물이었다. 벽돌로 쌓은 벽 위에 기와지붕을 올린 건물 주변은 총을 든 경비병들이 지키는 중이었다. 앞장선 어준태 박사가 고개를 끄덕거리자 경비병이 한 손으로 문을 열었다. 가스등으로 환하게 불을 밝힌 연구소 안에는 어준태 박사처럼 작업복 차림의 기술자들이 보였다. 앞장서 걷던 어준태 박사가 물었다.

"그나저나 구주대전(제1차 세계대전)은 어떤가?"

"영길리(영국)와 불란서(프랑스)의 연합군이 덕국(독일)과 오지

리(오스트리아)의 동맹군을 겨우 막아내는 형국입니다."

"아라사(러시아)까지 끼어들었는데도 밀리지 않다니 덕국의 힘은 참으로 강력하군."

머리에 쓴 군모를 벗은 함윤성 중위가 대답했다.

"아무래도 미리견(미국)이 개입하지 않는다고 해서 그런 거 같습니다. 대통령인 윌슨은 개입하고 싶은데 국민들의 반대가 너무 심하거든요."

영국은 그런 미국을 전쟁에 개입시키기 위해 독일이 멕시코와 손을 잡고 미국을 침략해서 분할한다는 내용의 짐머만 전보를 공개했지만 아무 소용이 없었다.

"미리견으로서는 무기를 파는 것만으로도 충분하다고 생각하는 것 같군."

"그 나라야 강대국이라서 그렇지요. 조선은 미리견 같은 강대국이 아니어서 촉각을 곤두세워야만 합니다."

함윤성 중위의 이야기를 들은 어준태 박사는 말없이 손짓을 했다. 그러자 연구원 한 명이 스위치를 올렸고, 건물 안은 환하게 밝혀졌다. 놀라서 주변을 돌아보는 함윤성 중위에게 어준태 박사가 말했다.

"이번에 새로 개발한 증기기관으로 발생시킨 전기일세. 폐쇄형 보일러를 써서 소리가 거의 안 나지. 저쪽을 보게."

함윤성 중위는 어준태 박사가 턱짓을 한 쪽을 바라봤다. 거대한 쇳덩어리가 마치 종잇장처럼 구겨져 있는 게 보였다. 모자를 쥔 채 그쪽을 바라본 함윤성 중위의 귀에 어준태 박사의 목소리가 들렸다.

"영길리군이 개발해서 작년에 전선에 투입한 스팀워커 SW-MK 1의 잔해일세. 손에 넣느라고 고생 좀 했지."

함윤성 중위는 먼지를 뒤집어쓴 스팀워커의 잔해 쪽으로 걸어갔다. 등 뒤로 어준태 박사의 목소리가 들렸다.

"작년 덕국의 공세에 밀리던 영길리군은 철조망과 기관총을 막아내면서 전진할 수 있는 신무기를 전선에 투입했지. 증기기관으로 작동하는 로봇으로 전선을 돌파하려고 했던 거야."

어준태 박사의 설명이 이어졌다.

"덕국군은 시커먼 연기를 내뿜으면서 전진해 오는 영길리군의 스팀워커를 보고 겁에 질려 도주하고 말았지. 하지만 전선에 투입된 스팀워커 역시 문제점이 많았네. 다리 관절의 실린더가 너무 약해서 쉽게 파손되었고, 증기보일러에 석탄을 넣는 병사가 바스켓 위에 완전히 노출되는 바람에 포탄이나 총탄에 맞아서 죽거나 부상을 당하면 그대로 가동이 중단되고 말았거든."

함윤성 중위는 파손된 실린더를 손으로 만지면서 대답했다.

"투입된 스팀워커 96대 중에 71대가 파손되거나 고장 난 걸로 알고 있습니다. 공격도 실패했고요. 그런데 이게 왜 여기 있는 겁니까?"

"현장에 관전무관으로 갔던 박 대위를 통해서 들여왔네. 새로운 가능성을 찾아보려고."

"새로운 가능성이요? 영길리도 실패했다고 보고 더 이상 전선에 투입하지 않았는데요."

대답을 하느라 고개를 돌린 함윤성 중위의 눈에 천으로 가려진 것이 들어왔다. 함윤성 중위의 시선을 느낀 어준태 박사가 그쪽으로 다가갔다.

"영길리의 스팀워커는 실패작이라고 볼 수 있지만 철조망과 기관총이 있는 방어진지를 돌파할 수 있는 가장 효과적인 방법일세."

"그렇긴 하죠. 제대로 돌파한다면 말입니다."

"맞아. 영길리의 스팀워커는 너무 무거웠고, 무엇보다 석탄을 넣는 방식에 문제가 있었네. 그러다 보니 원래의 장점을 살리지 못한 거지. 무장도 좀 빈약했고."

관전무관의 보고서를 읽었던 함윤성 중위는 고개를 끄덕였다.

"맞습니다. 그 문제가 해결되지 않으면 전쟁터에서 스팀워커는 무용지물입니다."

"그 문제만 해결된다면 스팀워커가 해답이 될 수 있다는 뜻이기도 하지."

"말처럼 쉽겠습니까?"

이중 삼중으로 만들어진 참호와 그 앞에 깔린 철조망 그리고 잘 숨겨져 있는 기관총은 전쟁터를 살육의 무대로 바꿔버렸다. 관전무관으로 간 선배 박 대위가 귀국해서 막걸리에 취해서 횡설수설 떠드는 이야기를 들었던 터라 더없이 마음이 무거웠다.

함윤성 중위가 침묵을 지키자 어준태 박사가 어색함을 깨는 헛기침을 두어 번 했다.

“우리 땅에서 전쟁이 벌어진다면 구주처럼 될 가능성이 높아. 거기야 강대국이라 동원할 수 있는 인원이나 물자가 많지만 우리는 그럴 형편이 안 된다네.”

12년 전, 러시아와 일본이 전쟁을 벌이려고 하자 고종 황제는 중립을 선언하고 프랑스 공사관으로 몸을 피했다. 고종의 명령을 받은 군대와 의병들이 들고 일어나면서 일본은 러시아와의 전쟁에 전력을 집중하지 못해 승리하지 못했다. 함윤성 중위의 아버지인 함길태 중장도 그때 강원도에서 의병들을 조직해 일본군에게 저항했다. 덕분에 일본군이 여순항을 공략하는 데 실패하면서 휴전이 체결되었다. 그리고 조선은 두 동강이 났다. 한강을 경계선으로 북쪽은 프랑스 대사관으로 망명했던 고종 황제의 평양을 수도로 하는 대한제국이, 남쪽은 대원군의 손자 신화군을 내세운 입헌군주국인 조선공화국이 각각 세워졌다. 그 이후, 대한제국과 조선민주공화국은 서로 정통성을 내세운 채 끊임없이 무력 충돌을 벌였다. 대한제국 편에서 맹활약을 했던 함길태 중장이 대대 병력을 이끌고 조선민주공화국으로 투항한 것은 분단된 지 4년만의 일이었다. 그 일로 인해 집안은 몰락하고 말았다. 함윤성은 집안의 결백을 입증하기 위해 사실상 인질로서 군인의 길을 걸어야만 했다. 양쪽의 분쟁은 유럽에서 대전이 벌어지면서 잠시 멈췄지만 조만간 재개될 것이라는 게 제국군 내부의 공통된 의견이었다. 그런 측면에서 이번 전쟁은 조선공화국과 벌일 전면전의 예고편 같은 것이었다. 따라서 양쪽 모두 관전무관을 파견하는 등 촉각을 곤두세우는 중이었다. 어준태 박사의 이야기를 듣고 생각에 잠겨 있던 그가 정신을 차렸다.

"그래서 스팀워커로 전선을 돌파할 생각입니까?"

"스팀워커가 전선에 구멍을 내고 거기로 병력들을 밀어 넣는다면 방어선을 돌파할 수 있다네."

어준태 박사의 말에 함윤성 중위는 먼지투성이 스팀워커의 잔해를 바라보면서 대꾸했다.

"제대로만 움직인다면 그렇겠죠. 하지만 보고서에 따르면 10리도 채 못 갔다고 하던데요. 거기다 속도가 너무 느려서 덕국의 야포도 피하지 못했고 말입니다."

"빠르고 잘 움직이는 스팀워커라면 얘기가 달라지지. 저것처럼 말이야."

어준태 박사가 눈짓을 하자 연구원들이 천을 걷어냈다. 무심코 바라봤던 함윤성 중위는 입을 다물지 못했다.

"뭡니까?"

"광화 8년형 스팀워커라네."

입을 다물지 못한 함윤성 중위는 앞으로 다가갔다. 영국의 스팀워커가 덩치 큰 거인처럼 보였다면 어준태 박사가 만든 스팀워커는 날렵해 보였다. 8미터 정도의 높이를 자랑했는데, 두 다리 위의 몸통은 두툼한 강판을 리벳으로 결속시켜 튼튼하게 만

들어졌다. 몸통 양쪽에는 루이스 경기관총, 화염방사기, 로켓 발사대 같은 것이 장착되었고 원형의 작은 포탑이 머리처럼 붙어 있었다.

"실린더를 장갑으로 씌워놨네. 그리고 가동부도 새 다리처럼 뒤로 꺾어지게 만들었지. 바닥 부분도 두껍고 넓게 만들어 전복되지 않도록 했네."

함윤성 중위의 귀에는 어준태 박사의 이야기가 들어오지 않았다. 가까이 다가가서 다리의 실린더를 살펴본 그는 뒤쪽으로 돌아갔다. 영국의 스팀워커와는 달리 연통은 작고 뒤쪽으로 구부러져 있었다. 연통 아래 붙은 증기보일러를 가리키면서 물었다.

"석탄은 어떻게 넣습니까?"

"용수철이랑 타이머를 이용해서 자동 공급 장치를 만들었네. 처음에 예열할 때는 직접 조작해야 하지만 그 이후에는 알아서 석탄이 공급되니까 조종수는 신경 쓰지 않아도 된다네. 증기보일러는 영길리의 야로우사 제품을 개량했는데 조금 지나면 우리가 직접 만들 수 있을 거야."

"방어력은요?"

"맥심 기관총 탄환이나 수류탄 정도는 너끈히 막네. 포탄도 직접 맞지만 않는다면 견딜 수 있을 정도지."

"결국 관건은 속도와 지속 시간이 되겠군요."

고개를 돌린 함윤성 중위의 물음에 어준태 박사가 어깨를 으쓱거렸다.

"출력은 영길리 스팀워커의 두 배고 무게는 3분의 2에 불과해서 한 시간은 보장할 수 있어."

"전장에서 증명되지 않으면 소용없다는 거 잘 아시지 않습니까."

"그걸 증명해 달라고 자네를 부른 걸세."

어준태 박사의 이야기에 함윤성 중위가 고개를 갸웃거렸다.

"제가요?"

"제국군 내에 얼마 안 되는 스팀워커 지지파이지 않은가."

"아시다시피 저는……."

"그것도 얘기가 다 끝났네. 자넨 저걸 타게 될 거야."

"시험 조종사라면 사절하겠습니다."

함윤성 중위는 딱 잘라 거절하면서도 광화 8년형 스팀워커에서 눈을 떼지 못했다. 그 모습을 본 어준태 박사가 희미하게 웃었다.

"전쟁터에서 말이야."

6개월 후, 유럽

조종석에 앉은 함윤성 중위는 심호흡을 했다. 어준태 박사와의 만남 이후 6개월이 쏜살같이 지나갔다. 어준태 박사는 광화 8년형 스팀워커의 채용을 강력하게 주장했지만 군부는 이미 실패한 무기라면서 거들떠보지도 않았다.

온갖 탁상공론과 회의 끝에 내려진 결론은 전선으로 보내 직접 전투를 치르면서 채용 여부를 결정하는 것이었다. 반대파들은 실전에서 써먹었다가 망신을 당하면 입을 다물 것이라고 생각했는지 파병을 순순히 허락했다. 어차피 연합국의 빗발치는 파병 요청을 받고 있는 상황이라 생색을 내기에도 더없이 좋았다.

결국 1917년 7월, 대한제국의 연호를 딴 광화부대가 유럽으로 건너왔다. 스팀워커 1개 대대와 보급중대, 기병중대와 통신중대로 구성된 광화부대는 배를 타고 동남아시아와 아프리카의 희망봉을 지나 프랑스로 향했다. 물론 시베리아 횡단열차를 통해 러시아군과 합류하는 방법도 있었지만 가급적 눈에 띄는 전선에서 싸워야 한다는 주장이 먹혀들면서 프랑스로 오게 되었다.

유럽은 불타오르는 중이었다. 초반을 제외하고는 양쪽 모두 참호를 파고 기관총으로 방어를 하면서 몇 백 미터를 전진하기 위해서 수천, 수만 명이 죽어나갔다. 덕분에 1년 전에 영국군이 썼다가 실패한 스팀워커를 가지고 온 대한제국군이 환영을 받았다.

한 달간의 준비 기간을 거쳐서 투입된 것은 상파뉴 전선에서 독일군이 장악한 90고지라고 불리는 자그마한 돌출부였다. 완만한 언덕이었지만 주변에 높은 지형이 없었던 탓에 프랑스군은 포격과 저격에 시달려야만 했다. 상파뉴 전선군에서는 몇 번 탈환을 시도했지만 이미 막대한 인명 피해가 난 상황이라 밀어붙이지 못했다. 실제로 함윤성 중위가 본 프랑스군의 사기는 바닥이었다.

"그러니 우리에게 기대를 걸고 있는 것이겠지."

그가 혼잣말처럼 중얼거리자 앞자리에 앉은 노백준 준위가 고개를 슬쩍 돌렸다. 거뭇한 콧수염에 사나워 보이는 눈빛의 노백준 준위는 실제 성격도 거칠었다. 그래서 광화부대를 보면 원숭이 울음소리를 내거나 손가락으로 눈을 찢는 시늉을 하는 프랑스군과 시비를 벌였다. 거기다 짐작이 갈 만한 이유로 그를 백안시했다. 이래저래 머리가 복잡해진 그에게 노백준 준위가 탁한 목소리로 말했다.

"점화시키셔야죠."

석탄은 외부에서 공급되지만 점화는 내부에서 시켜야만 했다. 몸을 돌려서 뒤쪽으로 기어간 그는 핸들을 돌려 증기보일러의 점화구를 열었다. 그리고 옆에 놓인 성냥에 불을 붙여 기름에 적신 헝겊에 불을 붙였다. 불이 적당히 타오르자 점화구 안에 밀어 넣었다. 그리고 옆에 있는 전성관에 대고 힘껏 소리쳤다. 이제 스팀워커의 운명이 결정될 시간이 다가왔다.

"점화! 점화! 점화!"

소리를 들은 보급병이 저탄고 안에 석탄을 붓는 소리가 들렸다. 그사이 함윤성 중위는 점화구 옆에 있는 타이머를 맞추고 작은 삽으로 석탄을 점화구에 넣었다. 증기보일러를 너무 빨리 달구면 압력이 높아져 리벳으로 조립한 부위가 터져 나갈 수 있었다. 증기로 구동되는 엔진은 까탈스러운 아가씨나 다름없다는 아버지의 이야기가 떠올랐다. 압력게이지의 바늘이 올라가는 것을 지켜보던 함윤성 중위의 머릿속은 복잡했다. 처음으로 실전

투입되는 광화 8년형 스팀워커가 어떤 성능을 보여줄지 미지수였기 때문이다. 증기보일러가 과연 시험 가동 때만큼의 출력과 지속 시간을 나타낼지, 가동 실린더가 별다른 고장 없이 끝까지 움직여질지 몰랐다. 다른 무엇보다 머리 부분에 장착할 화포를 설치하지 못한 것이 마음에 걸렸다. 프랑스군이 사용하는 75밀리 포가 너무 무거워서 넘어질 수 있었기 때문이다. 37밀리 포로 장착시키려고 했지만 시간이 부족했다. 결국 나무로 만든 가짜 포신에 프랑스군이 전선에서 급조해 사용하던 수류탄 투척기를 붙이는 것으로 마무리를 했다.

압력게이지는 서서히 올라가는 중이었다. 석탄이 가열시킨 증기는 보일러 양쪽에 있는 증기드럼으로 흘러들어갔다. 그리고 아래쪽에 있는 밸브를 통해 다른 드럼으로 내려가면서 대략 300도까지 온도가 올라갔다. 그렇게 뜨겁게 달궈진 증기는 아래쪽에 있는 실린더와 피스톤을 움직였다. 증기기관차처럼 상하로 움직이는 피스톤을 실린더와 톱니바퀴를 이용해서 두 다리를 움직이게 만든 것이 스팀워커의 가동 방식이었다. 다리 길이만 4미터가 넘기 때문에 웬만한 참호나 철망은 쉽게 넘을 수 있었고, 포탄과 비로 인해서 늪처럼 변해버린 전선을 가로지를 수도 있었다. 전쟁 기간 동안 연합군과 동맹군은 상대방의 참호를 돌파하기 위해 별의별 방법을 동원했다. 땅굴을 파고 폭탄을 매설하거나 독가스를 살포하고, 잘 훈련된 돌격대를 쓰기도 했다. 얼마 전에 독일군이 개에게 폭탄을 짊어지게 해서 공격시킨 적도 있었다. 그중에는 증기마차에 장갑을 부착해서 적의 공격을 막는 방식도 있었다. 하지만 증기마차의 바퀴가 제대로 움직이지 못하면서 실패로 돌아가고 말았다. 결국 스팀워커밖에는 남지 않았다.

이런저런 생각에 잠겨 있던 함윤성 중위는 압력게이지를 비롯한 계기판들을 확인하고 점화구를 닫은 다음 자리로 돌아왔다. 잠들어 있던 기계가 눈을 뜨고 움직일 기미를 보이자 새장 안에 있던 비상연락용 전서구가 불안한 듯 머리를 좌우로 흔들었다.

광화 8년형 스팀워커는 두 명이 조종했다. 한 명이 스팀워커를 움직이고 다른 한 명은 주변을 관측하고 무기를 사용하는 방식이었다. 지휘관이 관측과 공격을 맡았기 때문에 조종수 뒤쪽에 약간 높은 의자에 앉았다. 자리에 앉은 그는 이마에 흐르는 땀을 닦은 다음 가죽조끼에서 회중시계를 꺼냈다.

"공격 개시 15분전. 공격 대기선으로 이동한다."

함윤성 중위는 출발 신호를 알리는 깃발을 올리기 위해 레버를 당겼다. 그러자 어깨에 접혀 있던 노란색 깃발이 위로 올라갔다. 다른 스팀워커들이 신호를 확인했다는 기적 소리를 울렸다. 노백준 준위가 다리 사이에 있는 기어를 능숙하게 조작했다. 그에게 이런저런 불편함을 드러냈어도 최고의 조종수라는 사실은 변함이 없었다. 기어를 앞뒤로 당기면서 증기의 압력을 체크한 노백준 준위가 오른쪽 다리 옆에 붙은 레버를 앞으로 눕혔다. 그러자 가열된 증기의 힘에 피스톤이 눌리면서 우르릉거리는 소리가 발밑으로 전해졌다. 1톤이 넘는 스팀워커의 오른쪽 다리가 움직이면서 내는 소리였다. 한쪽 다리가 허공에 뜨면서 잠시 기우뚱하던 스팀워커는 앞으로 나간 발이 바닥에 닿으면서 곧 균형을 찾았다. 왼쪽 다리를 같은 방식으로 작동해 본 노백준 준위가 잠망경에 눈을 갖다 댔다. 함윤성 중위도 고개를 살짝 들어서 관측창에 눈을 갖다 댔다. 스팀워커는 위아래로 요동치면서 앞으로 나아갔다.

프랑스군의 포격이 시작되었는지 90고지는 포연에 휩싸였다. 간간이 철조망을 연결한 말뚝이 허공으로 날아가는 것이 보였다. 독일군의 반격도 개시되면서 이동하는 스팀워커 주변에 포탄이 떨어지기 시작했다. 파편이 스팀워커의 몸통을 후려쳤지만 아무런 피해도 주지 못했다. 서서히 속도를 높인 스팀워커는 프랑스군의 참호를 지나갔다. 참호에 고개를 처박고 숨어 있던 프랑스군이 에이드리안 헬멧을 치켜들고 스팀워커를 올려다봤다. 증기의 힘으로 움직이는 거인은 서서히 발걸음을 높여갔다.

공격 개시선에 도달하자 함윤성 중위는 경적을 울린 다음 레버를 당겨서 노란 깃발을 내리고 대기하라는 뜻의 붉은 깃발을 올렸다. 독일군의 포격이 심해졌지만 대부분 근처에 떨어지면서 별다른 피해를 입히지 못했다.

회중시계를 다시 꺼낸 함윤성 중위는 째깍거리는 초침을 말없이 바라보다가 마른침을 삼켰다. 90고지를 점령하는 것은, 상파뉴 전선은 물론 전세에 별다른 영향을 미치지 못하는 일이었다. 하지만 제대로 된 스팀워커가 전선에 투입된 첫 번째 전투이기도 했다. 대부분이 실패하리라고 믿는 이번 공격은 여러 가지 의미가 있었다.

1개 대대 56대의 스팀워커는 함윤성 중위가 지휘했다. 대대장 오창석 대령은 스팀워커에 대해서 잘 알지도 못했고, 관심도 없었다. 스팀워커 반대파에서 파병 찬성을 조건으로 선임한 인물이라 방해만 하지 않아도 감사해야 했다.

이래저래 머리가 복잡해진 함윤성 중위는 초침이 예정된 시각을 지난 것을 보고는 깃발 조작 레버를 당겼다. 공격 개시를 알리는 파란 깃발이 어깨 위로 올라갔다. 깃발을 본 스팀워커들이 일제히 경적을 울렸다. 조종석에 앉은 노백준 준위가 압력게이지를 힐끔 보고는 출력레버를 뒤로 쫙 잡아당겼다. 출력을 올린 스팀워커들이 서서히 90고지를 올라가기 시작했다. 크고 작은 포탄 웅덩이들이 앞을 가로막았지만 노백준 준위는 속도를 조절해 가면서 능숙하게 피해 나갔다. 조종석 안은 증기보일러에서 흘러나온 증기와 매연 그리고 코를 찌르는 것 같은 석탄과 기름 냄새로 범벅이 되었다. 가죽으로 만든 제복을 입고 있었기 때문에 금방 땀에 젖었지만 전투를 앞두고 있다는 긴장감 때문에 더위를 느끼지 못할 정도였다.

기름칠을 잔뜩 해놓은 스팀워커의 두 다리가 속도를 높이자 진동이 심해졌다. 관측창으로 독일군의 전초참호가 보였다. 공격 전 프랑스군 전선 사령부 소속 정보참모가 90고지에 대한 브리핑을 했다. 약 2개 대대가 주둔 중이고 방어선은 전초참호와 주참호 그리고 후방참호로 구성되어 있었다. 참호들은 MG-08 중기관총과 영국군에게 노획한 루이스 경기관총으로 보강되어 있었고, 후방의 포격 지원을 받았다. 거기다 프랑스군 정보참모는 90고지 정상 부근을 공중 관측한 결과 후방참호의 상당수는 콘크리트로 축조되어 있을 것이라고 덧붙였다.

이제 광화 8년형 스팀워커의 운명은 약 2.3킬로미터의 90고지 전선을 어떻게 돌파하느냐에 달렸다. 심호흡을 한 함윤성 중위는 관측창에 눈을 바짝 붙였다. 전초참호에 있던 독일군이 소총으로 사격하는 장면이 보였다. 가운데가 뾰족한 독일군 헬멧인 피켈하우베가 눈에 들어왔다. 실린더의 진동 사이로 스팀워커에 명중한 소총탄이 튕겨나가는 소리가 들렸다. 그걸 시작으로 사방에서 메마른 천둥소리 같은 총소리가 들려왔다. 크고 작은 종이 한꺼번에 울려대는 것처럼 시끄러웠다.

스팀워커가 소총에 꿈쩍도 하지 않은 것을 본 독일군은 등을 보이고 도망쳤다. 기어와 레버를 조작하던 노백준 준위가 메마른 목소리로 말했다.

"적들이 도주합니다."

"지금 속도 유지하면서 계속 전진."

관측창으로 독일군의 주참호가 보였다. 몇 겹의 철조망이 쳐져 있는 주참호 곳곳에서 불이 뿜어지는 것이 보였다. 관측창으로 탄환이 날아드는 것 같은 섬뜩한 기분이 들었지만 요동치면서 움직이는 스팀워커의 관측창을 명중시킬 만한 탄환은 없었다. 사격은 특히 예전 영국 스팀워커의 약점이었던 다리 쪽에 집중되었다. 하지만 광화 8년형 스팀워커는 다리 부위에 두툼한 장갑을 씌워놓은 상태였다.

관측창에 붙은 간단한 조준 장치로 주참호를 겨눈 함윤성 중위는 오른쪽 벽에 붙은 핸들을 돌려 총안구를 열었다. 그리고 성냥에 불을 붙여 총안구 밖에 있는 로켓의 심지에 갖다 댔다. 광화부대 병사들이 신기전이라는 별명을 붙인 로켓은 엄청난 파괴력을 자랑했지만 명중률은 형편없었다. 특히 스팀워커의 이동시 진동이 예상보다 심했기 때문에 예측하지 못하는 곳으로 날아가곤 했다. 정지 상태에서는 명중률이 향상되었지만 실전에서 정지한다는 것은 쉬운 일이 아니었다. 할 수 있는 것은 레버를 이용해서 발사 각도를 조정하는 것뿐이었다. 잠시 후, 시뻘건 불꽃을 토해낸 로켓들이 연달아 날아갔다. 제멋대로 날아간 로켓은 어떤 타격도 주지 못했지만 요란한 폭음 덕분에 독일군을 겁먹게 만드는 데는 성공했다. 훅 치솟은 연기가 관측창을 잠시 가렸다. 방어선에 가까워지면서 스팀워커로 날아드는 탄환의 숫자는 더욱 늘어났다. 다리를 움직이는 실린더의 진동 사이로 탄환들이 빗발치듯 날아드는 소리가 들렸다.

"전방에 적! 제가 처리하겠습니다."

잠망경에서 눈을 뗀 노백준 준위가 오른쪽에 거치된 루이스 경기관총을 움켜잡았다. 제대로 된 조준장치가 없어서 잠망경을 통해 탄착을 확인하고 쏴야 했지만 앞쪽의 적을 처리할 수 있는 유일한 방법이었다. 그가 방아쇠를 당기자 루이스 경기관총 특유의 둔탁한 총성이 내부에 울려 퍼졌다. 스팀워커가 철조망을 짓밟고 다가가자 주참호의 독일군이 수류탄을 던졌다. 발밑에서 폭음이 들리면서 파편들이 다리에 부딪히는 소리가 들려왔다. 함윤성 중위는 스팀워커의 오른쪽에 붙은 루이스 경기관총을 조작했다. 직접 조작할 수 없어서 참호에서 흔히 쓰는 잠망경 소총처럼 방아쇠를 연장시켜 레버와 연결한 방식이었다. 직접 당기는 것이 아니기 때문에 명중률이 떨어질 수밖에 없었지만 그나마 안전하게 쏠 수 있는 방식이었다. 아래쪽으로 경사지게 조준된 루이스 경기관총이 불을 뿜자 피켈하우베를 쓴 독일군 중 한 명이 피를 뿌리면서 고개를 뒤로 확 꺾는 게 보였다.

관측창으로 아래를 내려다보던 함윤성 중위는 루이스 경기관총 방아쇠 위에 붙은 붉은색 나무 핸들을 천천히 돌렸다. 루이스 경기관총과 함께 부착된 화염방사기가 아래쪽으로 기울어지면서 참호를 겨냥했다. 핸들을 고정시킨 다음 성냥을 꺼낸 함윤성 중위는 핸들 옆에 있는 심지에 불을 붙였다. 잠시 후, 화염방사기 입구에서 주황색 불길이 앞으로 던져졌다. 사실 스팀워커에 장착된 무기들은 제대로 조준할 수 없었기 때문에 효과적이지 않았다. 기껏해야 상대방의 고개를 참호 속으로 숙이게 할 뿐이었다. 하지만 도망칠 수 없는 참호 안에 쏟아지는 화염은 얘기가 달랐다. 실제로 화염방사기에서 나온 불길을 본 독일군 상당수가 참호 밖으로 나와서 후방참호로 도망치는 모습이 보였다. 억세게 운이 없거나 용감한 몇 명은 화염을 뒤집어쓴 채 바닥을 뒹굴고 있었다. 주참호에 접근한 다른 스팀워커들도 화염을 뿜어내는지 참호 곳곳에 불길이 흘러가는 게 보였다.

각도를 조정해 가면서 골고루 화염을 뿌리는 사이 스팀워커가 불바다가 된 참호를 건너갔다. 압력게이지를 비롯한 계기판을 체크한 함윤성 중위는 별다른 이상이 없는 것을 확인하고는 안도의 한숨을 내쉬었다. 그때 강력한 충격이 덮쳐왔다. 하마터면 앉아 있던 의자에서 떨어질 뻔했던 그는 충격에 잠시 얼떨떨했다. 앞자리에 앉아 있던 노백준 준위가 외쳤다.

"총류탄이나 스피곳 박격포(발사봉식 박격포)에 직격당한 거 같습니다."

"증기보일러는?"

"압력은 이상 없습니다. 실린더도 파손되지 않은 거 같습니다."

한숨 돌린 함윤성 중위는 관측창을 통해 발사 위치를 확인했다. 하지만 심하게 흔들리는 스팀워커 안에서 작은 관측창으로 바깥을 살펴보는 것은 쉬운 일이 아니었다. 노백준 준위가 증기보일러의 압력을 올리면서 속도를 높였다. 좌우로 빠르게 움직이면서 이동하는 스팀워커 주변에 수류탄과 박격포탄이 쉴 새 없이 터졌다. 스팀워커는 넘어질 것처럼 휘청거렸지만 노백준 준위의 능숙한 조종으로 균형을 잃지 않았다. 함윤성 중위는 루이스 경기관총과 연결된 레버를 연신 당기면서 반격을 가했다. 노백준 준위가 외쳤다.

"후방 참호선이 보입니다."

"출력 최대! 단숨에 돌파한다!"

노백준 준위가 증기보일러의 출력 레버를 최대한으로 당겼다. 한계치 부근까지 올라간 증기보일러의 진동이 느껴지자 함윤성 중위는 이를 악물었다. 레버를 고정시킨 노백준 준위가 끈을 당겨 경적을 울렸다. 찢어질 것 같은 경적 소리가 총성 사이로 날카롭게 울려 퍼졌다. 타이머로 세팅한 석탄의 투입 시간이 당겨지고 화구를 최대한 열어 증기압을 최대치로 올렸다. 속력이 높아지는 건 아니지만 회피할 수 있는 움직임을 빨리할 수 있었다. 날아드는 탄환과 포탄이 늘어나자 노백준 준위는 스팀워커를 좌우로 빠르게 움직이면서 회피했다. 조금만 무리하면 퍼지거나 넘어질 수 있지만 그런 걸 따질 상황이 아니었다. 총류탄에 몸통을 한 방 더 맞으면서 충격이 느껴졌다. 노백준 준위가 외쳤다.

"젠장! 전방 경기관총 고장!"

설상가상으로 그가 사격하던 루이스 경기관총의 탄환도 떨어져버렸다. 맥심기관총같이 벨트 급탄 방식이 아니라 쟁반형 탄창을 사용했기 때문에 스팀워커에서는 재장전이 사실상 불가능했다. 조종석 옆에 예비 신기전 두 개가 있었지만 내부에서는 재장전이 불가능했기 때문에 무용지물이나 다름없었다.

"이제 남은 건 화염방사기뿐이군."

힘없이 중얼거린 함윤성 중위의 눈에 90고지의 마지막 후방 참호가 보였다. 앞 선의 참호들과는 달리 통나무를 이용해 튼튼하게 만들어놓은 것이 눈에 띄었다. 별다른 명령을 내리지 않았지만 노백준 준위가 출력을 높인 스팀워커를 최고 속력으로 움직였다. 어설프게 머뭇거렸다가는 집중사격을 받고 격파당할 수 있었다. 그때서야 다른 스팀워커들이 잘 따라오고 있는지 궁금했지만 좌우를 살필 겨를이 없었다. 바로 옆에 엄청난 폭발음과 함께 거의 조종석 높이까지 흙더미가 치솟았다. 후방의 독일군 포대가 지원사격을 감행하는 것 같았다. 그걸 시작으로 눈에 보이는 곳곳에 포탄이 떨어지는 게 보였다. 무지막지한 진동 때문에 스팀워커는 당장이라도 쓰러질 것처럼 휘청거렸다. 노백준 준위가 빠른 손놀림으로 기어를 바꾸면서 균형을 잡았다.

"최대한 참호에 붙어."

참호에 접근하면 포격을 피할 수 있을 것 같다는 생각이 든 함윤성 중위가 외쳤다. 그러자 노백준 준위가 명령을 복창하고는 스팀워커를 전진시켰다. 어차피 하나 남은 무기인 화염방사기를 쓰기 위해서라도 가까이 다가가야만 했다.

"전방참호 오른편 콘크리트 벙커에 포신이 보입니다. 이쪽을 겨누고 있습니다."

독일군이 쓰는 노르텐펠트 57밀리 포일 가능성이 높았다. 직격으로 맞으면 스팀워커도 쉽게 견디질 못할 것이다. 관측창으로 보이는 포구에서 불이 번쩍거리는 게 보였다. 그리고 지금까지와는 전혀 다른 충격이 엄습해 왔다. 고개가 확 뒤로 꺾인 함윤성 중위는 큰 충격을 받았다.

암흑이 찾아오면서 활동사진처럼 과거가 눈앞에서 지나갔다. 그의 과거는 늘 아버지의 갑작스러운 사라짐과 뒤이어 찾아온 폭풍으로 끝맺곤 했다. 특히 대들보에 목을 걸고 매달린 채 흔들리는 어머니의 모습은 과거를 악몽으로 만들어주었다. 비명을 지르며 정신을 차린 함윤성 중위는 자신을 애타게 부르는 노백준 준위의 목소리를 들었다.

"중위님! 괜찮으십니까!"

목이 부러질 것같이 시큰한 것을 빼고는 별다른 부상이 없는 걸 깨달은 함윤성 중위가 가라앉은 목소리로 대답했다.

"괜찮아. 상황은?"

"위를 보십시오."

고개를 들자 포탑이 있어야 할 자리가 뻥 뚫려 있는 게 보였다. 그 위로 시커먼 매연과 불길이 치솟는 중이었다.

"포탑을 맞은 모양이군."

나무로 만든 가짜 포탑이라 포탄을 맞고 쉽게 떨어져나가고 말았다. 그러면서 등에 부착된 연통 중 하나가 파손되었는지 매연이 퍼져나가는 중이었다.

"보일러는 잘 작동합니다. 이탈하겠습니다."

노백준 준위의 말에 퍼뜩 어떤 생각이 떠오른 함윤성 중위가 고개를 저었다.

"내가 정신을 잃은 지 얼마나 됐지?"

"1분 정도입니다."

그 정도 시간이 지났는데 다음 사격이 이뤄지지 않은 건 한 가지 이유뿐이었다.

"가만있어. 저쪽은 우리가 격파당한 줄 안 거야."

"뭐라고요?"

"포탑이 날아가고, 매연이 휘감고 있으니 부서져서 꼼짝도 못 하고 있는 것으로 아는 모양이야."

함윤성 중위는 미심쩍어하는 노백준 준위의 시선을 뒤로한 채 관측창으로 바깥을 살폈다. 참호선에 있는 57밀리 포의 포신이 다른 쪽으로 돌려진 채 불을 뿜는 게 보였다. 잠망경을 통해 그걸 본 노백준 준위가 비로소 수긍했다.

"이제 어떡합니까?"

"다음번에 발사하고 장전할 때 접근해서 화염방사기로 끝장낸다."

"알겠습니다."

심호흡을 한 함윤성 중위는 관측창에 눈을 바짝 갖다 댔다. 왼쪽으로 잔뜩 돌아간 포신에서 포탄이 발사되는 걸 본 그가 외쳤다.

"지금이야!"

노백준 준위가 기어를 최대한으로 끌어당기자 그대로 서 있던 스팀워커는 성큼성큼 앞으로 걸어갔다. 격파한 줄 알았던 스팀워커가 다시 움직이자 황급히 포신이 돌아오는 게 보였다. 그 사이 핸들을 돌려서 화염방사기의 높이를 조절한 그는 발사 레버를 힘껏 눌렀다. 화르륵거리는 소리와 함께 불의 채찍이 57밀리 포대가 있는 콘크리트 벙커를 강타했다. 포대는 순식간에 불구덩이가 되었고, 독일군 몇 명이 온몸에 불을 뒤집어쓴 채 버둥거리는 게 보였다. 핸들을 돌려 높이를 조절하자 화염은 참호 곳곳에 뿌려졌다. 독일군들이 머리 위에서 쏟아지는 화염을 피해 참호를 버리고 도망치는 게 보였다. 콘크리트로 만든 벙커는 총격이나 포격은 견뎌냈지만 화염까지 막아주지는 못했다. 함윤성 중위는 화염방사기의 화염이 멈출 때까지 레버를 놓지 않았다. 살아남은 다른 스팀워커들이 가세해 화염을 뿌리면서 독일군은 완전히 패주했다. 그 광경을 본 노백준 준위가 소리쳤다.

"놈들이 도망칩니다."

관측창을 통해 그 광경을 지켜보던 함윤성 중위는 안도의 한숨을 내쉬었다. 프랑스 정보참모의 이야기로는 90고지는 후방참호가 마지막 방어선이었다.

부서진 연통에서 흘러나오는 매캐한 연기를 뚫고 포탑이 사라진 곳으로 얼굴을 내밀었다. 나무로 만든 포탑은 위쪽이 절반 넘게 날아갔고 포신도 거의 부서진 상태였다. 고개를 돌려 주변을 바라보자 상당수의 스팀워커들이 후방참호 근처까지 와 있는 게 보였다. 물론 적지 않은 스팀워커들이 불길에 싸여 있거나 넘어져 있긴 했지만 한눈에 봐도 30대 가까운 스팀워커들이 무사히 90고지의 독일군 방어선을 돌파한 것이다. 모두 석탄이 다 떨어져 움직일 수 없다는 녹색 깃발이 달려 있긴 했지만 첫 전투치고는 훌륭했다.

한숨을 돌린 함윤성 중위는 새장 안에 있던 전서구를 꺼내 조심스럽게 날려 보냈다. 전서구의 발목에는 공격 성공을 알리는 암호문이 붙어 있었다. 허공을 맴돌던 전서구가 프랑스군 진영으로 날아가는 걸 본 함윤성 중위가 중얼거렸다.

"이제 다 끝났군."

끝났다는 생각에 한숨을 돌리고 있는데 갑자기 낯선 소음이 들려왔다. 증기보일러가 달궈진 증기를 실린더로 전달할 때 나는 특유의 묵직한 소리였다. 주변을 돌아봤지만 스팀워커들은 모두 작동 중지 상태였다. 불길한 느낌에 주변을 돌아보는데 90고지의 너머에서 쿵쿵거리는 소리가 들려왔다.

"설마……."

의자 옆에 놓아둔 쌍안경을 집어 들고 앞쪽을 살폈다. 연통에서 나오는 것이 분명한 연기가 몇 줄기 보였다. 쌍안경에서 눈을 뗀 함윤성 중위는 증기보일러의 시동을 끄려고 하는 노백준 준위에게 다급하게 소리쳤다.

"출력 올려!"

"무슨 일입니까? 이제 가동 시간은 5분도 안 남았습니다."

"스팀워커가 나타났다."

"뭐라고요?"

놀란 노백준 준위가 고개를 돌리는 순간, 둔탁한 MG-08 중기관총 소리가 들렸다. 헐레벌떡 90고지를 올라오던 프랑스군은 바닥에 납작 엎드렸다. 천천히 90고지 정상에 모습을 드러낸 것은 사각형의 몸통에 둥근 조종석 그리고 커다란 연통을 가진 세 대의 SW-MK 1 스팀워커였다.

"저, 저게 왜 저기서 나타납니까?"

놀란 노백준 준위의 외침에 함윤성 중위는 고개를 절레절레 저었다.

"독일군이 몇 대를 노획한 모양이야."

상대방도 바보가 아닌 이상 연합국에 가담한 대한제국군의 신형 스팀워커의 존재를 몰랐을 리 없었다. 아마 사용 가능한 스팀워커를 공격 예상 지점에 배치했을 것이다. 문제는 공격을 마친 광화 8년형 스팀워커들이 보일러를 껐거나 혹은 증기가 모두 소모된 상태였다는 점이다.

"노 준위! 우리밖에 안 남았다! 전진!"

삐꺼덕거리던 스팀워커는 곧장 앞으로 움직였다. 부러진 연통에서 나오는 매연 때문에 앞이 잘 보이지 않았지만 상대방이 세 대라는 점은 알아차릴 수 있었다. 조종석 측면에 붙은 총안구에서 중기관총이 계속 불을 뿜어댔다. 잠망경을 통해 바깥을 바라보던 노백준 준위가 소리쳤다.

"무기도 없는데 어떡합니까?

"우리가 무기가 없다는 걸 모르잖아. 저 중기관총으로는 우리 장갑을 못 뚫으니까 일단 붙여!"

나지막하게 욕설을 퍼부은 노백준 준위가 레버를 당겨 속도를 높였다. 권총이라도 쏠 생각에 홀스터에 손을 가져갔던 그는 문득 쓸 만한 무기가 떠올랐다.

"신기전!"

조종석 옆에 놓인 신기전을 낑낑거리면서 부서진 포탑으로 들어 올린 그는 반쯤 남은 포신 속에 신기전을 쑤셔 넣었다. 그리고 성냥을 한 손에 쥔 채 독일군의 스팀워커를 노려봤다. 함윤성 중위의 광화 8년형 스팀워커가 움직이는 것을 본 독일군의 스팀워커들은 좌우로 갈라졌다. 그는 그중에서 두 대가 나란히 움직이는 오른쪽으로 포신을 돌렸다.

"내가 스톱이라고 소리치면 정지해!"

"출력이 급격하게 떨어져서 멈추면 다시 못 움직일 수 있습니다!"

"잔소리 말고 시키는 대로 해!"

상대방과의 거리를 측정하던 함윤성 중위가 외쳤다.

"멈춰!"

끼익 하는 소리와 함께 스팀워커가 멈췄다. 관성 때문에 잠시 앞으로 기울어졌던 스팀워커가 균형을 잡자 그는 성냥으로 신기전의 심지에 불을 붙였다. 그리고 잽싸게 내려와서 관측창으로 바깥을 살폈다. 부서진 포신에 들어가 있던 신기전이 요란한 소리를 내면서 날아갔다. 요동치면서 날아가던 신기전은 두 대의 스팀워커 사이에 떨어졌다. 그중 한 대가 충격 때문인지 넘어지자 남은 한 대는 겁을 먹었는지 뒤로 물러났다. 다른 한 대를 찾기 위해 고개를 돌리는 순간, 주변에 총탄이 박히는 소리와 함께 불꽃이 튀었다. 측면으로 바짝 접근해서 사격을 했는데 나무로 만든 포탑이라 중기관총의 탄환을 막아주지 못했다. 황급히 고개를 숙인 그는 뺨이 화끈거리는 걸 느꼈다. 남은 신기전을 움켜잡은 그에게 노백준 준위가 소리쳤다.

"보일러가 꺼졌습니다."

"빌어먹을!"

신기전을 끌어안은 채 부서진 포탑으로 올라가려고 했지만 총탄이 쏟아지는 바람에 고개를 내밀 수 없었다. 몸통 자체는 중기관총에 버틴다고 해도 등에 부착된 증기보일러는 견디지 못할 수도 있었다. 아니면 그냥 들이받아서 넘어뜨리기라도 한다면 끝장이었다. 그때 노백준 준위가 외쳤다.

"꽉 잡으세요. 보일러에 남은 증기를 쓰겠습니다."

말이 끝나기가 무섭게 스팀워커가 빠른 속도로 앞으로 튕겨 나갔다. 하마터면 안고 있던 신기전을 떨어뜨릴 뻔했던 그는 몇 걸음 움직인 스팀워커가 멈추자 한숨을 돌렸다. 불과 10미터 정도 움직인 것에 불과했지만 상대방을 놀라게 하기에는 충분했다. 포신을 돌려 상대방을 겨눈 다음 신기전을 쑤셔 넣고는 재빨리 불을 붙였다. 뒤늦게 총탄이 날아들었지만 아슬아슬하게 피할 수 있었다. 바람을 찢는 소리를 내면서 날아간 신기전은 상대방 스팀워커의 몸통에 명중했다. 요란한 폭음과 함께 파편들이 사방으로 튀어 나가는 게 보였다. 한창 가열 중이었을 보일러가 폭발에 휘말리면서 엄청난 섬광과 화염을 내뿜었다. 온몸에 불이 붙은 승무원 한 명이 두 팔을 휘저으면서 아래로 떨어지는 게 보였다. 아래로 떨어진 승무원은 알아들을 수 없는 비명을 지르면서 그대로 오그라들었다. 그 옆을 총검을 끼운 소총을 움켜잡은 프랑스 병사가 스쳐 지나갔다. 위기를 넘겼다는 생각에 온몸에 힘이 쫙 빠진 함윤성 중위는 포탑에서 내려와 의자에 힘없이 주저앉았다.

며칠 후, 파리

창밖에서는 택시들이 내는 클랙슨 소리가 요란하게 울려 퍼졌다. 전선으로 가는 병사들을 수송하는 모양이었다. 창문을 살짝 열어놓고 그 모습을 지켜보던 노신사는 입에 물고 있던 담배 파이프를 재떨이에 걸쳐놨다. 그러고는 테이블에 놓인 신문을 집어 들었다. 젊은 시절 프랑스에 유학을 왔던 적이 있어서 어느 정도는 읽을 수 있었다. 신문에는 진흙투성이 스팀워커가 찍혀 있었다. 파손된 포탑에 가죽으로 된 모자를 쓴 승무원이 사진기를 바라봤다. 격전을 치렀는지 승무원의 얼굴은 지칠 대로 지쳐 보였다. 노신사가 신문을 읽는 사이 한 젊은이가 문을 열고 들어왔다. 옆구리에 낀 종이 뭉치를 테이블에 올려놓은 그가 낮은 목소리로 말했다.

"전투 보고서입니다."

"빨리 손에 넣었군."

신문을 내려놓은 노신사의 물음에 젊은이가 서양인처럼 어깨를 으쓱거렸다.

"불란서 전쟁성에 아는 사람들이 좀 있어서요."

"수고했네."

고개를 살짝 숙인 젊은이는 테이블에 놓인 신문을 보고는 중얼거렸다.

"스팀워커의 이 승무원은 낯이 익군요."

재떨이에 놓은 담배 파이프를 움켜쥔 노신사가 짧게 대꾸했다.

"내 아들이야."

끝.

용서

강지영

파주에서 태어나 줄곧 파주에 살고 있다. 단편집 《굿바이 파라다이스》, 《개들이 식사할 시간》과 장편소설 《심여사는 킬러》, 《엘자의 하인》, 《프랑켄슈타인 가족》, 《어두운 숲 속의 서커스》, 《하품은 맛있다》 등을 발표했다. 지금은 숭의여자대학교 미디어문예창작과에서 소설을 가르치며 오래전 나를 닮은 아이들과 함께하고 있다.

춥다. 몸이 자꾸 움츠러들고 딸꾹질이 난다.

간호사를 불러보려 해도 생각은 좀처럼 말이 되어 입 밖으로 새어 나오지 않았다. 아마도 나는 여전히 중환자실에 누워 있을 터였다. 아랫도리가 벗겨진 채 다리 사이에는 일회용 패드가 깔려 있고 심장박동, 혈압, 산소포화도가 15인치 모니터에 그래프로 그려지고 있으리라. 아내는 하루 두 번 나를 만나러 이곳에 찾아온다. 면회 시간은 점심과 저녁 고작 20분뿐이다. 면회실 문이 열리면 아내는 맹렬하게 달려와 아무 말도 없이 내 팔과 다리를 주물렀다. 조금이라도 감각이 돌아오길 바라는 마음이겠지만, 소용없는 짓일 터였다.

내 옆에 누운 청년은 오토바이 사고로 두개골이 함몰되었다. 간호사들끼리 나누는 대화를 들어보면 벌써 8개월째 여기 있다고 했다. 하루 수십만 원씩 나오는 병원비를 청년의 가족들은 어떻게 감당하고 있을지 안타깝기만 했다. 어쩌면 청년도 나처럼 하루빨리 죽기를 바랄지도.

청년에 비하면 나는 살 만큼 살았다. 인생은 60부터라지만 같이 늙어가는 아내를 제외하곤 자식조차 없으니 더 살아 지켜볼 경사가 없었다. 남들 말마따나 고작 예순두 살이지만 언제 대소변을 보는지조차 느낄 수 없을 만큼 나는 쇠약해져 있다. 내가 조금만 기력이 있었다면 내 몸에 주렁주렁 매달린 생명유지장치를 모두 끊어내고 싶은 심정이다.

중환자실에 들어온 건 열흘 전이다. 출근을 하려고 현관을 나서는데 여느 날보다 유독 선뜩한 추위를 느꼈다. 손을 주머니에 넣으려고 했지만 움직여지지 않았다. 들고 있던 서류가방이 바닥에 나뒹구는 동시에 나 또한 앞으로 고꾸라졌다. 난간에 머리를 찧고 나동그라지는 순간에도 나는 덤덤했다. 올 것이 왔을 뿐이었다.

아버지와 할아버지 또한 뇌졸중으로 돌아가셨다. 8년 전 나 역시 고혈압 진단을 받았지만 약을 복용하지 않았다. 아내에겐 미안한 일이지만, 매달 병원에 들러 약을 처방받아 오는 즉시 지하철 쓰레기통에 던져 넣었다. 삶이 지루했다. 늘 얌전히 내 몫의 일만 했고, 컴퓨터나 스마트폰이 상용화되었지만 나는 그 흔한 폴더폰조차 갖고 다니지 않았다. 교육공무원으로 30년 넘게 근무하는 동안, 나는 아이들이나 동료 교사들과 살갑게 지내지 못했다. 무능한 교사였고, 그 탓에 정년이 얼마 남지 않은 지금까지 평교사일 뿐이었다.

계단참에 거꾸러져 있는 걸 뒤늦게 발견한 아내가 구급차를 불러 대학병원으로 나를 실어 날랐다. 주름진 그녀의 손이 내 뺨을 어루만질 때 차라리 덜컥 암이라도 걸렸더라면 두둑한 진단금이라도 나왔을 텐데 하고 적이 미안한 마음이 들기는 했다. 그래도 깨끗한 아파트 한 채가 있고, 아내 또한 교사이니 먹고사는데 큰 문제는 없으리라.

의사는 수술이 불가능하다고 말했다. 병변 부위가 뇌간과 가까운 위치였고, 이대로라면 2주를 넘기기 어렵다고 했다. 그때 나는 식물처럼 얌전히 누워 있었지만 마음속으로 안도의 한숨을 쉬었다. 아내를 더 고생시키지 않아도 된다는 안도. 병원비로 집을 담보 잡혀야 하거나 적금을 깨지 않아도 되겠다는 안도. 정년을 채우진 못했지만 그래도 연금이 나올 테니 자식 없는 아내가 홀로 억척스럽게 살아나가지 않아도 되겠다는 안도. 그리고 이제야 고통에서 벗어날 수 있다는 안도. 수많은 안도가 나를 두려움에서 벗어나게 했다.

그렇게 나, 박혁필은 이렇게 생의 마지막을 맞이하게 되었다.

다시 경련이 일었다. 얼음물을 뒤집어쓴 듯한 추위에 몸을 떨며 눈을 감았다. 사람들의 발소리가 다급하게 내 주변을 오갔다. 아내의 목소리를 들은 것도 같고, 누군가 내 이름을 힘껏 부른 것도 같지만 입술이 떨어지지 않았다. 온몸이 얼어붙는 느낌, 그리고 설핏 잠이 들었다. 짧지만 개운한 한숨이었다. 오랜만에 몸이 가뿐하고 정신이 맑다는 생각이 들었다. 빨리 죽기를 그렇게 고대했건만 이렇게 회생하고 말았구나, 조금 서글픈 생각이 들었다. 그렇다고 당장 병원을 나설 상황은 아닌 것 같았다. 나는 여전히 누워 있고, 아랫도리가 축축했다. 다만 조금 전과 다른 것이라면 참을 수 없는 허기가 밀려든다는 점이었다. 중환자실로 침상을 옮긴 며칠 동안 나는 한 번도 배가 고프다는 느낌을 받은 적이 없었다. 쇄골 밑에 묻어놓은 카테터로 늘 영양제가 들어가고 있었기 때문이다. 이대로 죽는다면 참 좋았을 텐데, 삶이 다시 내 심장을 노크한다.

"깨몽, 일어났어요? 어디, 쉬야를 했나 응가를 했나?"

몸을 뒤치는데 웬 여자가 눈앞에 나타났다. 늘 중환자실에서 나를 돌보던 보라색 유니폼의 간호사는 아니었다. 긴 머리를 질끈 동여매고 헐렁한 티셔츠에 추리닝 바지를 걸친, 화장기 없는 젊은 여자였다. 게다가 나를 깨몽이라 부르고 있다. 개 이름도 아니고 깨몽이라니.

"오빠, 기저귀 가지고 와봐. 깨몽이 쉬야 했어."

간호사의 복장이나 말투가 비현실적이다. 패드를 갈아주려는지 여자가 내 아랫도리를 들어 올렸다. 아무래도 새로운 문제가 생긴 것 같았다. 드디어 뇌간까지 혈관이 터져 환상을 보고 있을지도 몰랐다. 환상치고는 내 아랫도리를 만지는 여자의 손길이나 물티슈가 스치고 지나가는 느낌이 너무 선명했다.

"소영아, 재 배고파서 그래. 갓난아기는 두 시간에 한 번씩 먹여야 한다고 책에 써 있는데?"

웬 남자가 여자 등 뒤로 보인다. 서른 전후의 건장한 체격이었다. 중환자실에 남자 간호사가 있긴 했지만 그의 사무적이고 부루퉁한 표정과는 사뭇 달랐다. 새로운 간호사일까.

"그럼 젖 먹여야 되나 보다."

젖이라니!

여자가 내 옆에 드러누워 티셔츠를 들어 올렸다. 그러자 브래지어도 하지 않은 풍만한 젖가슴이 드러났다. 등에 손을 비집어 넣고 부드럽게 나를 감아 안았다. 갑자기 입에 침이 고이고 달콤한 젖 냄새에 혀가 먼저 발동했다. 망측하기 짝이 없는 환상이었다. 제발, 제발, 왜 나는 그냥 죽지도 못하는가.

"배고픈 거 맞네. 잘 먹는다."

여자의 희고 탐스러운 젖가슴에 얼굴을 묻고 허겁지겁 젖꼭지를 빨았다. 달고 비릿한 젖이 목구멍으로 넘어간다. 오랜만에 맛보는 세상의 음식이었다. 하지만 이건 갓난아이에게나 허락되는 축복이 아니던가. 예순두 살의 중환자를 위해 간호사가 자신의 젖가슴을 허락할 리 없다.

"깨몽아, 엄마랑 아빠는 우리 아가가 세상에서 제일 좋아. 건강하게 태어나줘서 고마워."

간호사가 또 이상한 소리를 늘어놓았다. 남자 간호사가 내 숱 없는 머리를 매만졌다.

"한번 박박 밀어주면 숱이 더 올라오려나?"

남자의 말에 여자가 눈을 흘겼다.

"안 돼. 육아책에 근거 없는 낭설이라고 적혀 있었어. 감염 위험도 있고."

배가 든든해지자 스르르 눈이 감겼다. 여자의 살냄새를 맡으며 깊은 잠에 미끄러지듯 빠졌다.

"오빠, 우리 아가 코 자네."

잠에서 깨어나면 이상한 소리를 늘어놓는 부부 대신 저승사자나 나타나길. 비현실적으로 달콤해서 염치없이 오래도록 머물고 싶은 이 환각이 끝나 있길.

◎

며칠의 고민 끝에 나는 현실을 받아들이기로 했다.

나는 다시 태어났다. 나도 모르는 사이 뼈와 가죽뿐인 낡고 누추한 몸은 사라지고 보드랍고 따뜻한 새 몸이 생긴 것이다. 부부는 나를 깨몽이라 불렀다. 배 속에 있을 때부터 그리 지어 불렀다는데 어쩐지 경망스럽게 느껴졌다.

박혁필이라는 남자다운 내 이름을 다시 들을 기회는 없게 되었다는 게 아쉽기는 했다. 어쨌든 나는 지금의 생활에 만족한다. 두세 시간에 한 번씩 '간호사!'라고 부르듯 목청을 돋워 울음을 터트리면 여자가 부리나케 뛰어와 젖을 먹이고 기저귀를 갈아주었다. 내가 누운 요는 항상 보송했고, 알코올 냄새 대신 아기 파우더와 섬유유연제 냄새가 나를 감쌌다. 밤이면 따끈한 물에 목욕을 시켜주었고 달콤한 향기가 나는 로션을 온몸에 발라주었다. 그 사이 내겐 새로운 이름이 생겼다. 이룸, 남자의 성씨가 이씨(李氏)인 모양이었다.

죽기 전 나는 36년간 국어 교사였다. 졸업생 중에 드물게 나를 찾아와 갓 태어난 자식의 이름을 지어달라는 녀석들도 있었다. 작명가에게 가보라고 권했지만 그들은 굳이 내게 자식의 평생 호를 부탁했다. 그때마다 골머리를 썩었던 생각을 하면, 제 자식의 이름을 스스로 지어낸 내 부모가 대견했다. 박혁필이라는 이름도 괜찮았지만 요즘 세상을 살기엔 이룸이라는 이름도 꽤 그럴듯했다. 여전히 개 이름 같다는 생각이 들기는 했지만 말 못하는 갓난아이가 어쩌겠는가. 나중에 크면 꼭 개명 신청을 해야겠다.

여자의 이름은 소영이고 남자는 오빠라고만 불리니 알 수 없었지만 둘 다 꽤 낯이 익은, 좀 흔한 얼굴이었다. 기억을 더듬어 보면 내게도 그 둘을 닮은 제자가 있었다. 여자는 김은희라는 반장 아이를 닮았고 남자는 최효진이라는 부반장을 닮아 있었다. 은희와 효진이 살아 있었더라면 그들의 자식이라 해도 믿겠지만, 그들은 아쉽게도 35년 전 세상을 떠났다. 내겐 고통스러운 기억이었다. 그걸 잊는다는 건 말이 되지 않았다. 내가 더 이상 삶을 욕망하지 않게 된 데에는 그 아이들의 죽음이 가장 큰 이유이니 말이다.

산골짝에 틀어박힌 작은 여고에 부임한 첫해였으니까, 아마도 내 나이 스물아홉 살이 되던 때였을 터다. 첫 담임을 맡은 아이들이었기에 나 역시도 새 학기가 되자 가슴이 설레었다. 우리 반 아이들은 대체로 가난했지만 온순하고 웃음이 많았다. 요즘처럼 핸드폰이 있던 때도 아니었고, PC방이 있던 때도 아니었다. 쉬는 시간이면 다 큰 아이들이 고무줄놀이를 하거나 교실 바닥에 펴더앉아 공기놀이를 했다. 수업이 끝나면 나물을 캐러 가는 아이들도 있었고, 아침이면 교탁 위에 찐 감자나 덜 익은 딸기가 놓여 있기도 했다. 인근 중학교에 근무하던 아내를 만나 연애를 시작하던 것도 그 무렵이었다. 어쩌면 그때가 내 인생에 딱 한 번 가장 빛나던 순간이었을지도 모르겠다.

중간고사를 마치고 우리는 경주로 수학여행을 떠나게 되었다. 지금처럼 스쿨뱅킹이 있던 시절이 아니라 학급비는 반장이 직접 걷어야 했다. 수학여행비는 3만 원 남짓했다. 산간벽지의 가난한 마을 세 개가 모인 작은 학교였으니 학부모도 학교도 가난했다. 다른 반도 그랬지만 우리 반 역시 마흔두 명 중 열다섯 명이 수학여행비를 마련하지 못했다.

은희와 효진이 스물일곱 명분의 수학여행비를 내 앞에 가져다 놓으며 그렁한 눈으로 고개를 숙였다. 은희와 효진이 역시 열다섯 명에 속하는 아이였다.

“선생님, 수학여행 못 간다는 애들이 많아서 이것밖에 못 모았습니다.”

그 애들의 잘못이 아니었지만 왠인지 둘은 큰 잘못을 저지르고 교무실로 불려 온 문제아처럼 주눅이 들어 있었다. 수학여행을 가지 못하는 아이들은 학교에 남아 자율학습을 하게 되어 있었다. 선생도 없는 교실에서 열다섯 명의 아이들이 텔레비전으로만 보던 바다와 산과 불상을 상상하며 상대적 박탈감을 느끼게 된단 뜻이었다.

나는 반장 은희의 말에 대답할 말을 찾지 못해 잠시 멍하게 그 아이의 얼굴을 바라보고 있었다. 그 시절에는 가난한 집 아이들이 공부를 더 잘했다. 부모의 가난을 대물림하지 않기 위해 악착같이 달려들었다. 저녁이면 부모를 도와 살림을 하고 어린 동생의 숙제를 봐주어야 하는 아이들이 잠을 쪼개 공부를 하고 남이 쓰고 버린 문제집을 지우개로 지워가며 무섭게 공부했다. 은희와 효진도 그런 아이들이었다. 평생을 산골짝에 갇혀 살던 아이들에게 세상 구경을 시켜주기 위해선 내가 무언가 하지 않으면 안 되었다.

나는 둘을 학급으로 돌려보내고, 서울에서 입시학원에 근무하는 선배에게 전화를 걸었다.

"선배, 자리 하나만 만들어줄 수 있어요?"

내 부탁에 선배가 후, 길게 한숨을 쉬었다.

"왜, 아버지가 보증이라도 잘못 서셨냐?"

"아뇨, 그런 건 아니고."

다른 선생들의 눈치를 보며 목소리를 낮췄다.

"근데 왜 공무원이 자리를 만들어달래?"

"딱 한 달만 하려고요. 가능해요?"

대답 대신 서류 넘기는 소리가 한참 들렸다. 나는 전화기를 붙들고 주변 눈치를 살폈다.

"꼴통 하나 있는데, 맡아볼래? 집은 잘살아. 아버지가 검사라 나중에 걸려도 뒤탈은 없을 거 같고."

내가 선배에게 부탁했던 건 당시 몰래바이트라 불렸던 것, 현직 교사가 학교 몰래 불법 과외를 하는 일에 나를 끼워달라는 거였다. 선생이 그런 짓을 했다가는 파면당할 것이 뻔했지만 당시 나는 마흔두 명 모두에게 경주를 보여주고 싶은 욕심뿐이었다.

"할게요."

수학여행까지는 한 달 정도 시간이 있었다. 내 초봉으로 열다섯 명분의 수학여행비를 감당할 수는 없었다. 나는 모자라는 돈을 어느 부잣집 망나니 자식에게 과외를 해주기로 하고 선금을 받아 채워 넣었다. 매주 서울에 올라가는 버스에 앉을 때면 죄책감보다는 설렘이 앞섰다. 곧 깡촌 말괄량이 계집애 마흔두 명과 떠나게 될 첫 수학여행을 기다리며.

◎

"룸아, 얘는 네 누나 아니라고 해."

여자가 하얀 솜뭉치 같은 고양이 한 마리를 내 얼굴 근처로 들고 나타났다. 꼭 영어 이름같이 들려도 내가 어렸을 때는 고양이를 부를 때 간혹 '아나'라고 부르곤 했다.

아나는 반짝이는 노란색 눈에 분홍 코를 가지고 있었다. 순한 녀석인지 여자의 품에서 조용히 나를 내려다보았다.

"아나, 네 동생이야. 발톱을 바짝 깎아서 할퀴지는 못할 테지만 너무 가까이 가면 룹이가 싫어할지 몰라. 알았지?"

여자가 콧노래를 부르며 아나를 내려놓고 설거지를 하러 사라졌다. 저런 순한 얼굴을 하고 있어도 고양이는 육식동물인데, 무신경한 엄마 같으니. 나는 뾰로통한 마음으로 아나와 대치했다. 아나가 조심스러운 발걸음으로 내게 다가왔다. 분홍색 코를 씰룩이며, 노란색 눈을 깜빡이며.

'너, 아직 기억하고 있지? 네 전생을 말이야.'

분명 아나가 내게 말을 걸고 있었다.

'놀랄 것 없어. 나도 고양이로 태어날 줄은 몰랐으니까. 마음으로 말해 봐. 그냥 생각하듯이 마음으로 목소리를 내. 나도 그렇게 하는걸.'

아나가 입을 달싹거리지 않지만 내게 말을 거는 것처럼 나의 생각 역시도 아나에게 전달될 수 있는 모양이었다.

'너는 누구냐?'

시험 삼아 마음속으로 목소리를 내보았다.

'너 전생에도 남자였구나? 난 여덟 번이나 환생을 했어. 매번 사람이 되진 못했지만 말이야. 그래서 기억이 계속 남아 있는 것

같아. 사람은 태어난 지 100일이 지나면 전생의 기억이 사라진다는데.'

아나가 꼬리를 살랑거리며 여자를 한번 돌아보고는 더 가까이 다가왔다.

'지난번엔 말로 태어났다고. 경마장 알지? 게으른 기수를 만나 이가 득실대는 우리에 사느라 무척 괴로웠지. 발이 빠르지도 못하고 파보장염에 걸린 탓에 5년도 못 살고 죽어서 고양이로 태어난 거야. 어쩌면 다음번에도 사람으로 환생하지 못할지도 몰라. 근데, 넌 어떤 사람이었어?'

나는, 어떤 사람이었던가? 수학여행비를 마련하기 위해 몰래 바이트를 하는 국어 교사였다고 말하고 싶진 않았다. 그땐 아니었지만, 지금은 후회로 남은 기억이다.

'뇌졸중으로 죽은 것 같아. 죄 많은 남자였어.'

분명 나는 죄 많은 남자였다. 마흔두 명의 목숨을 지키지 못한.

◎

5월 18일, 아이들은 한껏 상기된 얼굴로 기차역에 모였다. 역 광장 한편에서 엄마가 싸준 찐 계란과 김밥을 벌써부터 꺼내놓고 먹는 아이도 있었고 조금 되바라진 아이들은 저희끼리 모여 입술에 분홍색 연지를 바르기도 했다.

10시까지 모이기로 했지만 대부분의 아이들은 밤잠을 설친

듯 퀭한 눈으로 9시 반도 되지 않았는데 역 앞에 집결해 있었다. 아이들을 두 줄로 세우고 은희와 효진에게 수를 헤아리라고 했다. 아이들의 인원을 확인한 후 순서가 앞선 반부터 기차에 올랐다. 총 229명의 아이들이 기차에 탔고, 제가끔 떠들어대는 통에 정신이 없었다.

"김은희, 노래 한 곡 해봐."

은희는 노래를 잘했다. 아이들이 박수를 치자 은희가 앞으로 나와 노래를 불렀다. 곡명은 잘 기억이 나지 않지만 눈을 지그시 감고 두 손을 모으고 그 아이가 노래를 불렀을 때 모두 입가에 미소를 지었던 것 같다. 아마도 은희라면 음악시간에 배운 가곡을 불렀을지도 모르겠다. 은희가 수줍게 웃으며 자리에 앉자 아이들은 효진에게 노래를 청했다. 마흔두 명의 노래가 끝나고 내가 일어서 비틀즈의 〈A Day In The Life〉를 부르자 아이들이 환호성을 질렀다. 아이들이 두 눈을 반짝이며 나를 바라보는 것이 느껴졌다. 사춘기 소녀들의 첫사랑은 대부분 학창 시절 선생님이었다. 나 역시 그랬으니 말이다. 나는 멋쩍게 내 자리로 돌아가 맞은편에 앉은 은희와 효진이를 바라보았다.

다급하게 두 아이가 잡고 있던 손을 놓았다. 은희도 효진도 빰이 붉어졌다. 나는 그 아이들의 약지에 나란히 낀 은반지에 시선이 닿았다. 우정반지라면 소지에 끼기 마련이건만, 약지에 끼고 있는 모양새가 영 마음에 걸렸다. 얌전하고 말수 적고 여성스러운 은희와 달리 효진이는 운동도 잘하고 체격도 크고 목소리도 우렁찬 아이였다. 성향이 완전히 달랐지만 둘은 단짝이었다. 항상 붙어 다녔고, 다투는 법이 없었다. 그때 나는 어쩌면 두 아이가 서로를 좋아하고 있을지도 모른다고 생각했다. 우정이 아닌 사랑의 감정 말이다. 나는 못 본 척 시선을 차창으로 옮겼다.

나는 두 아이의 마음을 외면했지만 내내 마음이 편하지는 않았다. 남자는 여자를 사랑해야 하고 여자는 남자를 사랑해야 하는 게 삶의 이치라고 믿었다. 짐승도 지키고 사는 그 이치를 인간이 어겨서는 안 된다고 생각하던 때였다. 고까운 마음이 들었지만 몇 가지 정황만 놓고 아이들을 야단칠 수도 없는 노릇이었다. 나는 열차가 경주에 도착할 때까지 내내 은희와 효진이를 외면했다.

기차는 여섯 시간 만에 경주에 도착했다. 아이들은 긴 여행 동안 서로의 어깨에 기대어 잠이 들었기 때문에 은희와 효진이가 일일이 깨우러 다녀야 했다.

"여기서 숙소로 바로 가는 게 아니라 천마총하고 첨성대 관광을 하고 갈 거야. 저 앞에 관광버스에 올라라. 이따 숙소로 가기 전에 가방 검사할 거야. 술이나 담배 같은 거 챙겨 온 놈들은 지금 자수해."

서넛의 아이들이 머뭇거리며 가방 안에서 술이 든 물병을 꺼내놓았다. 속으로는 순진한 것들, 미소 지었지만 나는 근엄한 표정으로 물병을 수거했다. 은희와 효진이 나서서 인원을 확인하고 '3-1'이라고 적힌 버스로 아이들을 인솔했다. 점심은 버스에 앉아 각자 싸 온 도시락으로 해결했다.

"선생님, 엄마가 감사하다고 이거 전해드리래요."

달리는 버스 안에서 은희가 내게 나무도시락 하나를 내놓았다. 나는 당시 연인이었던 아내가 싸준 도시락을 내려놓고 나무 도시락을 받아 들었다. 은희가 앞니를 드러내며 싱그럽게 웃었다. 도시락을 열자 얌전하게 배열된 김밥이 눈에 들어왔다. 고소한 깨소금 냄새가 입맛을 돋우었다. 나는 손을 씻지 않은 것도 잊고 얼른 김밥 하나를 집어 입에 넣고 은희에게 웃어 보였다. 은희와 효진이에 대한 의혹은 여전했지만, 그걸 여행 내내 대놓고 드러낼 수는 없는 일이었다.

"선생님은 은희만 편애해요."

누군가 뒤에서 소리쳤고 아이들이 박장대소하자 은희가 고개를 돌려 효진이를 바라보았다. 커다란 주먹밥을 입에 욱여넣은 효진이가 슬그머니 고개를 돌려 창밖을 바라보았다. 짧게 커트한 효진이의 목덜미가 유난히 시려 보였다.

"김은희는 계속 최효진 옆에만 앉지 말고, 내 옆에서 노래나 좀 불러다오."

나는 배배 꼬인 마음으로 은희를 붙잡아 앉혔다. 그때 효진이는 어떤 심정이었을까. 지금의 나로 그 애들을 다시 만난다면, 그럴 수만 있다면.

◎

"엄마는 우리 이룸이만 편애해요."

여자가 내 머리를 쓰다듬으며 나직하게 말했다. 남자가 여자 무릎 앞에 벌렁 누워 어린애처럼 뒹굴었다.

"당신 신랑인데 이룸이 절반만큼이라도 예뻐해 주면 안 되나?"

"생일도 같으면서 나보다 몇 분 일찍 태어났다고 오빠라 부르라는 사람, 뭐가 예뻐?"

둘이 동갑내기에 생일까지 같다는 걸 이제야 알게 되었다. 부부는 서로 티격태격하면서 웃었다. 마치 은희와 효진이 수학여행 내내 두 손을 잡고 깔깔대며 장난치듯, 부부는 서로의 손을 깍지 끼고 행복하게 나를 바라보았다.

"눈은 오빠를 닮은 거 같아. 좀 처졌잖아. 코는 나 닮은 거 같고."

"애들은 커봐야 알아. 내가 보기엔 눈도 소영이 너 닮은 거 같은데?"

부부가 나를 사이에 놓고 소곤소곤 대화를 나누었다.

나는 잠든 것처럼 눈을 감고 있었지만 부부의 대화를 엿들으며 전생의 기억에 잠겨 있었다.

◎

수학여행 첫날은 천마총과 첨성대 관광으로 끝이 났고 여관에 도착한 우리는 식당에 모여 늦은 저녁을 먹었다. 그러고는 아이들이 자유 시간을 갖는 동안 나와 선생들이 여관 마당에 모여 앰프와 마이크, 라디오를 설치했다. 수학여행의 꽃, 디스코 타임을 위한 준비였다.

놀기 좋아하는 아이들은 미리 준비한 짧은 미니스커트를 입고 우르르 몰려다녔고, 은희와 효진도 몸에 꼭 맞는 티셔츠와 청바지를 입고 마주 보며 춤을 추었다. 나는 동료 교사들과 소주를 마시고는 아이들 방에 들어가 훈화의 말을 몇 번이고 지겹게 늘어놓다, 반장 부반장의 부축을 받고 겨우 돌아와 잠이 들었다.

새벽녘, 화장실에 가려고 잠에서 깬 나는 슬그머니 숙소를 나와 아이들이 잘 자는지 방문을 조금씩 열어보았다. 한 방에는 대여섯 명의 아이들이 잠들어 있었고, 하나같이 말간 얼굴로 곯아떨어져 있었다. 맨 마지막 방, 은희와 효진이 있는 방문을 열기 전, 나는 손바닥에 땀이 배어 나오는 걸 느꼈다. 그냥 지나칠까, 잠시 고민했던 것도 같다. 그러나 이미 손은 문고리를 잡아당기고 있었다. 달빛 아래에서 여섯 명의 아이들이 제각각의 자세로 잠이 들어 있었다. 그때 벽 쪽에서 이불을 뒤집어쓰는 두 아이가 있었다. 그 시간까지 잠들지 않은 채 소곤소곤 이야기를 나누던 두 아이. 나는 그 두 아이가 누구인지 확신했지만 그저 "자라", 한 마디를 남기고 문을 닫았다. 심장이 쿵쿵 뛰고 취기가 사라졌다. 여행에서 돌아가면 둘을 불러 앉혀놓고 무슨 이야기가 되었든 너희의 감정이 옳지 않다는 걸 설명해 주어야겠다고 마음먹었다.

이튿날, 아이들을 이끌고 불국사와 석굴암을 돌아본 후 숙소로 돌아왔고, 아이 한 명이 배탈이 난 바람에 근처 병원으로 업고 뛰는 일도 벌어졌다. 그리 새로울 것도 재미있을 것도 없는, 내 학창 시절부터 되풀이되는 평범한 수학여행이었다.

마지막 날, 나는 아이들을 버스에 태우고 어디로 갈 것인지 말해 주지 않았다.

일정표에는 문무왕 해중릉 관람이라고 되어 있었지만, 그보다 아이들이 좋아할 것은 감포의 푸른 바다였을 것이다. 나는 책임자로 따라온 교감선생님에게 허락을 받은 뒤 버스 기사에게 해안 옆 국도로 노선을 변경해 달라고 부탁했다. 그러고는 맨 앞자리에 앉아 안전벨트를 매고 잠시 눈을 감았다. 의식하지 않으려 해도 룸미러로 자꾸 은희와 효진이의 모습이 보여 어쩔 수 없이 잠을 택한 것이었다.

잠이 든 지 10분쯤 지났을까, 이상한 기운에 눈을 떴다. 아이들이 비명을 지르고 여행가방이 복도를 나뒹굴었다. 관광버스가 도로 위에서 회전하고 있었다.

어젯밤 내린 비로 노면이 미끄러웠던 것이다. 차는 그 길로 도로를 벗어나 해송 군락으로 추락했다. 부지불식간에 닥친 일이라 나는 아이들을 챙기긴커녕 안전벨트에 몸을 대롱대롱 매달고 정신을 차리려 애쓸 뿐이었다. 마흔두 명의 제자들이 의자에서 튕겨 나오며 새된 비명을 내질렀다. 운전기사는 이미 차창을 뚫고 들어온 해송에 가슴이 관통되어 꿈쩍도 하지 않았다. 그때 또

한 번 버스가 심하게 요동쳤다. 뒤따라오던 시내버스가 미끄러지며 우리 버스의 옆구리를 들이받은 것이다.

겨우 정신을 차렸을 때 나는 물에 젖은 헝겊 인형처럼 늘어진 아이들을 마주하고 끊어질 듯 위태로운 안전벨트에 몸을 의지하고 있었다. 아이들의 팔과 다리는 플라스틱 인형처럼 기괴하게 꺾였고 머리와 관절 곳곳에서는 피가 솟아나고 있었다. 은희와 효진도 서로의 손을 잡은 채 머리에서 진홍색 피를 흘리며 운전석 바로 옆에 구겨져 있었다. 그날의 기억은 거기에서 끝이 나버리고 말았다.

◎

"이룸이는 전생에 우리랑 무슨 인연으로 태어난 걸까? 나는 가끔 그게 궁금하더라."

여자가 팔로 나를 감싸 안고 얌전하게 벗겨놓은 사과를 베어 물었다.

"난 전생 같은 거 안 믿어."

남자도 사과를 씹으며 여자의 무릎에 제 머리를 내려놓았다.

"다리 저려. 그리고 오빠 너무 현실적이야. 그래서 재미없어."

사과를 씹는 부부의 얼굴이 은희와 효진으로 겹쳐 보였다.

'그런 일이 있었군.'

아나가 안방에서 걸어 나와 남자 배 위에 앉았다.

'내 생각을 모두 읽은 거야?'

아나는 마음으로 내는 목소리만 듣는 게 아닌 모양이었다.

'어쩌면 두 사람은 은희와 효진일지도 몰라. 내가 말이었을 때 두 사람은 각자의 부모님 손에 이끌려 경마장을 찾은 적이 있어. 그때 둘은 처음 만났지만 지금은 전혀 기억 못 하고 있을 거야. 작고 귀여운 손으로 내게 먹이를 주었지. 난 병이 들어 경기에 나갈 수 없는 대신 그런 구경거리가 되었거든. 다른 아이들은 말을 무서워했지만 두 아이는 달랐어. 난 그 인연으로 이번 생에 두 사람과 함께 살게 된 거야. 모든 일엔 다 이유가 있어. 네가 이 집에 태어난 것도, 죄책감을 이젠 벗어도 된다는 용서의 의미일지 모르지.'

나 역시 그 사고로 1년 동안이나 휴직을 해야 했다. 양팔이 다 부러졌고 몸과 마음이 많이 상했기 때문이다. 만약 열다섯 명분의 수학여행비를 마련하지 않았더라면 적어도 그만큼의 아이들은 살아 있었을 텐데, 하는 생각으로 괴로웠다. 게다가 마지막에 노선을 바꾼 것이 사고의 단초이기도 했다. 내가 그때 순리대로 내버려 두었더라면 은희와 효진이는 무사히 대학에 진학하고 곧 졸업하여 어느 회사 경리가 되었거나 시집을 갔을지도 몰랐다. 아니, 둘이 함께 살며 남들과 다르지만 행복하게 늙어갔을지도 모를 일이다.

마흔두 명의 죄 없는 아이들과 한 명의 인솔교사 중 살아남은 쪽은 몰래바이트를 하던 죄 많은 교사 한 명이었다. 나는 한평생 마흔두 명 아이들을 가슴에서 지우지 못했다. 한 명 한 명의 이름과 목소리가 떠올라 잠을 설쳤고 길에서 비슷한 아이들을 만나기라도 하면 가슴이 철렁 내려앉는 것 같았다. 내가 환생했듯 마흔두 명의 아이들도 다시 태어나지 않았을까, 하는 생각이 들었다.

"내 생각엔 말이지. 오빠랑 나는 전생에 베프였을 거 같아. 지금도 나는 오빠가 남자 같지 않아. 그냥 친구 같지. 그래서 좋아."

여자가 생글생글 웃으며 하나 남은 사과를 남자 입에 밀어 넣었다.

"친구끼리 애 낳고 사냐? 그리고 나는 전생 같은 거 안 믿는대도."

남자의 눈이 텔레비전에 고정되어 있었다.

"이룸이 더 크기 전에 결혼사진이라도 찍어야 할 텐데."

그 말에 남자가 벌떡 일어나 방으로 들어갔다. 불시에 남자로부터 튕겨 나간 아나가 미간을 구겼다. 여자의 얼굴에도 실망한 기색이 역력했다. 둘은 아직 결혼식을 올리지 못한 모양이었다. 무언가를 뒤지는 소리가 들리더니 이내 남자가 거실로 나와 여자에게 납작한 종이를 전해주었다.

"이게 뭐야?"

"뭐긴, 통장이지. 미안하다, 못난 남편 만나서 아직까지 식도 못 올리고. 1년 전부터 야근수당 모았더니 꽤 되네. 내일 예식장 알아보러 가자. 이룸이 백일잔치 겸 조촐하게 하지 뭐."

여자가 비명을 지르며 나를 꼭 끌어안았다. 그녀의 눈에서 떨어진 미지근한 물방울이 내 볼에 흘러내렸다.

"고마워. 나 지금 행복해."

'인간이란 참 이상해. 동물들은 그깟 결혼식 없이도 잘 먹고 잘 사는데, 왜 그런 데다 돈을 쓰지? 맛대가리 없는 사료나 좀 바꿔주면 좋으련만.'

아나가 뾰로통한 표정을 짓고 소파 위에 똬리를 틀었다.

◎

점점 전생에 대한 기억이 희미해져 갔다. 아이들의 얼굴도, 아내의 냄새도, 내 이름조차도 기억하기 어려웠다. 제법 목을 가눌 수 있게 되었고 배가 고파지는 시간 터울도 벌어져 네 시간에 한 번씩 젖을 먹는다. 여자는 웨딩드레스를 맞추느라, 미용실을 예약하느라 바빴다. 덕분에 나도 바깥 구경을 실컷 하게 되었다.

아나는 혼자 있는 시간이 지루하다고 불평했지만 이제 일주일에 한두 번 내게 말을 걸 뿐 점점 우리의 소통은 뜸해져 갔다. 내가 태어난 지 백일이 되는 날, 부부는 결혼식을 올리게 되었다. 나는 여자가 사준 조그만 양복을 입고 외할머니라는 사람의 품에 안겨 결혼식장에 갔다. 드레스를 입고 머리를 올린 여자는 낯설지만 놀랍도록 아름다웠다. 나는 여자의 품에 안겨 플래시 세례를 받았고 친척들의 팔에서 팔로 안겨 다니느라 고단했다.

결혼식 내내 여자가 울었고 남자는 경직된 얼굴로 여자의 뺨에서 눈물을 거둬들였다. 가족사진을 찍고 마지막으로 부부의 친구들이 기념촬영을 위해 모여들었다. 친구의 뒤늦은 결혼을 축하하기 위해 찾아온 이들은 저마다 함박웃음을 머금고 있었다.

"혼수 엄청 큰 거 해 가네."

단발머리 여자가 내 볼을 손끝으로 간질이며 속삭였다.

"오늘 밤 꼭 둘째 만들어라."

진회색 양복을 입은 남자가 내 아버지의 엉덩이를 손바닥으로 토닥거렸다.

"신부가 웃으면 딸이라는데 계속 눈물만 흘리니 또 아들 아냐?"

진주색 원피스를 입은 여자가 깔깔댔다.

"인마, 축하한다. 여행 갔다 와서 한턱 제대로 쏴. 나 부조금 크게 냈다."

친구들이 부부의 어깨를 툭툭 치며 축하의 말을 건넸다. 신기하게도 그들 모두 익숙한 얼굴이었다.

"거기 키 큰 두 분 뒤로 올라가시고요, 단추 잠그세요. 가운데 두 분은 고개 살짝, 아니 조금만 더. 네, 좋습니다. 사진 찍습니다. 하나……, 둘……, 셋!"

그러고 보니 우리를 향해 셔터를 누르는 사진기사 또한 낯설지 않았다. 부부의 친구들은 모두 마흔 명이었다. 낯익은 마흔두 명이 카메라를 향해 미소 지었다. 이 사진이 인화될 즈음, 나는 모든 기억을 잊을지도 모른다. 아니, 이제 한숨 자고 나면 모든 기억이 연기처럼 사라질지도.

나는 이유도 없이 으앙, 울음을 터트리고 말았다. 그러자 마흔 두 개의 용서가 천천히 다정하게 내 등을 부드럽게 두드려주었다. 아니, 사진기사까지 마흔 셋.

끝.

육식주의자 클럽

전건우

장편소설 《밤의 이야기꾼들》, 《소용돌이》, 《고시원 기담》 등을 발표했다.

임팔라 고기를 먹어본 적이 있는가?

사바나의 초원을 뛰어다니는 그 우아한 동물. 약육강식의 세계에서 살아가는 대부분의 초식동물들이 그렇듯이 임팔라 역시 질긴 힘줄과 탄탄한 근육을 가지고 있다. 가젤에 비해 맛은 떨어지지만 입안에 넣었을 때 풍겨 오는 특유의 비린내와 쫄깃한 식감은 한번 맛을 들이면 빠져나오기가 쉽지 않다.

그렇다면 오리너구리 고기는?

조류와 포유류의 맛을 반반 섞어놓은 듯한 그 오묘한 맛은 먹어본 사람들만이 안다.

가히 지방 덩어리라 부를 만한 하마 고기나 의외로 소고기와 비슷한 맛이 나는 코모도도마뱀 고기도, 혹시 먹어본 적이 있는가?

나는 먹어봤다. 그 모두를. 아니, 그것들뿐만 아니라 다른 사람은 상상도 하지 못할 수많은 고기를 먹어 치웠다. 기가 막히게 맛있는 고기도 있었지만 한 입 넣는 순간 구토가 올라올 정도로 역겨운 고기도 있었다. 하지만 나는 어느 것 하나 남기지 않았는데, 그것은 '육식주의자 클럽'의 규칙이었다.

그렇다. 나는 오늘 유치하면서도 의미가 분명하고, 들어본 것 같으면서도 생소한 '육식주의자'라는 단어가 붙는 클럽에 대해 이야기할 것이다. 내 이야기에 특별한 구석이라고는 없다. 그저 여름밤에 듣는 괴담이라고나 할까? 화톳불에 스러지는 모기들처럼 밤이 지나고 나면 생명력을 잃는 그 무수한 이야기. 내가 들려줄 이야기도 딱 그만큼이다. 그러니 섣부른 기대를 품거나 안경 쓴 샌님처럼 문학성 운운할 사람들은 일찌감치 책을 덮도록. 더불어 고고한 채식주의자들에게도 내 이야기는 맞지 않다. 이가 근섬유를 파고들 때의 쾌감과 핏기 섞인 뜨끈한 육즙이 혀에 닿을 때의 짜릿함을 모르는 이들이여, 빛의 속도로 책을 내려놓도록.

자, 이제 모든 경고의 말은 끝났다. 이야기는 곧 시작될 것이다. 거창한 듯 잔뜩 폼을 잡았지만 실제로는 별 볼 일 없는 이야기다. 어이없을 정도로 기괴하고 한편으로는 섬뜩하지만 다 듣고 나면 피식 웃을지도 모를 일이다. 나 역시 그랬으므로. 사건의 전말을 깨닫기 전에는 어처구니없는 해프닝이라고만 생각했으니까.

내가 '육식주의자 클럽'에 대해 알게 된 건 지금으로부터 3년

전의 일이다. 그해 겨울, 나는 다니고 있던 작은 무역 회사를 나와서 조금 더 큰 규모의 해운 회사로 이직을 했다. 표면적인 이유는 더 높은 연봉이었지만 그 속내에는 큼큼한 냄새가 풍기는 사연이 있었다.

전 직장, A 무역 회사의 사장은 겉보기에는 호인이었지만 사실은 알아주는 호색한이었다. 원래 무역 회사라는 게 사람 상대하는 일이다 보니 접대는 기본이었지만 이 변태 영감탱이는 그 정도가 지나쳤다. 여고생과 원조교제를 하는 것도 모자라 말로는 할 수 없는 요상한 짓거리로 병원에 실려 가게 만든 것만도 몇 번째였다. 막내 사원이라는 이유로 그 뒤치다꺼리는 대부분 내가 맡았다. 게다가 술을 마시지 못하니 회식 자리에서의 운전기사 노릇까지 내 몫이었다. 나는 술이 한 잔만 들어가도 온몸에 두드러기가 나고 호흡곤란까지 일으키는 중증의 알코올 알레르기 환자였다. 무역이나 해운 분야에서는 치명적인 약점이었지만 타고난 친화력 때문인지 지금까지 어찌어찌 버티고 있다.

아무튼 문제의 그날 밤도 어린 여자의 가슴을 주무르느라 정신이 팔린 사장을 태우고 자유로 어딘가를 달리고 있었다. 허공을 주먹으로 치면 '쨍!' 하고 깨져버릴 것만 같은 차갑고 매서운 밤이었다. 나는 그날 기분이 좋지 않았다. 여자친구와 싸웠기 때문인데, 그 원인 제공자가 사장이라서 더 기분이 나빴다. 요컨대 이런 대화가 오갔다.

"오늘 만나기로 한 거 아니었어?"

"사장이 갑자기 나오라는데 어떻게 해?"

"핑계도 좀 못 대? 그렇게 꽉 막혀서 어떻게 사냐?"

"자기는 놀고먹는 주제에 직장 생활을 뭘 안다고……."

마지막 말은 하지 말았어야 했는데, 내뱉고 나서야 아차 싶었다. 같은 대학의 동아시아연구학과를 나온 여자친구는 취업이 되지 않아 신경이 날카로웠던 참이었다. 여자친구의 잔소리와 푸념에도 화가 났지만 무신경하게 말을 한 스스로에게도 더 화가 났고, 그 화살은 결국 사장에게로 향했다.

"아이고 예쁜 것. 어쩜 이리 탱탱하냐?"

"오늘 이 오빠가 화끈하게 해줄게."

"잠 못 자도 난 모른다."

귀가 썩어버릴 것 같은 농담을 서너 번인가 더 들었을까, 나는 자유로 한복판에 차를 세우고 사장을 끌어 내렸다. 지금에 와서 생각해 봐도 내가 무슨 정신으로 그런 짓을 했는지 모르겠다. 내게는 그런 순간이 있었다. 화가 치밀어 오르면 필름이 끊기는 순간. 일찍이 내 그런 모습을 봐온 어머니는 그게 다 육식 때문이라고 뼈 있는 말씀을 하셨다. 고기에 환장하니까 사람이 공격적으로 되는 거야. 맞는 말인지도 모르지만 그래도 고기를 끊을 수는 없었다. 고기에 대한 내 집착은 상상을 초월했는데, 그 이야기는 나중에 다시 하고, 멱살이 잡힌 채로 밖으로 끌려 나온 사장 이야기를 더 하자면 그 작자는 이렇게 소리쳤다.

"이게 미쳤나?"

"그래 미쳤다."

아마도 나는 그 비슷한 대답을 하며 사장의 명치에 주먹을 박아 넣었나 보다. 뺨도 몇 대쯤 때리고. 사장의 진단서에는 갈비뼈 골절 및 안면 타박상이라고 나와 있었다. 인생 종칠 뻔한 위기의 순간이었지만, 다행히 사건은 잘 마무리되었다. 사장은 폭행을 없었던 일로 해주고 나는 사장의 원조교제를 눈감아주는 조건으로. 대신에 나는 퇴직금을 포기하고 다른 회사로 옮겨야 했다. 그곳이 바로 B 해운 회사였다.

전 직장에서 사장을 팼다는 소문이 한동안 따라다녀 힘들기도 했지만 그 소문만큼 사장의 소문도 안 좋았기에 시간이 지나면서 서서히 희석되었고 나는 새로운 직장에 적응을 해나갔다.

어느덧 정신없이 바쁜 연말이 다가왔다. 어느 날 나는 몇 사람인가의 바이어를 만난 뒤 해운 회사가 밀집해 있는 거리를 지나 사무실로 들어가고 있었다. 찬바람에 코트 깃을 잔뜩 세운 채 걷는데 누군가가 내 이름을 불렀다. 돌아보니 같은 대학 같은 과의 두 학번 위인 민수 선배였다. 우리나라 최고의 해운 회사에 취직해서 꽤 잘나간다는 소문은 들었는데 졸업한 이후로 직접 만난 건 그때가 처음이었다.

"야, 너 잘 지내?"

"네. 저야 잘 지내죠. 선배는요?"

"나도 좋지. 바빠서 정신없긴 하지만. 그런데 너 얼굴 좋다?"

민수 선배는 그렇게 말하며 헤벌쭉 웃었다. 이 사람이 원래 이렇게 반죽이 좋았나? 내가 기억하는 민수 선배는 조용하고 내성적인 사람이었다. 자리가 사람을 만든다고는 하지만 변화의 낙차가 워낙 큰 탓에 나는 헛스윙을 한 타자처럼 멍하니 서 있을 수밖에 없었다.

"그러고 보니 너, 요즘도 고기 좋아하는구나?"

"네?"

예상하지 못한 질문에 나는 또 멍해졌다. 저 양반이 내가 고기 좋아하는 건 어떻게 알까, 생각하며 기억의 창고를 뒤졌더니 의외의 사건 하나가 떠올랐다. 그랬다. 민수 선배도 나 못지않은 고기 마니아였다.

민수 선배가 복학하고 후배들과 처음으로 회식을 했을 때였던가, 아무튼 어느 술자리에서 우리 둘은 술 한 방울 마시지 않고 고기만 구워 먹어 다른 사람들의 원성을 샀다. 그때 나누었던 이야기도 기억났다.

"너도 고기 좋아하는구나."

"선배님도 잘 드시는데요?"

"그럼. 난 고기 없으면 못 살지."

"저도 그래요."

과연, 국산 돼지고기 광고에나 나올 법한 대화였지만 그 당시에는 비슷한 취향을 가진 사람이 있다는 동질감에 괜히 기분이 좋았던 게 생각났다. 나는 그때처럼 민수 선배에게 웃어 보이며 고개를 끄덕였다.

"저야 똑같죠. 그렇게 물으시는 걸 보니까 선배도 여전하신가 보네요?"

"그럼 오늘 저녁에 고기 좀 먹으러 갈까?"

민수 선배는 대뜸 그렇게 말했다. 거절하기가 애매해진 나는 약속을 잡아버렸다. 육질이 끝내주는 소고기를 사주겠다는 선배의 제안에도 끌렸고, 오랜만에 옛날이야기를 하며 추억을 곱씹을 수 있겠다는 기대감도 들었다. 그때는 그냥 평범한 저녁 식사 자리가 될 거라고만 생각했다.

맛있는 소고기의 첫 번째 조건은 마블링이 아니라 육질, 즉 고기를 씹는 질감이다. 화려한 마블링의 일등급 한우들 중에서도 4월의 목련처럼 힘없는 육질을 가진 놈들이 꽤 된다. 씹는 맛도 형편없고, 그래서 노린내만 남긴 채 입안에서 금세 사라지는 저질 소고기들. 적당한 탄력과 성긴 근육 조직을 가진 소고기야말로 최고인데, 민수 선배가 사준 고기가 바로 그랬다.

"선배, 진짜 끝내주는데요."

"그렇지? 역시 너도 아는구나."

우리는 핏기만 살짝 가실 정도로 구운 소고기를 연신 밀어 넣으며 틈틈이 지난 이야기들을 나누었다. 선배는 역시 수다쟁이에다가 꽤 적극적인 사람으로 변해 있었고 그 덕분에 대부분의 이야기를 선배가 주도했다. 가발을 쓰고 다녔던 대머리 독수리 학과장하며, 1학년 후배한테 빠져서 죽네 사네 했던 조교까지 우리의 이야기는 불판 위의 소고기처럼 맛있게 익어갔다. 선배와 나는 그렇게 술 한 잔 마시지 않고 각자 2인분씩의 소고기를 해치웠다. 나야 알레르기 때문이라지만 선배도 술을 마시지 않기에 그 이유를 물었더니 멋진 대답이 돌아왔다.

"알코올은 고기 맛을 해치거든."

그는 진정한 고기 마니아였다.

민수 선배가 그 이야기를 꺼낸 건 배가 불러와서 젓가락질이 점점 둔해지던 무렵이었다. 선배는 물 한 잔을 입에 넣고 우물거리더니 화장지로 입술을 닦고는 나를 빤히 바라봤다. 얼굴에는 짓궂은 미소가 떠올라 있었다.

"왜요? 뭐 묻었어요?"

내가 물었다.

"너 혹시 육식주의자 클럽이라고 들어봤냐?"

선배는 그렇게 말하며 의자에 깊숙이 기댔다. 마치 엄청난 비밀을 털어놓고 듣는 이의 반응을 살피는 영화 속의 주인공처럼.

"무슨 클럽이라고요? 육식주의자?"

그 말이 왜 그렇게 생소하게 들렸을까? 채식주의자라는 말은 많이 들어봤어도 그 반대인 육식주의자는 처음이었다. 과연 그런 말이 있는지조차도 의심스러웠다. 채식주의자는 채식만 하겠다는 사람을 말하는데, 그렇다면 육식주의자는 육식만 하는 사람들인가? 내 마음을 읽었다는 듯 민수 선배가 고개를 끄덕이며 말했다.

"그래 육식주의자. 말은 거창하지만 한마디로 고기를 좋아하는 사람들의 모임이야. 그렇다고 만날 고기만 먹는 건 아니고 한 달에 한 번 정도 모여서 고기 파티를 벌이는 정도지."

"인터넷 카페나 뭐 그런 건가요?"

"아니. 그건 아니고 그냥 사교 모임이지 뭐."

사교 모임이라는 말에 귀가 솔깃했다. 해운업이라고 하면 오대양 육대주를 누비며 수출의 역군이 되는, 〈대한뉴스〉에나 나올 법한 장면을 떠올리기 십상이지만 실상은 사람 장사였다. 그만큼 인맥이 중요했다. 특히 나 같은 말단에게는 더욱더.

다른 해운 회사에 들어간 대학 동기는 고등학교 때부터 테니스를 쳤는데 그게 기가 막히게 잘 먹혔다. 돈 좀 있다는 치들 중에는 의외로 테니스를 좋아하는 사람이 많았다. 우아한 귀족 스포츠라나. 우아하지도 않고 귀족적이지도 않았던 나는 학창 시절 내내 게임, 이른바 'E-스포츠'에만 빠져 있었다. 세상이 변하지 않고서야 아무개 사장님이나 회장님들이 〈스타크래프트〉를 취미로 삼지는 않을 것이기에 내 미래는 암울했다. 친화력만 가지고는 한계가 있었다. 그러던 참에 동종 업계 선배로부터 사교 모임이라는 말을 들었으니 구미가 당길 수밖에.

"그런데 그 모임이 왜요?"

나는 조심스럽게 물었다.

"너도 고기 좋아하잖아. 혹시 들어올 생각 있나 해서."

앗싸! 내 머릿속에는 캐주얼하게 입은, 그러나 그 속에서도 품위가 느껴지는 사장님들이 수영장이 있는 정원을 배경으로 바비큐 파티를 하는 모습이 그려졌다. 고기 굽는 건 내가 맡으면 될 거야. 이래 봬도 고기 하나는 잘 구우니까.

"알았어요, 선배. 근데 거기 뭐 자격 요건 같은 건 없나요?"

문득 불안해졌다. 혹시 어마어마한 회비를 내는 건 아닐까? 인터넷에서 산 만 원짜리 티셔츠를 입으면 못 들어가는 건 아닐까? 설마, 죄다 영어로 대화하는 건 아니겠지.

"그딴 게 어디 있겠냐. 그냥 고기 구워 먹는 모임인데. 딱 한 가지만 지키면 돼."

민수 선배는 그렇게 말하며 진지한 표정을 지었다.

"입이 무거울 것."

"네?"

너무도 어울리지 않는 대답에 나는 한동안 선배의 얼굴을 바라봤다. 불판에 눌어붙어 있던 지방질이 녹으며 숯불 위로 고기 기름 한 방울이 떨어졌다. 사그라지던 숯불은 치이익 소리를 내며 다시 타올랐다. 옆 테이블에서 술잔 부딪치는 소리가 들렸다.

"말 그대로야. 비밀 엄수가 우리 모토거든."

"설마, 인육이라도 먹는 거예요?"

농담조로 물었지만 선배는 웃지 않았다. 그날의 만남은 거기서 끝났다. 민수 선배는 깔끔한 모습으로 자기 차에 올랐고 나는 지하철역을 향해 걸었다. 배는 불렀지만 머릿속은 텅 비었다. 아니, 한 가지 문장만은 꼬치에 꿴 양고기처럼 계속 빙글빙글 돌아갔다.

"다음 주 화요일, 저녁 7시에 종각역 1번 출구 앞에서 보자고."

지하철을 타고 집으로 돌아오는 내내 핸드폰으로 '육식주의자 클럽'을 검색해 봤지만 어디에도 그런 클럽은 없었다. 대신에 우리나라에 고기를 좋아하는 사람이 정말 많다는 사실은 알 수 있었다. 자신을 육식주의자라 칭하는 사람이 꽤 되었다.

나는 어떨까?

반대편 유리에 비친 내 모습을 보며 스스로에게 질문했다. 고기를 좋아하기는 하지만 육식주의자로 불릴 자격이 있을까? 고기라면 매 끼니마다 먹을 수 있고 심지어는 아침에도 삼겹살을 마다하지 않는다. 고기 맛에 까다롭고 나름 지식도 있다고 자부한다. 그렇다고는 해도 육식주의자라 하기에는…….

내가 한참 생각에 잠겨 있을 때 옆자리에 앉은 아줌마가 말을 걸어왔다.

"고민이 많으신가 봐요?"

"네."

나는 엉겁결에 대답하고 말았다. 아닌 게 아니라 고민이 많았으니.

"보아하니 표정이 꽤 심각한 게 인생에 대한 진지한 고민이 아닌가 하는데."

거기다 대고 내가 정말로 고기를 좋아하는지 몰라서 고민이라는 말을 할 수가 없어 나는 애매하게 고개를 끄덕였다.

"젊은 양반이 벌써부터 그런 고민을 하면 쓰나. 그게 다 이 세상이 어지럽기 때문인데, 세상을 어지럽히는 게 누구냐? 바로 사탄이지. 마귀, 악마, 멸망의 자식."

아줌마는 내 손을 꼭 잡고 놓지 않았다. 믿음으로 활활 타오르는 강렬한 눈빛이 고깃기름으로 번들번들한 내 얼굴에서 떠나지 않았다.

"예수를 믿어요, 젊은 양반. 예수 믿고 구원받읍시다. 그분은 모든 고민을 해결해 줄 겁니다."

"저 교회 다녀요."

사실이었다. 나는 어릴 때부터 교회에 다녔고, 고기에 맛을 들이게 된 것도 교회 때문이었다. 아줌마는 내 대답에 한동안 할 말을 잃고 멍하니 앉아 있더니 슬그머니 일어났다. 그러고는 한마디를 던졌다.

"고기 먹었어요?"

"네."

내가 대답했다.

"고기 먹고 힘내서 주님 사역에 매진합시다. 할렐루야."

할렐루야. 정말로 오랜만에 들어보는 그 말을 마음속으로 되뇌며 나는 고기에 빠지게 된 그 최초의 사건을 떠올렸다. 바야흐로 초등학교 2학년 때, 여름성경학교에서의 일이었다.

여름성경학교는 친구들을 따라간 거였다. 이름은 생각나지 않지만 그때 반장이었던 애가 교회에 다녔는데 엄마는 그 친구가 하는 거면 뭐든 따라 시켰다. 나도 교회 다니는 게 싫지는 않았다. 어른들이 친절하게 대해주는 것도 좋았고 일요일마다 나오는 사탕과 과자는 더욱 좋았다. 설탕이 잔뜩 묻은 커다란 알사탕은, 신앙이 달콤하다는 환상을 갖게 만들기에 충분했다.

어쨌거나 성경 공부 말고도 물놀이며 각종 레크리에이션까지 더해진 여름성경학교는 꽤 재미있었는데 문제는 엉뚱한 곳에서 발생했다. 식중독에 걸린 것이다. 그것도 참가한 학생과 자원봉사를 한다고 따라온 대학생 형들과 누나들 모두 다.

원인은 둘째 날 점심에 나온 만둣국이었다. 장기자랑과 캠프파이어, 그리고 바비큐 파티를 한답시고 모두 옷을 갈아입고 부산을 떨 때부터 한둘씩 배가 아프다고 하더니 대회장은 곧 아수라장이 되었다. 여기저기서 신음이 터졌고 이후 광적인 화장실 쟁탈전이 시작되었다.

나는 비교적 증상이 빨리 나타난 편이었다. 점심 후 얼마 안 있어 배 속에서 천둥이 치기 시작하더니 이내 설사 비가 쏟아져 내렸다. 덕분에 나는 화장실을 선점할 수 있었다. 사태의 심각성, 그러니까 좀비 영화의 한 장면처럼 이성을 잃은 사람들이 화장실을 향해 떼로 달려들어 문을 두드릴 때야 큰일이 났다는 사실을 깨달았다.

어린 초등학생들을 밀치고 달려왔을 게 분명한 대학생 형과 누나들은 갖은 방법으로 나를 협박하거나 회유했다. 살려달라고 애원하는 사람, 실성을 했는지 "예수의 이름으로 명하노니 문아 열려라"라고 외치는 사람, 빨리 안 나오면 불알을 밟아버리겠다고 외치는 사람, 아무튼 각양각색이었다. 그 아비규환과 처절한 설사의 현장에는 더 이상 기독교의 박애정신 따위는 없었다.

그러거나 말거나 내 설사는 멈출 줄을 몰랐고 다섯 번인가 여섯 번째 설사 이후에는 문밖에서 흐느끼는 소리도 사라졌다. 나는 한참 후에 화장실에서 나왔다. 다리에 힘이 풀려 서 있을 수가 없어서 엉금엉금 기었다. 화장실 주위는 물론이고 큰 대회장 어디에도 개미 새끼 한 마리 보이지 않았다. 나중에야 안 사실이지만 친구들은 이미 방 안에서 똥 잔치를 벌이고 있었고, 대학생들은 각자 자신만의 화장실을 찾아 풀숲으로 들어간 뒤였다. 하지만 그런 걸 알 리 없던 초등학교 2학년의 나는 무섭고 을씨년스러운 데다가 배까지 아파 그만 엉엉 울고 말았다.

그때 내 콧속을 파고든 것이 고기 굽는 냄새였다. 나는 지방질이 타들어 가는 그 고소하고 달콤한 냄새에 이끌려 모세를 따르는 이스라엘 백성들처럼 캠프파이어장을 향해 발걸음을 옮겼다. 그곳에는 숯불에 올려놓은 돼지고기가 아무도 돌보는 이 없이 저 혼자 타고 있었다.

그 순간의 느낌을 어떻게 한낱 글로 표현할 수 있을까.

연이은 설사에 텅텅 비어버린 위장을 파고드는 치명적인 냄새. 나는 그야말로 한 마리의 좀비가 되어, 자르지도 않은 돼지고기를 마구 뜯어먹었다. 맹세코 그전까지 나는 고기를 그다지 좋아하지 않았다. 양념통닭이나 조금 먹는 수준이었고 기름기 많은 돼지고기는 탕수육이 아니면 거들떠보지도 않았다.

고기를 배척하는 이에게 화 있을지어니. 나는 회개하는 심정으로 고기를 먹고 또 먹었다. 각자 설사를 해결한 사람들이 그 나름대로 좀비 같은 모습으로 비척대며 모여들 때까지도 내 식사는 멈추지 않았다. 아니, 멈출 수가 없었다. 내 입은 기름으로 번들거렸고 얼굴에는 검댕이 가득했지만 배는 더 이상 아프지 않았다.

그렇게 고기와 나의 인연은 시작되었다.

드디어 화요일이 되었다. 나는 회사에 있는 내내 초조했다. 묘하게 긴장하고 있다는 사실은 스스로가 잘 알고 있었다. 그냥 동호회잖아. 가서 인맥도 쌓고 즐겁게 고기도 먹는 거야. 계속 최면을 걸어봤지만 긴장감과 불안감은 좀처럼 사라지지 않았다. 악몽을 꾸기도 했다. 저녁에는 고기를 먹어야 했기에 김밥 한 줄로 점심을 때우고 휴게실 소파에 앉아 쪽잠을 자던 때였다. 시끄러운 소리에 눈을 떠보니 그 옛날의 캠프파이어장에 서 있었다. 여러 사람이 모여 이야기를 나누는데 모두 가면을 뒤집어썼다. 돼지며 소, 닭과 오리 같은. 가운데에 놓인 바비큐 통에서는 맛있는 냄새가 풍겼다. 그 냄새에 이끌려 사람들을 헤치고 가보니 옷을 홀딱 벗은 민수 선배가 꼬챙이에 꿰인 채 빙글빙글 돌아가는 중이었다. 민수 선배가 말했다.

"어서 와. 다음에는 네 차례야."

나는 발버둥을 치다가 소파에서 떨어졌다. 다행히 비명은 지르지 않았다. 잠에서 덜 깨 멍한 상태에서도 헛웃음이 나왔다. 악몽을 꿨다는 자체도 한심했지만 쓸데없는 꿈을 꿀 정도로 긴장하고 있다는 사실이 더 우스웠다.

분명 그 이상한 규칙 때문이야.

그렇게 결론을 내렸다. 입이 무거워야 된다는 규칙. 흰 두건을 뒤집어쓰고 악마 숭배 의식을 하는 영화 속 비밀 단체들과 육식주의자 클럽이 자꾸 겹쳐 보이는 것도 그 빌어먹을 규칙 때문이었다.

고기 먹는 데 뭔 비밀이 많기에…….

설마 원산지를 속이는 건 아니겠지?

스스로에게 던진 실없는 농담이었지만 나중에 가서야 내 말이 절반쯤은 맞았다는 사실을 알게 되었다. 어쨌든, 나는 민수 선배를 만났다.

퇴근 무렵의 종각역은 꽤 붐빈다. 한겨울의 찬바람이 도시 전체를 휘감아 돌았지만 무르익은 연말 분위기에 사람들의 표정은 환했다. 한 해의 마지막 달은 이상한 기대를 하게 만든다. 나를 둘러싼 치통 같은 문제들이 일시에 해결되고 희망찬 미래가 밝아 오리라는 기대. 치통을 해결하기 위해서는 많은 돈이 든다는 사실을 알기까지는 이제 얼마 남지 않았다. 기대는 늘 기대로 끝

날 뿐이지만 그런 기대가 있기에 한 해를 버텨내는 것이리라.

나는 기대 반 걱정 반의 치킨 같은 표정으로 지하철 출구 앞에서 서성거렸다. 민수 선배는 약속 시간보다 5분 늦게 나타났다.

"미안. 바이어 하나가 진상을 부리는 바람에."

차라리 나타나지 않았으면 좋겠다고 생각한 내 마음을 선배가 알까? 하지만 정말로 나타나지 않았다면 그건 또 그것대로 섭섭했을 것이다. 나를 하루 종일 괴롭혔던 이율배반적인 욕망을 감춘 채 나는 선배를 따라 걸었다. 우리는 말없이 발걸음을 재촉했다. 마치 전장에 나가기 전의 병사들처럼 쇼윈도에 비친 내 얼굴은 딱딱하게 굳어 있었다.

"선배. 전 오늘 빈손인데……."

내가 민수 선배에게 말을 건 것은 만보성을 지나서 르메이에르 종로타운을 끼고 막 우회전을 했을 때였다. 숨 막히는 정적을 깨보자는 심산이기도 했지만 회비 같은 게 필요하지는 않는지 궁금하기도 했다.

"그래서?"

"아니, 뭐 회비 같은 게 필요하나 해서요."

몇 십만 원짜리 뷔페를 잡아놓았거나 멋들어진 정원에서 즐기는 가든파티면 어쩌지? 내 지갑에는 15만 원이 들어 있었지만 그건 여자친구와의 연말 데이트 비용이었다.

"회비는 무슨. 너 같은 신입은 그냥 오면 돼."

그제야 조금 마음이 놓였다고 한다면 너무 속물 같은가? 한

가지 고민을 해결하고 나자 또 따른 생각들이 줄줄이 비엔나처럼 달려 나왔다. 뭐가 비밀이라는 건지는 가보면 알 것이고, 어떤 사람들이 오는지도 마찬가지고, 제일 궁금한 건 민수 선배가 도대체 왜 나를 데리고 가려는 걸까 하는 문제였다. 그 질문을 할까 말까 망설이고 있을 때 선배가 말했다.

"다 왔다. 여기야."

고개를 들어 보니 세련된 3층 건물 앞이었다. 2층은 유명 커피 전문점이었고 3층은 호프집인 모양이었다. 1층은 휴대전화 매장이었다. 그 옆, 그러니까 멀대 같은 풍선 인간이 허우적거리며 춤을 추는 옆으로 지하로 내려가는 계단이 펼쳐졌는데 민수 선배는 그곳으로 발걸음을 옮겼다. 간판에는 이렇게 적혀 있었다.

Carnival

그 흔한 네온사인 하나 없이 검은색 입간판에 하얀색으로 적힌 그 말은, 원래 뜻으로 사용했겠지만 육식주의자 클럽과 비밀엄수라는 말과 맞물려 괜히 'Cannibalism'으로 읽혔다. '축제'인지 '식인풍습'인지 모를 그 장소는 푹신한 카펫이 깔린 계단을 한참 내려가고 나서야 정체를 드러냈다. 예상과는 달리 멀쩡한 레스토랑이었고 꽤 깔끔하고 멋스러운 인테리어에 제목을 알 수 없는 재즈가 흘러나왔다. 한 가지 마음에 걸렸던 건 유리문 앞에 붙은 '오늘은 영업을 쉽니다'라는 안내판이었다.

레스토랑 안에는 열 명 정도 되는 사람이 있었다. 문을 열고 들어가자 모두의 시선이 우리에게 향했다. 나도 재빨리 그들을 훑어보았다. 나이며 생김새는 제각각이었지만 전기톱을 휘두르게 생긴 사람은 보이지 않았다. 도끼나 정글칼도 마찬가지고. 물론, 하키마스크를 쓴 사람도 없었다. 좀 웃기는 이야기지만 나는 정말로 안심이 되었다.

"아이고, 오늘 마지막 손님이네. 어서 오시게."

제일 나이가 많아 보이는 은발의 노인이 웃으며 말했다. 쓰리피스 정장을 입고 콧수염까지 기른 모습이 예사로운 인물 같아 보이지는 않았다. 몇 주 뒤에야 그 할아버지가 대기업의 회장이라는 사실을 알게 되었지만 처음이었던 그날은 모든 게 낯설고 어색하기만 했다.

나는 별다른 소개 없이 민수 선배에게 이끌려 테이블 앞에 앉았다. 평범한 레스토랑에는 어울리지 않는 긴 테이블로 열 명이 둘러앉고도 자리가 남을 정도였다. 테이블 위에는 금색 촛대에 올라간 양초가 불을 밝히고 있었고 나이프며 포크 같은 식기들이 이미 준비된 상태였다. 내가 마지막으로 자리에 앉자 그 노인이 자리에서 일어섰다.

"자, 이제 모두 모였으니 육식주의자 클럽의 52회 정기 시식회를 시작하겠습니다."

그 말과 함께 포크로 유리잔을 두드려서 맑고 영롱한 소리를 낸 그 노인이 육식주의자 클럽의 회장이었다. 우리는 돌아가면서 자기소개를 했다. 회장이 먼저였고 신입인 내가 마지막이었다. 모두 이름만 밝혔을 뿐 직업이나 나이 같은 건 소개하지 않았다. 드디어 내 차례가 되었고, 나는 긴장한 나머지 쭈뼛거리며 일어섰다.

"저는 박영식이라고 합니다."

무슨 말을 더 해야 할지 몰라 엉거주춤 서 있는데 자기를 최필규라 밝혔던 남자가 질문을 던졌다. 그는 족제비 같은 인상을 풍기는 사람으로 척 보기에도 예민하고 교활한 인상이었다.

"고기 좋아해요? 여긴 웬만큼 좋아해서는 못 오는 곳인데."

"그게…… 좋아하긴 하지만……."

예상 못 한 질문에 쩔쩔매고 있자니 민수 선배가 거들어주었다.

"당연하죠. 제가 보증합니다. 이 친구, 완전 마니아예요."

그 정도는 아니라고요, 선배. 나는 당장이라도 도망가고 싶었다. 분위기는 내 예상과 달리 엄숙하고 무거웠다. 바비큐와 맥주는 어디로 갔을까?

"그럼, 제일 인상적이었던 고기는 뭔가요?"

이번 질문은 내 또래로 보이는 여자였다. 꽤 예쁜 얼굴이라 소개를 할 때부터 관심이 갔는데 이름은 이미형이었다.

"인상적이었다면?"

"말 그대로예요. 특이한 고기였다거나 특별한 사연이 있었던 고기 같은 거, 없어요?"

미형의 말투는 도발적이었다. 목소리도 크고 날카로웠다. 내가 싫어하는 스타일이었다.

"이게 특이한 건지 어떤 건지는 모르겠지만, 제가 먹어본 것 중에는 들쥐가 제일이겠네요."

나는 대답했다. 거짓말이 아니었다. 군인일 때 취사장에 득실거리던 들쥐를 잡아다가 구워 먹은 적이 있었다. 순전히 호기심 때문이었는데 역겨운 걸 참고 한 입 먹었더니 그 맛이 생각보다 괜찮았다. 나는 내심 자신이 있었다. 쥐고기라면 아무도 못 먹어봤겠지 하는 자신감.

"뭐, 평범하긴 하지만 그 정도면 될 것 같네요."

미형은 그렇게 말했고 다른 사람들도 말없이 고개를 끄덕였다. 자존심 상하는 일이긴 했지만 나는 육식주의자 클럽의 일원으로 받아들여진 것이다.

그 후는 그냥 고기 파티였다. 돼지고기며 소고기, 그리고 오리고기 같은 것들이 순서대로 조금씩 나왔는데 고기 질은 물론이고 조리법도 정말 훌륭했다. 사람들은 감탄사도 없이 조용히 식사를 계속했다. 그야말로 먹기 위한 모임이었다. 고기 맛을 최대한 음미하기 위해서인 듯 민수 선배와 마찬가지로 아무도 술을 마시지 않았다.

세상에, 이토록 건전한 클럽이라니.

여전히 궁금한 건 많았지만 내 긴장은 서서히 풀렸다. 나는 옆자리의 선배에게 조용히 물었다.

"이거, 이렇게 먹다가 끝나는 거예요?"

"기다려봐. 아직 시작도 안 했어."

선배의 말이 끝나기가 무섭게 회장 노인이 자리에서 일어서며 유리잔을 또다시 두드렸다. 사람들은 그 신호를 기다렸다는 듯이 일제히 나이프와 포크를 놓고 회장을 바라봤는데, 그때의 표정은 마치 과자를 앞에 둔 아이 같았다.

"어느 정도 식사를 마치신 걸로 알고, 이제부터 메인 요리를 내오겠습니다."

사람들은 박수를 쳤다. 엉겁결에 나도 따라서 박수를 쳤다. 주방장이 직접 서빙을 한 그전까지와는 달리 박수 이후에는 자기를 유강호라 소개한 중년 남자가 뚜껑이 덮인 커다란 접시를 들고 나타났다. 회장이 말했다.

"오늘의 메인 요리는 유강호 회원이 준비해 주셨습니다."

다시 한 번 떠나갈 듯한 박수.

유강호는 테이블에 접시를 놓았다. 그러고는 뚜껑에 손을 가져다 대고 사람들을 한 번 둘러보았다.

"오늘의 요리를 소개하겠습니다. 아프리카 코끼리입니다."

그는 말했다.

그리고 뚜껑을 열었다.

코끼리에 대해 품을 수 있는 모든 선입견들, 이를 테면 비리다거나 역하다거나 질기다거나 하는 것들을, 그 고기는 훌륭히 배신했다. 코끼리라는 말을 듣지 않았다면 일등급 소고기라 해도 믿을 정도로 부드러웠다. 물론 맛은 달랐다. 스테이크 형태로 조리된 코끼리고기는 평생 야생 식물을 먹고 자라서인지 입에 넣는 순간 아릿한 풀 향이 느껴졌고, 소고기보다 수분이 훨씬 많았다. 부드러운 살덩이 속에는 실금처럼 가느다란 지방이 흐르고 있었는데 고기를 씹을 때마다 그 지방이 터지면서 달큼한 맛을 내뿜었다.

"음, 정말 맛있군요."

말없는 시식이 얼마쯤 계속됐을까, 한 회원이 들뜬 목소리로 말했다.

"코끼리고기는 처음인데 이런 맛일 줄 알았다면 진즉에 먹어볼 걸 그랬습니다."

또 다른 회원도 거들고 나섰다. 대부분 고개를 끄덕였다. 나도 그중 하나였다. 처음에 들었던 거부감은 자취를 감췄다. 접시 위에서 고기가 사라진다는 사실이 아쉬울 정도였다. 나는 선배를 돌아봤다. 선배도 나를 봤고. 어때? 선배가 눈으로 물었다. 나는 웃음으로 대답했다. 선배 접시에 남은 고기, 제가 먹으면 안 될까요? 선배는 내 질문을 무시했다.

"잘 먹었습니다. 고기를 씹는 순간, 아프리카의 초원에 온 듯한 느낌이 들더군요. 다들 만족하신 것 같은데, 우리 유강호 회원님을 위해 박수 한 번 더 보내죠."

포크와 나이프를 내려놓은 회장이 말했다. 모두 박수를 쳤고, 특히 나는 더 열심히 쳤다.

"그럼 이제 이야기를 들어볼까요?"

박수의 여운이 촛불 사이를 유령처럼 떠돌다 사라지고 난 후 회장이 다시 한 번 말했다. 무슨 이야기를 듣는다는 걸까? 의문을 채 품기도 전에 유강호가 자리에서 일어섰다. 그는 두어 번 헛기침을 한 후 우리 모두에게 시선을 맞췄다.

"우리 육식주의자 클럽의 규칙에 따라 이 시간 이후로 들은 이야기는 모두 비밀에 부칠 것을 제안합니다. 동의하십니까?"

유강호가 말했다.

"동의합니다."

"동의합니다."

여기저기서 산발적으로 대답이 쏟아졌다. 잘 먹다가 갑자기 이야기를 한다는 것도 의아했지만 마음에 걸렸던 비밀 엄수라는 규칙이 불시에 튀어나와 나는 적잖이 당황했다. 민수 선배가 내 옆구리를 쿡 찔렀다. 그제야 동의한다고 말하지 않은 사람은 나뿐이라는 사실을 깨달았다.

"동의합니다."

네, 동의하고말고요. 동의하지 않았다가는 코끼리고기를 토해내라고 할 것 같은 분위기에 나는 손까지 들며 동의를 외치고 말았다.

"좋습니다. 그럼 이야기를 시작하겠습니다. 저희의 혀와 저희의 위와 저희의 머리를 행복하게 만들어준 이 고기에 대해 이야기하겠습니다."

그건 일종의 의식이었다. 나중에야 알게 되었지만 동의를 묻는 것을 시작으로 '저희의 혀' 운운하는 말 모두가 정해진 의식문이었다. 즉, 이야기를 하는 사람들은 모두 똑같은 문구로 시작했고 똑같은 문구로 끝을 맺었다. 무슨 이야기냐고? 고기. 그야말로 고기에 얽힌 사연이었다.

"제가 오늘 선보인 아프리카 코끼리고기는, 아시겠지만 국내에서는 구할 수가 없습니다. 이 코끼리는 아프리카 짐바브웨의 국립공원에서 나고 자란 놈으로 '폭군'이라는 이름으로 불렸답니다. 국립공원 코끼리 중에서도 나이가 제일 많았는데 무려 65세였답니다. 인간으로 쳐도 노인이죠. 이 녀석은 꽤 난폭했나 봅니다. 마을을 헤집고 다녀서 말썽을 일으키기도 하고, 인간을 해친 적도 있다는군요. 뭐, 폭군으로 불렸으니 알 만하죠. 워낙 거대해서 사자 같은 것들도 건드리지를 못했다고 합니다. 아무튼 영원히 살 것만 같았던 폭군이 어느 날 쓰러졌습니다. 넘어지는 소리가 어떻게나 컸던지 몇 킬로미터 밖에 있던 사람들도 다 알 수 있었다고 하던데, 그쪽이야 뻥이 심하니 알아서 들어야겠지요. 쓰러진 폭군 주위로 대머리독수리나 하이에나보다 사람들이 먼저 몰려들었습니다. 운이 좋았죠. 마침 근처를 지나던 그 지역 관광가이드가 제일 먼저 발견하고는 사람들에게 연락했다니까요. 짐바브웨는 식량 때문에 늘 말썽이죠. 관광으로 먹고사는 나라인데 관광하고 관련 없는 원주민들은 굶어 죽기 바쁘답니다. 그러니 코끼리라면 얼마나 반갑겠어요? 50명도 넘게 모였답니다. 손에 칼 한 자루씩 들고요. 그때까지도 폭군은 살아 있었던가 봐요. 원주민들은 능숙하게 해체 작업을 했죠. 질긴 가죽을 벗기고, 먹으면 바로 배탈을 일으키는 지방도 잘라내고. 참, 지방은 연료로도 쓴다는가 봐요. 어쨌든 채 한 시간이 지나지 않아 폭군은 앙상하게 뼈만 남았죠. 오늘 드신 고기는 폭군의 옆구리 살입니다. 코끼리고기 중 제일 맛있는 부위라고 하더군요. 현지에서 이 고기를 조달해 준 사람 말로는 폭군은 가죽이 벗겨져 나가고 살점이 떨어져 나갈 때까지도 숨을 쉬었답니다. 그래서 고기가 신선할 수 있었죠. 이상입니다. 우리의 몸속으로 들어와 살이 되고 피가 되고 영혼의 일부분이 되어, 영원히 함께할 소중한 고기는 이렇게 해서 오게 되었습니다. 폭군에게 감사와 존경을."

유강호는 말을 마쳤고, 나는 토하고 말았다.

결국 그날의 육식주의자 클럽 모임은 내 토사물을 치우면서 끝났다. 덜 삭은 고깃덩어리들을 휴지로 닦아 쓰레기통에 버리는 동안 민수 선배와 회장이 기다려주었다. 알고 보니 레스토랑은 회장 소유였다. 이를테면 대기업 회장의 고급 놀이터인 셈이었다.

"처음이라 좀 충격이 컸을 겁니다. 어때요, 괜찮아요?"

나는 고개를 끄덕였다.

"나도 처음에는 그랬어."

민수 선배의 말에 조금 힘을 얻었다. 초등학교 때 이후로는 남앞에서 토해본 적이 없으니 당황스러움이야 이루 말할 수 없었다. 토사물에 코를 박고 죽고 싶은 심정이었다.

"우리가 먹은 고기에 대해 이야기를 나누는 건 육식주의자 클럽의 전통이자 특별한 의식입니다. 오늘 유강호 씨는 간단하게 말한 편입니다. 앞으로 계속 참석하다 보면 어느새 적응이 될 겁니다."

그 말은 사실이었다. 그 후 나는 한 달에 한 번 열리는 육식주의자 클럽 모임에 꾸준히 참석했고 언제 토했냐는 듯 잘 적응했다. 그 이상한 의식은 인디언들의 그것과 비슷했다. 자신이 잡은 짐승에게 경이와 감사를 표하는 아메리카 인디언처럼 우리는 혀를 만족시키고 위를 채워준 고기의 삶을 되짚었다. 매번 그랬다. 매번, 누군가가 상상도 하지 못할 특이한 고기를 가져왔고 그놈이 어떻게 해서 식탁에 오르게 되었는지 상세한 이야기를 나누었다. 남들이 들으면 웃기는 짓이었지만 우리는 진지했다.

나는 6개월 남짓한 시간 동안 임팔라와 오리너구리와 하마와 코모도도마뱀 같은 기상천외한 고기들을 먹었고, 한 편의 영화라 해도 믿을 법한 그들의 이야기를 들었다. 그리고 누구에게도 발설하지 않았다. 비밀 엄수인 이유는 분명했다. 클럽의 회원들이 입수한 고기는 모두 불법 유통이었다. 그런 것들을 몰래 들여와 먹는다는 사실이 알려지면 뉴스데스크의 메인은 따놓은 단상이 될 터였다.

나는 고기 한번 제대로 소개할 깜냥도 되지 않는 주제에 항상 빠지지 않고 모임에 참석했으며 어느덧 그 레스토랑 특유의 분위기, 클럽의 회원들, 그리고 진지하게 나누는 이야기 모두를 사랑하게 되었다.

그러던 어느 날 우리는 한 번도 들어보지 못한 고기를 먹게 되었다. 신입 회원인 K가 준비한 고기였다.

K는 어딘지 모르게 음침하고 어두운 구석이 있는 남자였다. 나이는 나랑 비슷해 보였는데 말수가 극도로 적었고 낯도 무척 가렸다. 내가 새로 들어오고 몇 주 후 누군가의 소개를 받았다며 K 혼자 직접 레스토랑으로 찾아왔다. 나도 그렇지만, K 역시 다른 멤버들에 비하면 비교적 허름한 차림새였고 나이도 나와 함께 막내 축에 드는 것 같아 처음에는 열심히 말을 걸었지만 돌아오는 건 언제나 "네"나 "아니오"뿐이었다.

어색하시죠?

네.

원래 말수가 적으신가 봐요.

아니요.

이러니 대화가 될 리 없었다. 원체 말 붙이길 좋아하는 나로써도 도저히 감당이 안 되는 상대라 시간이 지나면서는 아예 한마디도 안 나누게 되었다. 반면 첫인상이 좋지 않았던 이미형과는 곧잘 이야기를 했다. 미형은 잘나가는 펀드매니저였고 동시에 엄청난 고기 마니아였다. 삼시 세끼 고기만 먹는 미형은 날씬하고 균형 잡힌 몸매의 소유자였는데 그 비결이 운동이냐고 물었더니 돌아온 대답이 걸작이었다.

"고기 덕분이야."

"네?"

"고기를 많이 먹으려고 운동을 열심히 했더니 이 몸매가 됐는걸. 그러니 고기 덕분이지."

아하! 그렇군요. 이 모든 영광, 고기에게 있을지니! 고기 복음서라고 해도 좋을 미형의 주옥같은 말들은 더 많지만 이쯤에서 다시 K 이야기로 돌아가지 않으면 안 되겠다. 어디까지나 그 이야기를 위해서 이렇게 길고 긴 잡설을 늘어놓았으니까.

누구도 K의 직업을 몰랐다. 사실 가르쳐준 이름이 본명인지도 확인할 길이 없었다. 다만 그는 꼬박꼬박 모임에 참석했으며 비밀을 잘 지켰고 별다른 말썽을 피우지도 않았다. 나처럼 볼썽사납게 토하는 일도 없었다. K는 그저 묵묵히 고기를 먹고 말없이 왔다가 말없이 갈 뿐이었다.

그랬던 K이기에 자진해서 고기를 가져오겠다고 말했을 때는 모두가 놀랄 수밖에 없었다. 보통은 클럽의 주축이 되는 멤버들이 주로 고기를 조달해 왔다. 그들은 그만큼의 재력이나 인맥이 있었다. 나 같은 사람들은 그저 고마운 마음으로 열심히 고기를 먹을 뿐이었다.

"선배. 좋긴 한데 마음이 좀 불편해요."

한번은 민수 선배에게 솔직하게 말했다. 딱히 회비를 내는 것도 아니고, 그렇다고 남들처럼 기막힌 고기를 가져오는 것도 아니니 마음이 편할 리 없었다. 그럼에도 혀와 위장은 지독하게 고기를 탐했다. 참으로 이율배반적인 녀석들이었다.

"불편해할 필요 없어. 너도 언젠가 기회가 생길 거야. 나도 그랬거든."

민수 선배의 말에 나는 반사적으로 물었다.

"선배는 무슨 고기를 가져왔어요?"

"네가 아직 클럽에 들어오기 전 일이라 그건 비밀로 해야겠다."

선배는 그렇게 말하고는 입을 닫아버렸다. 내 단순한 사고는 '고기를 못 가져와서 마음이 무겁다'에서 '민수 선배가 가지고 온 고기는 뭘까?'로 자연스레 넘어갔고, 그다음 모임에선 그런 것마저 다 잊고 천연덕스럽게 고기를 먹는 쪽으로 발전했다.

그랬는데, 분명 잊었다고 생각했는데 K의 말을 듣는 순간 복잡한 감정이 불끈 솟아났다. 질투나 시기심이라고 해야 할까, 아니면 부러움이라고 해야 할까?

K는 이렇게 말하기까지 했다.

"지금까지와는 비교도 안 될 고기일 겁니다."

그래 봐야 얼마나 대단한 고기겠어?

나는 그런 마음으로 K를 바라봤다. 나중에 들은 바, 민수 선배와 이미형도 비슷한 생각을 했단다. 평범해 보이는 K가 과연 무슨 수로 다른 사람과는 비교도 안 될 만큼 대단한 고기를 가져오겠느냐고.

나는 그로부터 한 달을 정말이지 목이 빠져라 기다렸다. 인생에서 뭔가를 그리 애타게 기다렸던 적이 없었던 것 같다. 생각해 보면 나는 언제나 맹숭맹숭했다. 딱히 부족하지도 않았고 딱히 뛰어나지도 않았으며 어딘가에 열중해 본 적도 없었다. 욱하는 면이 있었고 그 때문에 전에 다니던 회사의 사장을 때리기도 했지만 그게 유일한 일탈이나 다름없었다. 유독 고기를 좋아한다는 걸 빼고는 나는 지지리도 심심한 사람이었다.

유독 고기를 좋아한다.

그것이 나라는 인간의 유일한 개성이 되었다. 누구에게도 떳떳하게 밝힐 수는 없었지만 육식주의자 클럽은 내 개성을 찾아 준 고마운 곳이었다. 나는 어느덧 육식에 대해 자부심 비슷한 감정도 느끼고 있었다. 이런 상황이니 K가 호언장담한 새로운 고기를 맛보기 위해 기다린 한 달이라는 시간이 얼마나 길게 느껴졌을지, 이 글을 읽는 여러분은 충분히 이해하리라.

드디어 한 달이 지났고 육식주의자 클럽의 정기 모임이 열렸다. 나는 퇴근을 하자마자 한달음에 Carnival로 달려갔다. 제법 빨리 도착했다 싶었는데도 이미 민수 선배와 이미형이 와 있었다.

"드디어 오늘이네요."

내가 말하자 민수 선배는 야릇한 웃음을 지었다.

"자신만만하게 말해 놓고 꽁무니 빼는 인간이 한둘이 아니거든."

이미형이 말했다. 어느 모임에서나 자랑하고 인정받고 싶어 하는 마음은 똑같은 건지 육식주의자 클럽에서도 비슷한 일이 많았단다. 최고의 고기, 한 번도 먹어보지 못한 대단한 고기, 절대 구할 수 없는 엄청난……. 온갖 화려한 수식어가 붙어서 잔뜩 기대를 했는데 맛이 형편없거나 평범한 소나 돼지인 경우가 대부분이었단다.

"더 자주 있는 일은 호스트가 아예 도망을 가는 거였어."

오호라. 그 말은 K가 아예 안 나올지도 모른다는 의미였다. 민수 선배와 이미형도 내심 그쪽에 무게를 두고 있는 것 같았다. 아마 다른 회원들도 마찬가지였으리라. 일말의 기대감 때문인지 평소보다 참석자 수가 많긴 했지만 누리끼리한 지방질처럼 엉겨 붙은 불신의 기운을 지워버리기에는 턱도 없이 부족했다.

모두의 기대, 혹은 예상을 깨고 K는 나타났다. 전에 본 적 없는 값비싼 정장까지 차려 입고.

"저는 준비가 끝났습니다."

K가 회장을 향해 말했다.

"좋습니다. K가 준비한 고기를 조리하는 동안 맛있는 음식들로 여흥을 즐기시죠."

회장은 언제나 그랬듯 유리잔을 두드려 모임의 시작을 알렸다. 곧 갖가지 고기들이 식탁 위에 올라오기 시작했다. 위장은 반사적으로 꾸르륵거렸고, 입에서는 침이 사정없이 고였지만 나는 최대한 자제하며 조금씩 먹었다.

"다들 기대를 하고 있나 봐."

선배가 넌지시 말을 했다. 나는 주위를 둘러봤다. 평소보다 먹는 속도가 눈에 띄게 느렸다. 심지어 남는 고기도 있었다.

"이러니저러니 해도 오랜만이거든. 새로운 고기를 가져오겠다고 떠들어댄 게."

옆자리에 앉은 이미형이 쿡쿡 웃으며 말했다.

모임의 분위기를 일찌감치 감지한 듯 회장이 자리에서 일어났다.

"모두 평소보다 잘 못 드시는 군요. 뭐, 저도 그렇습니다만."

회장의 농담에 모두 웃음을 터트렸다.

"아직 다들 배가 덜 찼을 텐데 마침 K의 요리가 다 되었다는 신호가 왔습니다. 타이밍이 참 좋군요. 과연 어떤 고기일지 기대가 됩니다만 섣부른 판단은 금물이겠죠. 자, 오늘의 메인 요리를 소개하겠습니다."

회장이 유리잔을 두드리자 K가 주방에서부터 카트를 끌고 나타났다. 가슴이 두근거렸다는 식상한 표현을 쓰는 것을 용서해 달라. 그야말로 가슴이 두근거렸으니까.

클럽 안에 묘한 긴장감이 흘렀다. 사람들의 시선은 카트에 쏠려 있었다. 카트의 천을 걷어낸다면 과연 무엇이 있을까? 나도 모르게 침을 삼켰는데 그것이 마른침인지 군침인지 헷갈릴 정도였다.

카트 위 접시는 평소보다 컸다. 그 말인즉슨, 상당한 양의 고기 혹은 크기가 큰 고기라는 뜻이었다.

"자……."

K는 테이블 위에 접시를 올려놓으며 입을 열었는데 목소리가 떨리고 있었다. K 역시 긴장한 표정이 역력했다. 자신의 고기를 소개하기 때문만은 아닌 듯했다. K는 무언가를 두려워하고 있었고, 그 두려움이 우리에게도 고스란히 전해졌다.

"오늘의 요리를 소개하겠습니다."

K는 한 번 숨을 고른 후 접시 뚜껑에 손을 가져갔다. 그러고는 조심스레 뚜껑을 열었다.

"오늘의 요리는 인어입니다."

접시 위에 인어가 올라가 있었다.

인어는 내가 지금껏 봐왔던 고기 중 가장 혐오스러운 모습을 하고 있었다. 만화나 영화에서 보던 모습과는 분명 달랐다. 아마 그랬다면 그 자리에 있던 사람 중 대다수가 기절하거나 뛰쳐나갔으리라. 몸통과 꼬리 부분은 확실히 생선처럼 보이는데 문제는 얼굴 쪽이었다. 정확히 말하자면 몸통의 정 가운데부터 머리까지가 비늘 하나 없는 포유류의 생김새였다. 매끈했고, 살결이 보였다. 얼굴은 인간이라기보다는 고대 신화에 나오는 악마 내지는 못생긴 요정 쪽에 조금 더 가까웠다. 분명 눈과 코 그리고 입은 있었는데 그 배치가 썩 훌륭하지는 않아 죽었다 깨어나도 미인이라 불릴 일은 없어 보였다.

그랬다. '그것'은 척 보기에도 여자라는 인상을 줬다. 아니, 암컷이라고 해야 할까. 아무튼 전체 크기는 다섯 살쯤 되는 여자아이와 비슷했고 비명을 지르는 듯한 표정으로 죽어 있었다. K는 그것, 그러니까 인어에 특별한 조리나 장식을 하지 않고 그저 구워서 내오기만 했다. 인어 통구이. 메뉴판에 적는다면 그 이름이 적당하리라. 단, 경고 문구는 붙여야겠지.

'혐오스러울 수도 있으니 조심하시오.'

"인어라고? 진짜 인어라면 반은 생선이잖아. 우린 고기만 원한다고."

내게 까칠하게 굴었던 그 사람, 최필규가 여지없이 날카로운 질문을 던졌다. 최필규는 부동산업으로 자수성가를 한 50대 남성이었다. 평소에는 말도 적고 조용했지만 유독 고기 앞에서는 날을 세웠다.

"일단 드셔보시면 생각이 달라질 겁니다."

K가 우물쭈물하며 말했다.

"선배. 이번 건 좀……. 진짜일 리는 없겠지만 그래도 인어라면 반은 사람이라는 건데."

진짜 인어가 존재할 리는 없다. 나는 그렇게만 생각했다. 정상적인 인간이라면 당연히 그런 생각을 품을 것이다. 그렇다면 저건 무엇이란 말인가? 괴상하게 생겼긴 해도 얼굴은 분명 인간과 닮았다. 무엇보다 신경 쓰이는 것은 지느러미라기보다는 퇴화한 팔에 가까워 보이는, 가슴 근처에 달린 '무언가'였다.

인어일 리는 없지만 정체불명의 고기를 먹는 것은 선뜻 내키지 않았다. 나와 같은 생각을 하는 사람이 많은지 클럽 안은 곧 술렁이기 시작했다.

"그래도 결국엔 다들 먹을 거야. 넌 정말 안 먹겠니?"

그럴 수야 없었다. 혐오감과는 별개로 요리는 기가 막힌 냄새를 풍기고 있었고, 바삭하게 굽힌 껍질 역시 퍽 먹음직스러워 보였던 것이다. 인어라는 께름칙한 말만 안 들었다면 별생각 없이 먹었을지도 모른다.

"자자. 저희는 어떤 고기라도 먹습니다. 먹은 후에 판단해야죠. 거부하시는 분들은 나가면 됩니다. 자, 그러면 시작해 볼까요?"

회장이 말했지만 진짜 일어나서 나가는 사람은 아무도 없었다. 물론 나도 마찬가지였다. K는 그제야 안심한 듯 서빙을 시작했다.

인어의 위쪽과 아래쪽 고기를 반씩 잘라 각자 접시에 담아주던 K는 순간 나와 눈이 마주쳤다.

그때 K의 표정과 눈빛을 아직 잊지 못한다. 두려움과 슬픔이 뒤섞여 아주 묘했고, 한편으로는 섬뜩하기도 했으며, 깊고 깊은 어둠 속으로 빨려 들어갈 것만 같은 그런 눈빛이었다.

K는 내게도 고기를 덜어주었다. 큼지막한 한 덩어리였다. 고기와 생선이 딱 절반씩 섞인 부위였다. 고기 쪽은 살이 붉었고, 생선 쪽은 흰색이었다. 둘 다 겉이 노릇하게 잘 구워져 그 자체만으로는 무척 먹음직스러웠다. 역시나 고기를 앞에 두고 있자니 본능

적으로 입맛이 당겼다. 과연 육식주의자 클럽의 멤버답다고나 해야 할까, 혐오스럽다는 인상은 우주 저 멀리로 날아가고 먹고 싶다는 간절한 욕망만이 위액을 타고 샘솟아 올랐다. 나는 다른 멤버들에게도 골고루 고기가 돌아가길 애타게 기다렸다.

드디어 먹게 되었다. 먼저 칼로 고기 부분을 길게 잘랐다. 너무 잘게 자르면 육즙이 다 새어 나온다. 자른 고기를 포크로 찔러 입안에 가져갔다. 혀에 고기가 닿는 순간 풍미가 폭발했다. 분명 바싹하게 구웠는데 어떤 저항감도 없이 고기는 잘려나갔고 그때마다 육즙이 마치 펌프질을 하듯 입안을 가득 채웠다. 육수가 가득 든 뜨거운 딤섬을 먹는 느낌이었다. 여기저기서 하아, 하아 하는 소리가 들렸다. 나 역시 혀로 고기를 굴리면서 그 맛을 음미하고 또 음미했다. 풍부한 지방질과 질감이 살아 있으면서도 부드럽기 그지없는 살코기가 딱 알맞은 비율로 섞여 있었다.

이보다 맛있는 고기가 있을까?

내 머릿속에는 온통 그 생각뿐이었다.

자, 다음에는 생선 쪽이다. 나는 큼직하게 잘라서 한입 넣었다. 예상과 달리 전혀 퍽퍽하지 않았고 흰살 생선 특유의 밋밋한 맛도 없었다. 오히려 씹으면 씹을수록 달큼하고 담백했다. 고기 부분의 강렬한 맛을 중화시켜 준다고나 할까. 가장 인상적인 것은 향이었다. 시원하고 상쾌한 향이 살 전체에 배어 있었고, 그것이 입안에서 부드럽게 돌다가 목구멍 안으로 넘어가며 콧속까지 파고들었다.

"끄응."

멤버 중 누군가가 신음인지 감탄인지 모를 소리를 냈다.

나도 마찬가지 심정이었다. 너무나도 강렬한 체험이라 머리가 텅 빈 것만 같았고 온몸이 산산이 분해된 것만 같았다. 남은 것은 혀, 다시 말해 미각뿐이었다. 맛을 느끼는 그 부위가 비정상적일 정도로 커져서 몸 전체를 다 뒤덮은 게 아닐까, 잠시 그런 착각을 할 정도로 황홀한 맛이었다.

접시에 담긴 고기가 사라질수록 분노 비슷한 감정이 일었고, 결국에는 다시 먹지 못한다는 사실이 두렵기까지 했다.

이것은 정말로 무슨 고기란 말인가?

도무지 알 수가 없는 상황에서도 이보다 맛있는 고기는 존재하지 않으리란 확신이 들었다. K의 호언장담은 거짓이 아니었던 것이다. 어느새 목덜미에 땀이 자작하게 고였고 겨드랑이도 젖어 들었다. 단지 오븐에 구운 고기를 먹었을 뿐인데 사우나에라도 들어갔다 나온 것처럼 온몸이 땀으로 젖었다.

결국, 다 먹었다. 살 한 점 남기지 않고 깨끗하게 먹어 치웠다. 다른 사람들의 접시도 다를 바가 없었다. 그러고도 못내 아쉬운 듯 입맛을 계속 다시는 것까지 모두가 똑같았다.

"후, 정말 훌륭한 고기였습니다."

마침내 회장이 입을 열었다. 회장 역시 상당히 만족한 눈치였다.

"그러셨다니 다행이군요."

K가 웃음을 띠며 말했는데 내 눈에는 그 웃음이 억지로 쥐어

짜낸 것처럼 보였다.

"인어라고 하셨는데…… 이 고기에 대한 이야기가 더욱 궁금하군요. 그럼 시작해 주시죠."

회장이 K를 향해 말했다.

K는 꽤 오랫동안 멍한 눈으로 우리 모두를, 그날 모인 열세 명의 멤버를 찬찬히 훑어봤다. 마치 무언가를 살피는 것처럼 실눈을 뜨고 미간을 찌푸린 채.

"독이라도 넣은 거 아닐까요?"

나는 민수 선배에게 속삭이듯 물었다. 농담 삼아 던진 이야기였지만 입 밖으로 꺼내고 나니 등줄기에 한기가 돌았다. 만약 독을 넣었다면 우리 모두 죽은 목숨이었던 것이다. 하지만 피를 토하며 쓰러지는 이도 없었고 배를 부여잡고 구르는 이도 없었다. 독은 없었던 셈이다. 화학적인 의미의 독은.

K는 한참 말이 없다가 이내 결심을 굳힌 듯 침을 한 번 삼키고는 의식을 시작했다.

"우, 우리 육식주의자 클럽의 규칙에 따라 이 시간 이후로 들은 이야기는 모두 비밀에 부칠 것을 제안합니다. 동의하십니까?"

K가 말했다.

"동의합니다."

"동의합니다."

"동의합니다."

나도 큰 소리로 동의를 외쳤다. 좋아, 동의할 테니 빨리 털어

놔봐! 내가 방금 먹은 게 도대체 뭐지?

"좋습니다. 그럼 이야기를 시작하겠습니다. 저, 저희의 혀와 저희의 위와 저희의 머리를 행복하게 만들어준 이 고기에 대해 이야기하겠습니다."

더듬거리기는 했지만 K는 의식을 잘 끝내고 본격적으로 이야기를 했다. 지금부터는 K가 했던 이야기를 거의 기억나는 대로, 모자란 기억은 민수 선배와 이미형의 도움을 받아 옮긴 것이다.

저는 해안가의 작은 마을에서 태어나고 자랐습니다. 바다를 끼고 있긴 하지만 멋들어진 해변 같은 건 없는 변변찮은 어촌 마을입니다. 아마 이름을 말해도 대부분 모르실 겁니다. 그만큼 외따로 떨어진 곳이죠. 당연히 관광객이 놀러 오는 일도 없습니다. 누군가가 이사를 오지도 않는 곳이죠. 고인 물 같다고나 할까요? 마을 사람들은 자신들만의 세상에서 늙어가고 썩어갔습니다.

그런 곳에서는 이야기가 많이 돕니다. 이런저런 이야기들 말입니다. 기괴하고 섬뜩한 저주의 이야기들. 그런 것들이 오락거리인 셈이죠. 허무맹랑한 이야기, 괴담으로 치부해 버리면 그만일 이야기가 대부분이지만 가끔은 아닌 경우도 있죠. 특히 먹거리에 관해선 더 그랬습니다. 이를 테면 비늘이 거꾸로 선 물고기를 먹어선 안 된다는 이야기가 있겠네요.

가끔 가다가 그런 물고기가 잡혀 올라옵니다. 어종을 안 가리고 말이죠. 가지런한 비늘 속에 거꾸로 돋아난 비늘이 한두 개쯤 있는 겁니다. 아무리 맛있고 탐스러운 물고기라도 그런 녀석은 다시 놓아주어야 합니다. 그걸 먹었다가는 저주에 걸려 온몸이 붓고 피부가 짓무르다가 끝내는 미쳐서 죽고 만답니다.

이런 이야기들은 민담처럼 여길 수도 있지만 따지고 보면 제법 과학적입니다. 비늘이 거꾸로 난 물고기는 돌연변이인 셈이죠. 등이 굽거나 지느러미가 여러 개 달린 것들처럼 말입니다. 돌연변이 물고기를 먹었다가는 병에 걸리기 십상이고 그랬기에 그런 걸 막으려고 이야기가 퍼져나갔다, 저는 이렇게 생각합니다.

네 발 달린 짐승을 많이 먹어선 안 된다는 이야기도 있었는데 그것도 나름의 설명이 가능합니다. 빈궁한 어촌이다 보니 네 발 달린 짐승이 흔할 리가 없었습니다. 소도 드물었고 돼지도 드물었습니다. 기껏해야 개나 고양이 정도인데 그것들도 나름의 쓸모가 있었죠. 그러다 보니 자연스레 고기를 먹지 않게 되고 그것이 이야기로까지 만들어진 겁니다.

이런, 이야기를 하다 보니 사설이 길어졌습니다.

아시겠지만 저는 말이 많은 사람이 아닙니다. 하지만 오늘은 하고 싶었던 이야기를 다 해야겠습니다. 어차피 인어에 대해 설명하자면 시시콜콜한 것까지 다 말해야 하겠지만, 한 가지 걱정스러운 것은 제 말솜씨입니다. 워낙에 어눌해서 아마 지루하시지 않을까 걱정이 됩니다. 아무쪼록 감안하고 너그러이 들어주시길 바랍니다.

짐작하신 분도 있겠지만, 제가 마을에 내려오는 이야기에 대해 장황하게 설명한 것은 인어 역시 그런 민담 중 하나이기 때문입니다.

여기서 인어를 모르는 분도 아마 없을 겁니다.

아름다운 사람의 몸뚱이에 다리는 지느러미로 되어 있죠. 하지만 제가 살던 마을의 인어는 동화 속의 고귀한 존재와는 완전히 달랐습니다. 크기는 성인의 절반 정도, 다리 대신 꼬리지느러미가 달려 있고 얼굴은 사람의 그것과 흡사합니다. 눈과 코, 입이 있고 그것들을 사용해 표정을 지을 수도 있습니다. 원래는 가슴지느러미가 있어야 할 곳에 인간의 팔과 흡사한 기다란 뼈 두 개가 돋아난 것도 특징입니다.

인어들은 으슥한 밤에 선착장에 나타나 취객을 꾀어 바다에 빠뜨립니다. 그러면 우르르 몰려와서 바닷속으로 끌고 들어가 뜯어 먹는 거죠. 때로는 바위틈에 숨어 있다가 조개나 해조류를 따러 온 여자를 공격하기도 합니다. 인어는 입안에 촘촘하게 난 수십 개의 이빨로 순식간에 인간을 먹어 치웁니다. 그것들이 제일 좋아하는 것은 어린아이로 혼자서 밤늦게까지 바닷가 근처를 돌아다니면 필시 인어가 유혹을 합니다. 맛난 걸 줄게, 이쪽으로 와, 여기서 놀자. 이런 식으로요. 그 말에 홀려 바다로 가면…… 그걸로 끝이죠, 뭐.

자, 여기까지 들었으면 이미 눈치를 채셨을 겁니다.

인어 이야기는 아이들을 겁주는 전형적인 괴담입니다. 위험한 곳에 가지 말고 밤늦도록 돌아다니지 말라는 메시지가 들어 있죠. 말 안 들으면 망태 할아버지가 잡아간다는 이야기처럼 저희 마을에선 너 그러다 인어 밥 된다, 하는 말들을 부모님들이 종종 하셨습니다. 그렇지만 그 누구도 진짜로 인어를 본 적은 없습니다. 제 부모님도 마찬가지였고, 친구네 부모님도 마찬가지였습니다. 만일 누군가 발견을 했다면 난리가 났을 것이고 저희 마을은 아마도 관광 명소가 되었겠죠.

초등학교를 졸업할 때쯤 되면 마을 아이들 중 누구도 인어의 존재를 믿지 않게 됩니다. 소위 말해 대가리가 굵어지는 거죠. 그런데도 그 아이들조차 자기 동생들에겐 인어로 겁을 주는 일을 반복합니다. 괴담이란 건 어쩌면 단체의 결속력을 다지기 위해 존재하는 걸지도 모르겠습니다. 작은 어촌 마을에선 사람 하나가 아주 중요하거든요.

반대로 말하자면, 그런 결속을 해치는 사람이 나타난다면 가차 없이 퇴치할 수도 있는 거죠. 인어의 저주라는 이름으로.

그건 아무리 가까운 사이, 이를 테면 가족이라고 해도 예외가 없습니다.

제 이야기를 좀 해야겠네요.

저는 공부를 아주 열심히 했습니다. 마을이 싫었기 때문인데, 그곳을 벗어나려면 서울에 있는 대학에 가는 수밖에 없었습니다. 물론 부모님은 반대하셨죠.

"넌 장남이다. 여기서 가업을 물려받아야지."

그 가업이라는 것이 근해로 고깃배를 몰고 가 잡어들을 낚아

오는 것이었습니다. 그런 뒤에는 술에 취해 이 세상에 존재하지도 않는 인어 이야기 같은 것들을 하는 거죠.

"야! 이 아빠가 오늘 배에서 일을 하는데 인어가……."

저는 그 모든 것이 지겨웠습니다.

다행스럽게도 저는 장학금을 받고 서울에 있는 대학교로 진학하게 되었습니다. 그쯤 되자 부모님도 아무 말씀을 못 하시더군요.

대학에서 공부를 하면 할수록 제가 정말 우물 안 개구리였다는 사실을 알게 되었습니다. 제가 살던 마을은 유배지 같은 곳이었습니다. 보통의 상식이 통하지 않는 곳.

우습게도, 저는 대학생이 되고 나서야 마음껏 고기를 먹을 수 있었습니다. 네 발 달린 짐승 고기에 맛을 들인 거죠. 아르바이트를 하면서 빠듯하게 사는 가운데도 삼시 세끼 꼬박꼬박 고기를 먹기도 했습니다. 제게는 그것이 천국이었고, 마을에서 떠나왔다는 증거나 다름없었습니다. 그러다가 우연한 기회에 이 클럽을 알게 되었고 결국 이 자리에까지 서게 된 겁니다.

그러던 어느 날 아버지가 편찮으시다는 이야기를 듣고 실로 오랜만에 마을로 돌아갔습니다. 저는 명절 때도 갖가지 핑계를 대며 내려가지 않았는데 이번에야말로 변명할 말이 없었습니다. 어머니가 이렇게 말씀하셨거든요.

"아버지가 돌아가실지도 모르겠다."

하지만 막상 내려가보니 아버지는 멀쩡하셨고, 당장 회사를 그만두고 마을로 내려와 가업을 이으라는 말만 막무가내로 하셨습니다. 당시의 저는 사회 초년생이었습니다. 힘들기는 했지만 이제 막 일에 재미를 들이던 참이었고 통장에 쌓여가는 돈을 보는 것도 좋았던 때였습니다. 저는 그 생활을 포기하고 싶은 마음이 전혀 없었습니다. 그러나 아버지는 예상외로 완고했습니다. 끝내는 마을에서 떠도는 온갖 저주의 이야기를 쏟아내며 돌아오지 않으면 불행해진다는 이야기를 하셨죠.

"인어 이야기가 단순히 아이들을 겁주기 위해 만들어진 건 줄 아느냐? 인어는 진짜로 있다. 이곳을 떠난 이들은 언젠가는 인어의 방문을 받게 돼. 그러곤 저주에 걸려 죽는 거다. 정말로 모르겠냐?"

그쯤 되자 저도 참을 수가 없었습니다. 기껏 불러서는 한다는 이야기가 그런 황당한 협박이라니요. 저는 지지 않고 소리쳤습니다.

"이제 그만 좀 하세요! 마을 사람 중 누구도 그딴 이야기 안 믿어요! 제가 여기로 돌아오는 일 따윈 없을 거니까 그렇게 아세요."

저는 그 길로 곧장 돌아왔습니다. 돌아오는 길에 선착장 근처에서 낯선 사람 몇 명을 보았습니다. 그 순간 깨달았죠. 아! 또 육지에서 사 왔구나.

네, 그랬습니다. 일손이 모자란 마을에선 종종 돈을 주고 사람을 사 오곤 했는데 아시다시피 그렇게 사 온 사람들은 거의 노예

부리듯 했습니다. 그 악습이 여태껏 남아 있었던 겁니다. 저는 그걸 보자 속이 부글부글 끓어올라 경찰에 신고를 하고 말았습니다. 방송국에도 제보를 했습니다. 그 후의 자세한 소식은 듣지 못했지만 마을이 발칵 뒤집혔다는 것은 알고 있었습니다.

그러고 얼마나 지났을까요, 어느 날 퇴근을 하고 돌아오니 집에 수조가 설치돼 있었습니다. 제가 출근한 사이에 누군가가 설치했던 겁니다. 수조에는 뻔뻔할 정도로 또박또박 쓴 쪽지가 붙어 있었습니다.

"인어가 너를 데리러 왔다."

누가 쓴 건지는 분명했습니다. 아버지였습니다! 저는 화가 나서 수조 안을 들여다봤습니다. 그리고 그곳에 바로 그것이 들어 있었습니다. 생전 처음 보는 물고기였습니다. 손바닥만 한 크기에 꼬리지느러미는 있지만 그 위쪽으로는 포유류의 그것처럼 보이는 물고기. 게다가 이목구비가 또렷해서 마치 사람의 얼굴과 대면하고 있는 듯한 느낌까지…….

저는 자연스레 '인어'라는 단어를 떠올리지 않을 수 없었습니다.

인어.

이야기 속의 그 모습과 너무나도 닮아서 두려움보다는 황당함과 당혹감이 더 크게 다가왔습니다.

거짓말이 아니었단 말이야?

하지만 마을에서 빠져나온 후 제법 오랜 시간을 보낸 저는 이내 이성을 되찾았습니다. 세상에 인어가 있을 리 없으니까요. 그래서 그때부터 인터넷을 뒤져가며 비슷한 어종을 찾기 시작했습니다. 전 세계에는 인어 전설이 꽤 많았고 그중 대부분은 특정 물고기를 착각한 것에 지나지 않았습니다.

그러나 그 어디에도 내 앞 수조에서 유유히 헤엄치고 있는 이 물고기는 없었습니다. 내가 실패했다는 사실을 알고 있기라도 한 것처럼 인어는 입을 벌리고 켁켁거리며 웃었습니다. 입안을 가득 채운 날카로운 이빨이 매우 위협적으로 보였습니다.

저는 일단 아버지에게 전화를 걸었습니다. 하지만 받지 않았습니다. 어머니에게 전화를 해도 마찬가지였습니다.

어떻게 된 일일까? 나와 연을 끊으시려는 걸까? 저주의 인어를 보낸 걸로 봐서는 충분히 그럴 수도 있겠다는 생각이 든 것과 동시에 오기가 생겼습니다. 인어니 저주니 해도 전부 비과학적인 이야기일 뿐이니 나는 냉철하게 과학적으로 접근하겠다고.

그래서 수족관의 물을 절반쯤 빼기 시작했습니다. 집에 있던 바가지로 물을 퍼서 화장실에 버리는 식이었죠.

인어는 내가 하는 행동을 유심히 보더니 또다시 켁켁거렸습니다. 그 웃음이 너무나도 거슬렸습니다. 결국 얼마 안 가 물은 절반도 채 남지 않게 되었습니다. 인어의 크기로 봤을 때 그렇게 적은 양의 물에서는 살아갈 수가 없었습니다. 아마 내일 아침이면 배를 뒤집고 죽어 있을 거라고 생각하며 저는 잠자리에 들었습니다.

그런데 그날 밤 잠결에 '하아, 하아' 하는 소리를 들었습니다.

너무나 선명하고 큰 소리라 잠에서 깨고 말았습니다.

하아.

하아.

소리를 따라 거실로 나가보니 인어가 수족관 속 작은 바위 위에 올라가 숨을 쉬고 있었습니다. 정말입니다! 놈은 입을 크게 벌리고 아가미가 아닌 코로 하아, 하아 숨을 쉬고 있던 겁니다. 마치 제가 들으라는 듯 아주 크고 분명하게. 그러곤 저와 눈이 마주치자 또다시 켁켁 웃어 젖혔습니다.

짧은 시간이라면 폐로도 호흡을 할 수 있는 물고기가 있습니다. 하지만 사람처럼 숨을 쉬는 물고기는 아마 이 세상에 존재하지 않을 것입니다. 그 생각을 하자 비로소 온몸에 소름이 돋았습니다. 아무리 눈을 비비고 다시 감았다가 떠봐도 눈앞의 인어는 사라지지 않았습니다. 오히려 이렇게 말하는 듯했습니다.

"뭔가 먹을 걸 줘."

저대로 가만히 두면 큰일이 날 것만 같다는 생각에 저는 참치캔을 따서 통째로 수조에 던져 넣고는 방으로 들어가버렸습니다. 왜 그랬는지 모르겠습니다. 지금에 와서 생각해 보면 인어에 홀렸던 걸지도…….

다음 날 아침에 확인을 해보니 인어는 눈에 띄게 자라 있었습니다. 하품 비슷한 걸 하며 여유롭게 앉아 있던 놈은 제가 등장하자 그 동그랗고 검은 눈으로 뚫어져라 바라봤습니다. 그 눈빛에서 도저히 헤어 나올 수가 없었습니다. 두려움과 분노가 한꺼번에 밀려왔습니다.

지금이라면…… 지금이라면 손쉽게 죽일 수가 있다!

저는 그런 생각으로 인어를 향해 다가갔습니다. 아무리 요상한 생물이라 해도 인간의 힘에는 미치지 못할 거야. 게다가 저 크기로는! 인어는 내게서 눈을 떼지 않으면서도 딱히 경계 태세를 취하지도 않았습니다. 봐! 역시 물고기는 멍청하다니까.

저는 인어를 들여다보는 척하다가 재빨리 손을 뻗어 놈의 등을 잡았습니다. 그대로 빼내서 바닥에 내동댕이칠 생각이었습니다. 그런데 바로 그 순간, 놈의 지느러미, 아니 팔이 제 손을 잡았습니다. 그러고는 뾰족한 손가락으로 손등을 꽉 찔렀습니다.

"으악!"

너무 아파서 비명을 지르고 말았습니다. 반사적으로 인어를 놓았습니다. 인어는 거의 1미터 가량 점프를 해 제 목덜미를 향해 날아들었습니다. 저는 한 손으로 겨우 쳐냈습니다만 그 짧은 순간에도 놈은 손바닥을 물어서 상처를 남겼습니다.

도저히 당할 수가 없었습니다.

그 사실을 뼈저리게 깨달았습니다.

한 번만 힘을 겨뤄보면 상대가 되겠다, 되지 않겠다 쉽게 알 수 있지 않습니까? 저는 인어의 상대가 아니었습니다. 그리고 놈은 다른 어떤 물고기가 아닌 인어가 확실했습니다. 교활하고 잔인하며 탐욕스러운 바로 그 저주의 생물!

그 후로 저는 인어의 노예와 같은 생활을 했습니다.

더 많은 음식을 가져다 바쳤습니다.

놈은, 살아 있는 고기를 원했습니다.

가장 신선하고 가장 연하며 가장 맛있는 고기를.

제가 어떻게 했을까요? 대형 수조관이 좁아질 정도로 점점 크게 자라나는 인어가 제 목숨을 호시탐탐 노리고 있는 상황에서 저는 어떻게 했어야 할까요?

여러분이라면 현명한 방법을 생각해 내셨겠지만 저는 그러지 못했습니다. 저는 버려진 개나 고양이를 유인해서 집까지 데려왔습니다. 그런 뒤 거실에 두기만 하면 그걸로 끝이었습니다. 물론 아주 끔찍한 소리가, 인어가 식사를 마치는 내내 들려왔지만 그 소리의 주인공이 내가 아니라는 사실만으로도 위안이 되었습니다.

그런데 어느 날 문제가 생겼습니다.

당시에 저는 변변찮은 사람이기는 했지만 여자친구를 사귀고 있었습니다. 하지만 인어가 오고 난 뒤의 저는 이상해져서 여자친구와 연락을 끊고 회사에도 가지 않는 등 두문불출하고 있었습니다. 그도 그럴 것이 인어가 언제 저를 덮칠지 모르는 상태라 매일 밤잠을 설쳤기 때문입니다.

그날도 날카로운 신경을 겨우 진정시킨 채 방문을 잠근 상태로 설핏 낮잠에 빠져 있었습니다. 그런데 거실에서 비명이 들려왔습니다. 깜짝 놀라 나가보니…….

여자친구의 몸 일부가 인어에게 먹힌 상태였습니다. 인어는 교묘한 방법으로 수조까지 먹잇감을 유인해 휙! 날듯이 공격을 합니다. 여자친구도 거기에 당한 것입니다. 말리기엔 이미 너무 늦었습니다. 출혈이 너무 많았고, 인어는 이미 여자친구의 목덜미 속으로 파고들어 게걸스럽게 먹어 치우고 있었습니다.

그걸 보는 순간 결심했습니다. 무슨 일이 있어도 인어를 죽이겠다고! 그제야 인어의 최면에서 깨어났던 겁니다.

저는 그 길로 곧장 차를 탔습니다. 목적지는 마을이었습니다. 집에 도착하니 아버지가 마루에 앉아 멍하니 바다를 바라보고 있었습니다.

"아버지! 뭐든 할 테니 그놈 없애는 법 좀 가르쳐주세요!"

저는 다짜고짜 그렇게 말했습니다. 그러자 아버지는 게슴츠레한 눈빛으로 나를 보더니 이렇게 말했습니다.

"인어는 뜨거운 물에 약해. 뜨거운 물을 부어. 그리고 단번에 죽여야 해. 하지만 제일 중요한 건 그렇게 죽인 인어를 모두 먹어 치우는 거야. 그래야 저주를 막을 수 있어! 단, 많은 사람이 나눠 먹을수록 저주는 분산되지. 무슨 말인지 알겠니?"

저는 고개를 끄덕였습니다. 아버지는 만족스러운 듯 켁켁 웃었죠.

"그렇다면 어서 돌아오너라. 기다리고 있겠다."

다시 차를 몰아 집으로 향했습니다. 거실은 온통 피바다였고, 그 사이 훌쩍 자란 인어는 어린아이 크기만 해졌습니다. 인어는 불과 몇 시간 전에 제 여자친구를 잡아먹고도 여전히 탐욕스러운 눈빛으로 저를 바라봤습니다.

저는 냄비와 커피포트에 각각 물을 끓이기 시작했습니다. 등 뒤에서 어떤 소리가 나더라도 돌아보지 않았습니다.

"자기야, 이리 좀 와 봐!"

"여기, 나 좀 봐!"

물이 다 끓자 그걸 들고 곧장 인어에게로 다가갔습니다. 허리춤에는 날카롭게 간 부엌칼을 차고 있었습니다. 무슨 사태인지 파악한 인어가 포악한 표정으로 돌변하더니 저를 향해 튀어 오르려고 했습니다. 그 순간을 놓치지 않고 뜨거운 물을 부었습니다.

치이익. 뜨거운 물이 인어의 표면에 닿자 그런 소리가 났습니다. 인어는 고통으로 몸부림쳤습니다. 다시 한 번 물을 부었습니다. 인어의 움직임이 눈에 띄게 줄어들었습니다. 저는 그런 인어의 심장에 정확하게 칼을 꽂았습니다. 그걸로 끝이었습니다. 인어는 허무할 정도로 쉽게 죽었습니다. 하지만 인어의 몸에서 피가 새어 나오는 것과 더불어 저주의 기운이 조금씩 쏟아져 나온다는 확실한 느낌을 받았습니다.

저는 냉동고를 모두 비우고 그 자리에 인어를 넣었습니다. 그리고 바로 그다음 날 이 모임에서 한 달 뒤 제가 고기를 가져오겠다고 말씀드린 겁니다.

그 한 달 사이에 정말 많은 일들이 있었습니다. 인어가 토해낸 저주가 제게 달라붙어 떨어지지 않았습니다. 그런 비극적인 일들을 하나하나 설명할 필요는 없을 것 같습니다. 어쨌든 여러분은 인어고기를 맛있게 드셨고 서로 조금씩 저주의 기운을 나눠 가지셨습니다. 저를 원망해도 좋습니다. 하지만 제게는 이것이 최선이었습니다.

저는 이제 마을로 돌아갑니다. 가서 가업을 이을 겁니다. 그곳에서 또 인어를 만나게 될지 모릅니다. 그럴 때면 이 육식주의자 클럽에 대해 잠시나마 생각하겠습니다.

이상입니다. 우리의 몸속으로 들어와 살이 되고 피가 되고 영혼의 일부분이 되어, 영원히 함께할 소중한 고기는 이렇게 해서 오게 되었습니다. 인어에게 감사와 존경을.

K는 거기까지 말하고 곧장 퇴장했다. 아예 사라져버린 것이다. 자기가 말했던 것처럼 곧장 그 마을로 내려간 것인지 아니면 어딘가에 숨어 낄낄거리고 있는 것인지는 확인할 길이 없었다. 뭐, 딱히 확인하고 싶지도 않았다.

K가 떠나고 난 뒤 우리 사이에선 이야기의 진실성에 대해 잠시 갑론을박이 펼쳐졌다.

"100프로 지어낸 이야기입니다. 애초에 인어라는 게 존재할 리가 없습니다. 그리고 정신과 전문의인 제가 봤을 때 K는 현재 제정신이 아닙니다. 망상을 앓고 있어요."

"그럼 우리가 먹은 고기는 대체 뭘까요? 난 세상의 거의 모든 고기를 다 먹었다고 자부하는데 이번 건 정말 처음 먹는 맛이었습니다."

"게다가 생긴 것도 정말 이상했잖아요."

아무리 말을 해도 결론은 나지 않았다. 이야기를 한 K는 사라져버렸고, 그가 인어라 주장한 고기는 이미 우리 배 속을 든든하게 채우고 있으니…….

결국 뼈만 남은 인어고기의 DNA를 조사해 보자는 이야기까지 나왔으나 역시 회장이 적절한 타이밍에 중재를 하고 나섰다.

"자, 이제 그만합시다. 지금 이 순간 이 자리에서 먹은 고기에 대해선 어떤 이야기도 하지 않는다는 것이 원칙 아닙니까? 그걸 지키지 않으면 우리 육식주의자 클럽은 계속될 수 없습니다. K의 말이 사실인지 아닌지 그 진위는 모릅니다. 하지만 설령 모른다 한들 상관이 있습니까? 세상에는 우리가 모르는 일들이 훨씬 많고, 인어도 그중 하나일지 모릅니다. 혹 사실이라면 당분간은 저주를 조심하며 살아야겠군요. 하하하."

아무리 봐도 호탕한 양반이었다. 그날의 육식주의자 클럽 모임은 그렇게 끝이 났다. 나는 찜찜한 마음을 애써 누르며 민수 선배와 함께 Carnival을 나왔다. 민수 선배는 별다른 말이 없었다. 과묵했던 대학생 때로 돌아간 느낌이었다. 참다못한 내가 먼저 입을 열었다.

"선배는 어떠셨어요? K의 말, 믿을 만했어요? 인어라니……."

"여자친구 말이야, 정말로 인어가 죽인 걸까?"

민수 선배의 말에 나는 우뚝 멈춰 섰다.

"선배. 설마?"

"아니야. 그냥 해본 소리야. 언제 네 차례가 돌아올지 몰라. 너도 빨리 준비해 둬."

선배는 그 말을 마치고 휘적휘적 먼저 걸어가버렸다.

나는 한참 동안 그 자리에 서서 K의 말을 되짚어봤지만 역시 결론은 나지 않았다. 다만 인어의 저주라는 게 그냥 스윽 하고 지나가주길 바랄 뿐이었다.

과연 인어의 저주는 다 같이 나눠 먹어서 그랬는지 그다지 치명적이지는 않았다. 나는 여자친구와 헤어졌다. 결국은 성격 차이였지만 조금 더 파고들면 결혼 적령기인 여자친구와 아직 아무것도 준비가 안 된 나 사이의 갈등이 쌓이고 쌓였기 때문이기도 했다. 여자친구는 내게 지쳐서 다른 남자를 만나고 있었다. 나는 그 사실을 알았지만 그냥 모른 척 넘어갔다. 그러다가 결국 내가 차이고 말았다.

여자친구에게 이별을 통보받고 나서야 '아! 이게 저주인가' 하는 생각을 했다. 그런데 그날 밤 이미형에게 전화가 왔다.

"시간 있으면 내일 고기나 먹으러 갈래요? 기막힌 오리고기집을 알아냈는데."

나는 딱히 거절할 이유가 없었다. 아무려나, 고기를 먹자는데.

"네, 알겠습니다. 그런데 저…… 갑자기 왜 저랑?"

원체 변변치 않은 나는 그런 질문을 하고 말았다.

"싫어요?"

이미형이 물었다.

"아뇨."

내가 대답했다.

"그럼 된 거지."

이미형은 그렇게 말하고 전화를 끊었다. 나는 핸드폰을 들고 한참을 앉아 있었다. 앞으로의 인생이 어떻게 변할지 알 수가 없었다. 불과 반년 전만 해도 내가 육식주의자 클럽에 들어갈 줄 누가 알았으랴. 인어고기란 걸 먹을 줄 과연 누가 알았겠는가?

나는 그런 생각들을 하면서 잠에 빠져들었다.

민수 선배는 왜 날 초대했을까?

그건 정말 인어였을까?

여러 생각이 잠들기 전의 머릿속을 둥둥 떠다녔지만 결국 하나로 뭉치고 말았다.

미형 씨를 만나면 뭘 할까?

그 생각을 하자 조금 행복해졌고, 나는 편히 잠들 수 있었다.

끝.

탐정 애랑

배상민

2009년 계간 《자음과 모음》 신인문학상으로 등단했다. 지은 책으로는 단편집 《조공원정대》와 장편소설 《콩고콩고》, 《페이크픽션》 등이 있다.

1.

애랑은 망사리를 들여다보았다. 속에는 뿔소라 여섯 마리가 꼼지락거리고 있었다. 아무리 물질하기 힘든 겨울이라지만 반나절 동안 얻은 수확이 겨우 이 정도였다. 애랑은 맥이 빠진 표정으로 오른편을 돌아봤다. 한창 건설 중인 리조트의 뼈대가 흉물스럽게 서 있었다. 이 바다가 오염되기 시작한 것은 저 리조트가 세워지면서부터였다. 저기서 갖가지 건축 폐기물이나 폐수를 알게 모르게 바다로 내보내고 있었다. 가끔 시청에 신고라도 해볼까 하는 생각이 들기도 하지만 그럴 때마다 애랑은 고개를 가로저었다. 지금 짓고 있는 리조트의 사장은 제주도의 알려지지 않은 실력자로 이 지역의 정계, 관계, 재계를 이른바 '권당'으로 엮어놓고 있는 토호였다. 어차피 신고를 해도 누구 하나 눈 하나 깜짝하지 않을 게 뻔했다.

애랑은 리조트 반대편 바다를 바라보았다. 가운뎃손가락같이 생긴 바위 하나가 등대처럼 뾰족하게 솟아 있었다. 손가락바위였다. 할머니는 애랑이 어렸을 때부터 저곳에는 절대 가지 못하게 했다. 할머니 말로는 손가락바위 근처 바다 밑에는 물길이 갑자기 거세지는 동굴이 있는데, 거기에 휩쓸리면 사람이 흔적도 없이 사라져버린다고 했다. 이상한 점은 유독 애랑 집안의 사람들만 그렇다고. 손가락바위 이야기를 꺼낼 때마다 할머니는 이게 다 무당의 핏줄이 이어진 까닭이라고 혼잣말처럼 덧붙였다.

애랑은 눈을 가늘게 뜨고 바위까지의 거리를 가늠해 봤다. 헤엄을 쳐서 가기에는 제법 먼 거리였다. 그러나 어려서부터 물질을 배우며 자란 애랑이었다. 마음만 먹으면 못 갈 것도 없었다. 위험하다고는 하지만 그 이유라는 게 터무니없었다. 해류가 자기 집안사람들만 골라서 삼킨다니. 애랑은 망사리를 들여다보면서 혼잣말로 중얼거렸다.

'굶어 죽으나, 해류에 휘말려 죽으나…….'

그녀는 아랫입술을 꽉 깨물고는 다시 바다에 뛰어들었다.

막상 손가락바위에 도착하고 보니 그 근처의 물살은 생각보다 잔잔했다. 할머니의 경고가 괜한 엄포라는 생각이 들 정도였다. 애랑은 튜브 역할을 하는 테왁을 붙들고 심호흡을 한 번 하고 난 다음 물속으로 잠수해 들어갔다. 바다는 그리 깊지 않았다. 손가락바위를 떠받치고 있는 단단한 암반층이 넓게 깔려 있기 때문이었다. 그러나 예상과 달리 전복이나 소라 따위는 눈에 잘 띄지 않았다. 오염은 여기도 영향을 미치고 있었다.

애랑은 혹시나 싶어 손가락바위 반대편으로 돌아 들어갔다. 누군가 찾아오기만을 기다렸다는 듯 수십 미터짜리 거대한 바위 하나가 드러났다. 모양은 별다를 게 없었지만, 신기하게도 가운데가 터널처럼 동그랗게 뚫려 있었다. 터널의 반대편은 어두컴컴했다. 하지만 막혀 있는 게 아니라 뚫려 있는 것이 확실했다. 멀리 웃자란 해초들이 너울거리는 게 보였다. 터널 입구에는 요즘 찾아보기 힘든 오분자기들이 들러붙어 있었다. 애랑은 더 생각할 것도 없이 그쪽으로 헤엄쳐 갔다. 해류가 조금 빨라지는 것 같았지만 아랑곳하지 않았다. 애랑이 오분자기에 막 손을 뻗으려는 순간 갑자기 몸이 터널 쪽으로 빨려 들어갔다. 당황한 그녀는 뭐라도 붙잡으려 했지만 몸은 속절없이 해류에 휘말렸다. 곧 정신이 아득해졌다.

본래 애랑은 해녀가 아니라 순경이었다. 이 사회의 질서를 지키고 정의를 구현하는 경찰이 되고 싶었다기보다 월급이 꼬박꼬박 나오는 안정적인 공무원이라서 선택한 길이었다. 애랑은 사회의 질서는 교통질서를 바로 잡는 것으로, 사회의 정의는 불법주차 차량에 딱지를 떼는 것으로 소소하게 실천하면 그만이라고 생각했다.

그런데 그런 애랑의 소소한 정의감마저 시험하는 일이 벌어지고 말았다. 사수가 공중목욕탕 안전점검이라는 핑계를 대고 사우나로 사라진 덕분에 애랑 혼자 불법주차 딱지를 떼던 날이었다. 그녀는 불법주차로 유명한 고급 음식점 앞에서 검은색 양복을 입은 남자 한 명이 감귤 박스 몇 개를 자신의 차 트렁크에서 꺼내 다른 차의 트렁크로 옮겨 실어놓은 후 사라지는 모습을 목격했다. 뭔가 음습한 범죄의 냄새가 났지만, 모른 척하기로 했다. 그를 쫓아가 의심스러운 점을 확인하기에는 딱지를 붙여야 할 차가 너무 많았다. 애랑은 소소한 눈앞의 정의부터 실천하기로 했다.

그때 누군가 애랑의 어깨를 톡톡 쳤다. 돌아보니, 남자 하나가 캠코더를 들고 난감한 표정으로 서 있었다. 두꺼운 뿔테 안경을 쓴 데다 눈매가 아래로 살짝 처져서 순진하면서도 약간 꺼벙해 보이는 인상이었다.

"저기요……. 제가 지금 뇌물을 주고받는 결정적 장면을 찍으려는데 배터리가 나가버렸어요."

애랑은 남자를 빤히 쳐다보았다. 그는 뭔가를 말하려다 머뭇거리며 머리를 긁적였다.

"저…… 혹시 둘이 뇌물을 주고받은 것을 목격한 사실을 법정에서 증언해 줄 수 없을까요?"

애랑은 정색했다. 그리고 최대한 사무적이고 냉정하게 말했다.

"뇌물 사건은 제 담당이 아니거든요. 강력계로 가보세요."

남자는 아쉬운 눈길로 애랑을 보다가 명함을 내밀었다. 애랑이 받아 들고 보니, '제주 환경 지킴이 간사 이영진'이라는 이름이 찍혀 있었다.

"마음 바뀌면 언제든 연락주세요."

영진은 애랑에게 목례를 하고는 자신의 머리를 쥐어박으면서 음식점 모퉁이를 돌아 나갔다. 애랑은 영진의 성격이 집요하지 않아서 다행이라고 생각했다.

하지만 그 일은 애랑이 생각지도 않은 곳에서 다시 고개를 내밀었다. 애랑의 할머니가 물질을 하는 바다에 리조트가 들어선다는 소식이 들렸다. 평생을 바다에서 먹거리를 장만하며 살아가던 해녀들과 인근 주민들은 리조트 개발을 반대하는 시위를 벌였다. 하필, 애랑은 그 시위를 막기 위해 출동했다. 때문에 시위대 맨 앞에 서 있는 할머니와 매일 얼굴을 마주 대해야 했다. 어려서 부모를 잃은 자신을 키워준 할머니였다. 할머니가 지켜야 한다고 외치는 저 바다는 할머니의 일터이자 애랑 자신을 키워준 곳이나 다름없었다. 애랑을 잘 아는 이웃 해녀가 대체 너는 누구 편이냐고 애랑의 멱살을 잡아 흔들 때 할머니는 이웃 해녀의 멱살을 잡아 흔들면서 우리 손녀가 무슨 죄냐고 따지고 들었다.

그래서였다. 애랑은 폴리스라인으로부터 도망치고 싶었다. 위에다 하소연을 해보기도 했지만, 요지부동이었다. 오히려 해녀의 손녀 하나가 폴리스라인을 지키고 있으니 해녀들이 더 과격한 시위를 벌이지 않을 거라고 생각하는 눈치였다. 애랑은 할머니를 붙들고 시위에 나가지 않으면 안 되냐고 하소연하기도 했다. 할머니는 애랑의 등짝을 때리며 말했다.

"이것아. 사람이 건드려서는 안 되는 곳이 있어. 저놈들이 아무 데나 물색 모르고 들쑤시게 놔둘 수는 없어."

"할머니 또 그런다. 바다는 다 똑같은 바다지. 할머니가 가지 말라는 그곳만 다를라고."

"다르지. 암 다르고말고."

"뭐가 달라? 이번에는 제발 얘기 좀 해줘."

"시끄러! 들어가서 자!"

매번 이런 식이었다. 할머니는 무당의 내력이 전해 오는 집안 사람답게 조상 대대로 하지 말라는 금기가 있으면 무슨 일이 있어도 지키려고 들었다. 할머니의 믿음은 오래된 나무의 옹이처럼 딱딱하게 굳어 있었다.

애랑이 이러지도 못하고 저러지도 못한 채 괴로운 마음으로 폴리스라인을 지키고 있을 때, 영진이 다가왔다. 순하고 꺼벙한 인상은 여전했다.

"저…… 저번에 우리 만났었죠?"

애랑은 아는 척하지 않았다. 하지만 영진은 애랑의 무표정에 신경 쓰지 않았다.

"그때 말씀드린 증언 말예요, 좀 해주실 수 없을까요? 이번에 저희 단체에서 그 두 사람을 고발했거든요. 리조트 측에서 담당 직원에게 뇌물을 주고 환경 평가를 졸속으로 했다는 정황이 있어요. 재판에서 이기면 리조트 건설이 중단될 수 있대요."

애랑은 다시 한 번 거절을 하려 했지만 할머니를 보자 선뜻

입이 떨어지지 않았다. 그녀는 입술을 잘근거렸다. 곁에 있던 사수가 애랑의 옆구리를 툭 쳤다. 애랑이 사수를 쳐다보자 그는 고개를 가로저었다. 괜한 일에 휘말리지 말라는 뜻이었다. 그러나 다음 날 애랑은 영진에게 연락해 증언을 하겠다고 했다. 주변에서 눈총은 좀 받겠지만 할머니한테 제대로 효도 한번 해보겠다고 마음먹었다. 그까짓 거 법정에 서서 본 걸 봤다고 대답하면 그뿐일 터였다.

하지만 단지 그뿐이 아니었다. 애랑이 법정에서 증언을 하겠다고 영진에게 연락한 후에 어떻게 알았는지 여기저기서 회유가 들어오기 시작했다. 처음에는 서장에게서 호출이 왔다. 서장은 애랑을 보자마자 대뜸 원하는 부서가 있으면 옮겨주겠다고 제안했다. 너무 노골적이어서 깜짝 놀랄 정도였다. 애랑은 서장이니만치 최대한 부드러운 미소를 지으면서 거절했다. 경찰로서 주어진 임무에 성실할 뿐, 편한 부서에서 일할 마음이 없다는 충직한 답변도 곁들였다. 서장은 뭐 저런 게 다 있냐는 표정으로 애랑을 쳐다봤다. 애랑은 헛기침을 하며 고개를 숙여야만 했다.

설득에는 뜻밖에 애랑의 남자친구도 동원됐다. 그는 애랑을 손가락바위 근처로 불러내 반지를 건넸다. 애랑은 아직 취직도 못 한 사람이 무슨 청혼인가 싶어 반지를 멀뚱멀뚱 쳐다보기만 했다.

“탁 터놓고 말할게. 나 이번에 취직할 수 있을 거 같아.”

“정말?”

남자친구는 리조트가 지어질 부지를 향해 눈짓을 했다.

“응. 여기 이 리조트에.”

애랑은 고개를 갸웃했다. 남자친구는 애랑의 손을 잡고 간절한 눈빛으로 말했다.

“네가 증언만 안 하면 여기 리조트 자릴 주겠대. 정규직으로. 내가 취직만 하면 우리 결혼할 수 있어.”

애랑은 남자친구에게서 손을 뺐다. 그를 만난 이래 지금이 가장 못나 보였다. 그렇지만 이해하기로 했다. 몇 년간 취직도 못하고 집안에서 눈치를 받다 보면 이럴 수 있을 것 같았다.

“취직은 천천히 생각하자. 걱정하지 마. 내가 벌잖아.”

남자친구의 얼굴에 실망한 기색이 가득 담겼다.

“내 생각은 안 해?”

“오빠 생각 해. 하지만 할머니 생각도 해야 해. 나 잘살자고 우리 할머니를 힘들게 할 수는 없어.”

애랑은 단호하게 말했다. 남자친구는 들고 있던 반지를 도로 자신의 주머니에 집어넣었다.

마지막으로 애랑을 회유한 사람은 리조트의 직원인데, 애랑이 주차장에서 봤던 사람이었다. 그는 군더더기 없이 대놓고 협박했다.

“나서지 마세요. 당신이 상대하고 있는 사람은 우리 리조트뿐만 아닙니다. 여기 이 섬 전체를 상대로 하고 있는 거예요. 분명히 말씀드리지만 증언을 하면 당신도 다쳐요.”

애랑은 대답하지 않고 그를 노려봤다. 그러면서 속으로는 반드시 법정에 서서 증언하고 말겠다고 결심했다.

법정으로 출두하는 날, 애랑은 법원 정문에서 영진과 만났다. 긴장한 탓인지 앞장서서 안내하는 그의 뒷목에 식은땀이 한 줄기 흘러내렸다. 애랑은 그의 등 뒤에서 물었다.

"별일 없는 거죠?"

영진은 돌아보지 않고 고개만 끄덕였다.

법정에서의 증언은 예상한 것만큼이나 간단했다. 증인 선서를 하고 본 것을 봤다고 대답했을 뿐이었다. 애랑의 증언으로 상대편 변호사의 표정이 심각하게 변했다. 애랑은 방청석에 있는 할머니를 돌아봤다. 할머니는 흐뭇하게 미소 짓고 있었다.

그런데 그게 끝이 아니었다. 다음 재판에서 영진이 엉뚱한 증언을 했다. 애랑이 증언을 해주는 대가로 돈을 달라고 했다는 것이었다. 애랑은 무슨 소리냐고 펄쩍 뛰었지만, 공교롭게도 법정에서 증언을 하기 바로 전 날짜로 애랑의 통장에 1,000만 원이 입금되어 있었다. '보낸 이'에 이영진 이름 석 자가 선명하게 찍혀 있었다. 재판의 결과는 뒤집히고 말았다. 애랑은 재판이 끝나자마자 영진에게 달려갔다.

"미쳤어요?"

영진은 애랑의 시선을 피했다.

"미안해요. 어쩔 수 없었어요."

"뭐가요? 당신이 제안한 일이잖아요. 사람을 이런 식으로 만

들어도 되는 거예요? 대체 가르쳐주지도 않은 내 은행 계좌번호는 어떻게 안 거예요?"

영진은 고개를 떨어뜨렸다.

"그 사람들은 다 알아요. 모든 걸요. 이 섬 전체와 연결되어 있으니까요. 저도 무서워요."

"뭐예요?"

애랑은 발끈했지만 영진은 뒤돌아보지 않고 종종걸음으로 법정을 빠져나갔다. 그 후로 그녀는 영진을 딱 한 번 텔레비전에서 보았다. 그는 환경 전문가로 나와서 현재 건설되고 있는 리조트가 해양 환경에 아무런 영향을 끼치지 않는다고 침을 튀겨가며 말했다. 꺼벙하던 모습은 온데간데없이 눈은 총기로 가득했다. 애랑은 저게 돈의 힘일까 생각했다.

이후 애랑은 리조트 건설사로부터 위증을 했다는 이유로 고발을 당해 다시 법정에 서야 했다. 재판은 유례없이 일사천리로 진행되더니 애랑의 유죄 선고로 끝났다. 그와 동시에 애랑의 경찰 생활도 끝나고 말았다. 애랑은 모든 것을 잃고, 리조트와 소송을 하면서 진 거액의 빚만 떠안게 되었다.

애랑이 짐을 챙겨 지구대를 나서던 날, 그녀는 남자친구에게서 이별을 통보하는 문자를 받았다. 애랑은 바로 전화를 걸어 왜냐고 따져 물었다. 남자친구는 새 여자친구가 생겼다고 했다. 그리고 그녀가 리조트에서 같이 일하게 된 정직원이라는 말도 덧붙였다. 애랑은 전화를 끊고 자리에 주저앉아 펑펑 울었다. 세상이 야속해도 이렇게 야속할 수가 없었다.

2.

저승인가? 애랑은 눈을 떴다. 사위가 어두웠다. 하늘에는 먹구름이 잔뜩 껴 있었다. 비가 오기 직전의 차갑고 거친 바람이 불었다. 아무래도, 저승 같지는 않았다. 애랑은 끙, 소리를 내며 몸을 일으켰다. 주위를 둘러보니 백사장이었다. 파도가 거칠었다. 정신을 잃은 뒤에 다행히 파도에 떠밀려 온 것 같았다. 손가락바위가 어둠 속에 잠기고 있었다. 그리 멀리 떠밀려 온 것 같지는 않았다.

차가운 바람이 바늘처럼 온몸을 찔러댔다. 날씨가 이 모양이니 다시 바다로 돌아갈 엄두가 나지 않았다. 애랑은 몸을 움츠리며 집으로 가는 방향을 가늠해 봤다. 그런데 이상하게 여기가 어딘지 전혀 감이 잡히지 않았다. 마을 쪽으로 초가집 몇 채가 보였지만 방향을 가늠하는 데는 도움이 되지 못했다. 애랑이 알기로 손가락바위 근처에는 초가집이 없었다. 제주도 초가집은 민속마을에나 가야 있다. 그렇다고 이 근처에 민속마을이 조성된다는 소식도 들은 적이 없었다. 애랑은 고개를 갸웃거리며 손가락바위를 쳐다봤다. 그녀는 분명 손가락바위 반대편으로 갔다가 해류에 떠밀려 터널을 통과했다. 그렇다면 테왁을 묶어두었던 자리로 되돌아 나왔어야 했다. 애랑은 다시 뒤를 돌아봤다. 여전히 마을이 있어야 할 곳에 초가집이 서 있었다. 그 오른편에 지어지고 있어야 할 리조트도 사라져 있었다. 살짝 현기증이 일었다.

갑자기 하늘에서 눈발이 흩날리더니 빗방울도 섞여 떨어지기 시작했다. 진눈깨비였다. 그와 함께 어둠이 짙게 깔리기 시작했다. 애랑은 다급해졌다. 그때였다. 오른쪽 하늘이 번쩍 빛났다. 번개가 친 모양이었다. 그 순간 하얀 소복을 입은 여자가 리조트가 지어지던 자리에 서 있는 모습이 드러났다. 애랑은 귀신인가 싶어 비명을 질렀다. 소복 입은 여자가 애랑을 돌아보는가 싶었는데 우르릉, 천둥소리가 들렸다. 그에 맞춰 여자가 무엇에 맞은 것처럼 뒤로 나자빠졌다. 애랑은 반사적으로 재빨리 바닥에 엎드렸다. 이어 다시 한 번 번개가 번쩍였다. 여자 곁으로 다가가는 한 명의 남자가 보였다. 챙이 짧은 갓을 쓰고, 흰색 두루마기를 입고 있었다. 키는 컸지만 몸피가 말랐는지 여민 두루마기가 바람에 나부꼈다. 애랑은 여기가 사극을 찍는 영화나 드라마 촬영장이 아닐까 싶었다. 그렇지 않고서야 지금 시대에 저러고 다니는 사람이 있을 리 없었다. 아까부터 눈에 띄던 초가집도 촬영장 세트라면 이해할 수 있을 것 같았다. 애랑은 비로소 긴장을 풀고 자리에서 일어났다. 대체 언제부터 이 마을에서 촬영을 시작했을까? 아무래도 세트를 짓자면 시간이 걸렸을 테고, 이 좁은 마을에서 소문이 나지 않았을 리도 없었을 텐데……. 하지만 애랑은 궁리만 하고 있을 시간이 없었다. 우선 촬영장 쪽으로 가 추위만이라도 피하고 싶었다.

그러나 앞이 잘 보이지 않을 정도로 어두워진 데다가 진눈깨비가 거세서 걸음을 옮기기도 힘들었다. 애랑은 비틀비틀 걸어가다 돌을 헛딛고 자리에 주저앉았다. 무릎을 찧었는지 통증이 밀려왔다. 또 번개가 쳤다. 두루마기를 입은 남자가 홀로 마을 쪽으로 걸어가는 모습이 보였다. 애랑은 저기요, 하고 소리쳐 불렀지만 때마침 울린 천둥소리에 묻히고 말았다.

주위가 완전히 어둠에 잠겼다. 낌새가 이상했다. 촬영장이라면 조명도 있을 테고, 스태프들도 있을 텐데, 불빛 하나 보이지 않았다. 그새 모두 철수했나 싶을 정도였다. 애랑은 무릎을 문지르며 일어났다. 아프긴 했지만 걸을 만했다. 애랑은 여자가 쓰러진 쪽으로 가려다가 멈췄다. 이 진눈깨비 속에 계속 누워서 시체인 척 연기를 하는 것도 말이 안 된다 싶었다. 애랑은 대충 눈짐작으로 마을이 있을 법한 곳으로 발걸음을 옮겼다.

애랑이 진눈깨비를 헤치고 부지런히 도착한 동네는 그녀가 살고 있던 곳이 아니었다. 가로등이나 창에서 새어 나오는 불빛 하나 없었다. 가까이 다가가 보니 성읍 민속마을보다 더 정교한 민속마을 같았다. 애랑은 초가집들을 기웃거리며 배우나 스태프들이 있는지 찾아보았다. 그때였다. 골목을 돌아서 나오는데 한 무리의 남자들과 마주쳤다. 다들 삿갓을 쓰고 갈대를 촘촘하게 엮은 도롱이를 어깨에서부터 걸쳐 쓰고 있었는데, 역시 민속마을에나 나올 법한 모습들이었다. 남자들은 애랑을 보자마자 다짜고짜 그녀를 둘러쌌다. 애랑은 몸을 움츠렸다.

"왜…… 왜 이러세요……."

남자들 중 한 명이 앞으로 나서더니 탁탁 부싯돌을 부딪쳐 애랑의 모습을 살폈다. 덕분에 애랑도 남자의 모습을 살펴볼 수 있었다. 키는 애랑보다 조금 더 큰 정도였고, 얼굴은 눈에 띄게 하얀 편이었다. 수염이 나 있었지만, 나이는 이제 20대 후반 정도로 보이는 젊은 얼굴이었다. 분장치고는 수염을 제대로 잘 붙였다 싶었다.

"배비장님, 복색을 보아 하니 아무래도 자객 같습니다."

배비장이라고 불린 남자는 애랑의 몸을 아래위로 훑어보았다. 애랑은 새삼 자신이 몸에 딱 달라붙는 검은색 해녀복을 입고 있다는 것을 깨달았다.

"어디서 온 누구냐?"

배비장이 사극에서 들은 듯한 말투로 물었다. 애랑은 손사래를 치면서 말했다.

"저 배우 아니에요. 연기하실 필요 없어요. 이 마을에 사는 부애랑이라고…… 해녀인데요."

배비장은 고개를 갸웃했다.

"이 고을에 부애랑이라는 처자가 있는가?"

남자들은 모두 고개를 가로저었다. 배비장은 남자들에게 눈짓을 했다. 그러자 포승을 든 이가 애랑에게 다가왔다. 애랑은 겁이 나 뒤로 물러서려고 했지만 또 다른 이에게 양손을 제압당했다. 애랑은 발버둥을 치며 소리를 질렀다. 배비장이 칼을 꺼내 애랑의 목을 겨눴다. 애랑은 마른침을 삼키며 입을 다물었다. 연기 같지가 않았다. 무엇보다 배비장의 몸에서는 시큼한 막걸리 냄새가 훅 끼치고 있었다.

애랑은 포박을 당한 채 초가집의 광에 갇혀 밤을 새웠다. 춥고 피곤했지만 잠이 오지 않았다. 애랑으로서는 이 상황이 납득이 가지 않았다. 다만 한 가지 분명한 사실은 여기가 촬영장은 아니라는 것이었다. 촬영장이라면 자신이 감금될 이유가 없었다. 그렇다면 조선시대로 시간여행이라도 한 게 아닐까 싶었다. 그렇지 않고서야 자신에게 벌어진 이 일을 도저히 설명할 수가 없었다. 하지만 시간을 순식간에 거슬러 간다는 것은 차라리 꿈을 꾸고 있다고 여기는 것보다 더 황당한 일이었다.

해가 밝자마자 배비장을 비롯한 남자들은 애랑을 데리고 나섰다. 배비장은 관아로 간다고 했다. 제주 관아라면 제주시에 있다. 이렇게 걸어간다면 대략 이틀 이상은 부지런히 가야 할 거리였다. 애랑은 걸어가면서 주위를 둘러봤다. 위치상 당연히 있어야 할 해안도로나 일주도로가 보이지 않았다. 내륙으로 갈수록 담장이 높고 지붕이 낮은 제주도 특유의 초가집들이 드문드문 이어졌다. 그 주변에는 돌담을 야트막하게 쌓은 밭들이 펼쳐져 있었다. 물질을 하러 나가는 해녀들은 검은색 무명 물소중이에 흰색 물적삼을 입고 있었다. 언젠가 박물관에서 본 모습 그대로였다. 애랑은 고무로 된 해녀복을 입고 있는 자신과 그들을 번갈아 보며 어쩌면 정말로 시간을 거슬러 왔을지도 모른다는 생각이 들기 시작했다. 태어나 한 번도 떠나본 적이 없는 제주도인데, 텔레비전에서나 봐왔던 외국처럼 이질감이 느껴졌다. 그때 애랑의 어깨를 더듬는 손길이 느껴졌다. 애랑은 소스라치게 놀라 비명을 지르며 몸을 뒤로 뺐다. 가뜩이나 그녀는 배비장을 비롯한 남자들이 자신을 흘끔흘끔 쳐다보는 시선이 신경 쓰이던 참이었다. 배비장은 무안한 듯 헛기침을 했다. 남자들은 피식 웃고 마는 눈치였다.

"그…… 너는 어디서 왔느냐? 이런 옷감은 처음 본다."

배비장은 아무렇지도 않은 표정으로 애랑의 몸을 위아래로 훑어보았다. 애랑은 누구보다 저 작자를 경계해야겠다는 생각이 들었다. 저 뻔뻔한 시선에 더해 남자들의 반응을 보아하니 여자에게 이러는 것이 한두 번이 아닌 것 같았다. 애랑은 이 남자가 두 번 다시 자신을 집적거리지 못하게 최대한 당당한 모습을 보여야겠다고 마음먹었다. 그녀는 대답하지 않고 고개를 꼿꼿이 치켜들었다. 배비장은 자신의 두루마기를 벗어 애랑의 어깨에 둘러주었다.

"춥다. 입고 있거라."

예상치 못한 호의였다. 애랑은 가뜩이나 추웠던 참이라 사양할 생각조차 하지 못하고 배비장의 두루마기를 바싹 여몄다. 솜으로 누빈 것인지 제법 포근하고 따뜻했다. 애랑은 배비장에게 살짝 고개를 숙여 보였다. 배비장은 아랑곳하지 않고 다시 질문을 했다.

"혹시 난파를 당해 떠내려 온 표류인이냐?"

애랑은 대답이 궁해졌다. 미래에서 왔다고 하기에는 아직 확신이 안 섰다. 확신이 선다 한들 미래에서 왔다는 것을 믿어줄 것 같지도 않았다. 얼핏 생각하기에는 표류인으로 둘러대는 것도 괜찮을 것 같았다. 따지고 보면 낯선 곳으로 의도치 않게 휩쓸려 왔으니 표류한 것이나 마찬가지 신세였다.

"네, 뭐…… 그런 셈이랄까요."

"어느 나라에서 왔느냐? 그런 복장은 처음 본다. 생김새나 우리말을 너무 잘하는 것을 보면 어디 멀리서 온 것 같지는 않은데……."

"그냥 저어기요."

애랑은 턱짓으로 바다를 대충 가리켰다.

"말해 줘도 모를 거예요. 당신들이 생각하는 것보다는 세상이 훨씬 넓거든요."

"그러냐?"

배비장은 애랑에게 수상쩍은 눈길을 보냈다. 애랑은 다음 질문이 들어오기 전에 선수를 쳐야겠다고 생각했다. 어찌 됐건 현재로서는 자신이 어디에서 왔다는 것을 설명할 도리가 없었다. 질문이 거듭될수록 대답이 궁해질 수밖에 없었다.

"그런데 저는 왜 묶여 있는 거예요? 제가 무슨 죄라도 졌어요?"

"아직 네가 죄를 지었는지 안 지었는지는 모르겠다. 그건 나중에 문초를 해보면 알겠지."

문초라니, 애랑은 두 눈을 끔뻑거렸다. 갑자기 사극의 한 장면이 떠올랐다. 일단 죄를 정해놓고 인정할 때까지 고문부터 하고 보는 것이었다. 애랑은 한겨울인데도 식은땀이 났다.

"왜 문초를 해요? 대체 무슨 죄명으로요?"

"오늘 아침에 이곳 만신의 시체가 발견됐다. 어젯밤에 누군가 불러서 바닷가에 나갔다가 살해를 당했다고 했다. 그런데 네가 어젯밤에 그 근처를 서성이다가 발견됐지 않느냐?"

"네? 제가 그 근처를 서성인 거하고 그 만신인지 뭔지 하는 사람이 죽은 게 무슨 상관이에요."

"글쎄…… 그건 문초를 해보면 알 테고……."

"증거가 있어야 사람을 잡아 가두고 문초를 하는 거죠. 대체 어느 나라에서 수사를 이렇게 한답니까? 그리고 만신이 죽은 것은 오늘 아침에 알았다면서요? 그럼 어제 저는 왜 잡아 가둔 거예요?"

애랑은 펄쩍 뛰었다. 하지만 배비장은 태연했다.

"어제 가둔 거야 일단 수상하니까 가둔 거고. 가두고 보니 수상한 일이 벌어졌으니 다행 아니냐. 그리고 증거라는 것도 문초를 해보면 나오지 않겠느냐?"

애랑은 배비장과 말이 통할 것 같지가 않았다. 그는 일단 무조건 문초를 하고 보겠다는 속셈인 듯했다. 큰일이었다. 낯선 곳으로 끌려온 것도 억울한데 고문까지 당할 수는 없었다. 애랑은 지금 이 상황을 다시 한 번 정리해 봤다. 첫 번째 그녀는 아마도 조선시대쯤 되는 곳으로 끌려왔다. 그리고 이 배비장이라는 사람은 자신을 잡아다가 문초를 하겠다고 드는 걸로 봐서 경찰 비슷한 일을 하는 것 같다. 두 번째 이게 중요한데, 어제 만신이 죽었다고 했다. 애랑이 어제 목격한 것이 영화나 드라마 촬영 현장이 아니었다면, 아마도 그녀는 살인 현장을 지켜본 것인지도 몰랐다. 또다시 사건 현장을 목격했다고 생각하니 머리가 지끈거렸다. 골치 아픈 일은 한 번으로 족했다. 그런데 낯선 시대에 또 이런 일을 당하고 보니 하늘이 원망스러울 지경이었다. 그러나 이번에야말로 애랑은 증언을 해야만 했다. 문초를 당하지 않으려면 그전에 불어야 할 필요성이 있었다. 애랑이 배비장에게 막 말을 꺼내려는데, 배비장이 손을 들어 제지했다.

"여기서 잠깐 기다리거라. 추사 선생님 댁 좀 들렀다 와야겠다."

배비장의 말에 남자들은 양지바른 담벼락 쪽으로 걸어갔다. 애랑은 그들에게 이끌려 가면서 추사 선생님 댁이라는 곳을 쳐다봤다. 전형적인 제주도의 초가집이었다. 하지만 담장이 높았고, 담장 위로 가시나무 울타리가 쳐져 있었다. 배비장은 정낭(제주도의 대문) 앞에서 이리 오너라, 소리를 질렀다. 아낙 하나가 총총 달려와 나무 빗장을 내려주었다. 배비장은 옷매무새를 가다듬고 그 안으로 들어갔다. 애랑은 옆에 선 남자에게 물었다.

"추사 선생님이라면 추사 김정희 선생님을 말하는 건가요?"

"추사 선생님을 아느냐?"

"그럼요. 서예로 엄청 유명한 분이시잖아요."

"역시…… 대단한 양반일세. 이런 표류인 아녀자가 알 정도이니……."

남자는 더 이상 애랑에게 대거리를 하지 않고, 소나무 아래 바위에 걸터앉았다. 애랑은 그 곁에 서서 경찰공무원 시험을 볼 때 공부했던 역사 과목을 곰곰이 돌이켜봤다. 추사 김정희라면 대략 19세기 중반 사람이다. 그렇다면 150년도 넘게 시간을 거슬러 온 것이었다. 애랑은 자신이 어느 시대에 와 있는지 안 것만으로도 지도에서 좌표를 찾은 느낌이었다.

잠시 후 배비장은 종이 두루마리 하나를 들고 희희낙락하며 애랑 곁으로 걸어왔다.

"다들 구경이나 하게. 이게 바로 추사체일세."

배비장은 선심 쓰듯 두루마리를 펼쳐 보였다. 추사체라는 말에 애랑은 눈이 번쩍 뜨였다. 두루마리에는 뜻을 알 수 없는 한자 몇 개가 큼지막하게 적혀 있었다. 글자들은 오래된 비석에서 파낸 것 같았는데, 크기는 제각각이지만 묘하게 균형을 이루면서 배열되어 있었다. 서예에 대해서는 아무것도 모르는 애랑이 보기에도 교과서에서나 봤던 추사체가 틀림없는 것 같았다.

"선생님이 한 장 더 써주신다는 걸 다음에 달라고 했네. 한양서부터 잘 알던 분이라 그런지 여간 살갑지 않으시네. 하하하……."

배비장은 두루마리를 갈무리하면서 묻지도 않은 너스레를 늘어놓았다. 남자들은 듣는 둥 마는 둥 하며 자리를 툭툭 털고 일어났다. 그만 가자는 뜻이었다.

한 시간쯤을 더 걸었을 때였다. 애랑은 배비장의 눈치를 살폈다. 표정이 차분한 걸로 봐서 김정희에게서 글씨를 얻은 감격에서 좀 벗어난 것 같았다.

"저…… 그런데 어제 살인사건 말예요. 제가 그 현장을 목격한 것 같은데요."

배비장이 진지한 얼굴로 돌아봤다.

"뭘 봤느냐? 말해 보거라."

애랑은 자신이 뭔가 중요한 사건의 열쇠를 쥐고 있다는 느낌이 들었다.

"그 만신이라는 분이 하얀 소복을 입은 여자였나요?"

"아마 그럴 것이다. 기도를 하러 나간다 했다고 하니……."

"어제 해가 지기 바로 직전인데, 빗속에서 하얀 소복을 입은 여자가 서 있었는데, 번개가 치고 얼마 안 있다가 천둥이 치는 소리와 동시에 뒤로 넘어졌어요."

배비장은 무슨 이유에선지 힘이 빠진 듯한 말투로 물었다.

"그래서 무슨 급살이라도 맞은 것 같으냐?"

"아뇨. 그게 아니라…… 챙이 짧은 갓을 쓰고 흰색 두루마기를 입은 사람이 그 뒤에 나타났어요. 그리고 그 여자분 곁에 다가가는 걸 봤어요."

"생김이 어떻더냐?"

배비장의 말투가 다시 진지해졌다.

“마르고 키가 큰 편인 것 같은데, 자세히 보지는 못했어요. 해가 지고 있는 데다가 먹구름마저 껴서 너무 안 보였어요. 진눈깨비가 세차기도 했고요. 제가 그 여자분에게 가기도 전에 그 남자는 사라졌어요. 저는 뭐 그냥 다른 일인가 보다 하고 거기서 벗어나서 마을로 들어갔다가 붙잡힌 거고요.”

배비장은 애랑의 말을 듣고 생각에 잠겼다. 애랑은 또 한 번 배비장의 눈치를 살피면서 조심스럽게 물었다.

“제 말이 보탬이 안 됐나요?”

“아니다. 챙이 짧은 갓을 쓰고 두루마기를 입었다면 중인이다. 아전 아니면 의원 정도겠지. 게다가 키가 큰 편이라니 이 좁은 제주에 그럴 사람이 몇이나 있겠느냐? 그 정도만 해도 보탬이 된다. 무엇보다 저주를 받았다느니 급살을 맞았다느니 하는 소리는 안 나오겠지.”

“아까부터 급살을 맞았다는 말씀을 하시는데 이전부터 이런 사건이 있었나 봐요?”

배비장은 맺힌 게 많은 모양인지 한탄조로 말했다.

“4년 동안 벌써 다섯 명째다. 그것도 무당만 골라서 그러는구나. 그런데 이 사건들을 맡은 아전 놈들은 무당이라 급살을 맞았다는 둥, 저주를 받아서 그렇다는 둥 괴이한 소리만 해대고 범인 잡을 생각을 안 하니……. 어쩔 수 없이 제주 관아에서 가장 유능하고 신임받는 비장인 내가 나설 수밖에 없게 되었다. 헌데 어제 사건 조사를 나서자마자 너를 이렇게 데리고 가게 되었으니 목사님의 신임이 더 깊어질 수밖에 없구나."

애랑은 별로 궁금하지도 않은 자기자랑을 덧붙이는 게 이자의 특기가 아닐까 싶었다. 배비장은 애랑을 돌아보았다.

"지금 이 말을 목사께 고할 수 있겠느냐?"

"네…… 당연히……."

"그럼 됐다."

배비장은 앞서서 걸었다. 애랑은 두려움과 긴장감이 뒤섞인 마음으로 그 뒤를 따랐다.

이틀을 꼬박 걸어 도착한 제주 관아는 애랑이 초등학교 때 견학을 와서 봤던 그대로였다. 다만 지금과 다른 점이 있다면 사람이 살고 있다는 것 정도였다. 애랑은 피곤함을 느낄 겨를도 없이 사극에서 문초를 받는 죄인의 자세 그대로 관아의 동헌 마당에 엎드렸다. 제주 목사는 땅딸막하지만 어깨가 딱 벌어져 있어 단단한 느낌을 주는 사람이었다. 그를 중심으로 좌우에 아전들이 늘어섰다.

"네가 본 대로 말하거라!"

지엄한 목소리로 제주 목사가 호령했다. 애랑은 움찔하며 녹음기를 틀어놓은 것처럼 어젯밤 자신이 본 모든 것을 숨김없이 털어놓았다. 제주 목사는 애랑의 증언을 들은 후 아전들을 둘러보았다.

"너희는 어떠하냐? 저자의 말 대로라면 저주를 받았거나 급살을 맞아서 죽은 게 아닐 수도 있다. 지금껏 사건을 조사해 온 형방은 말해 보거라."

아전 무리 중 가장 키가 큰 이가 나섰다. 그가 형방인 모양이었다. 눈이 부리부리하고 코가 뭉툭하고 커서 사람을 압도하는 인상을 주었다.

"우선 이 사건이 먼저 벌어진 다른 무녀의 살인사건과 어떤 연고가 있는지는 더 조사해 봐야 할 것 같습니다. 하지만 소인이 보기에는 이 사건 역시 급살을 맞은 것으로 보입니다."

"왜 그런가?"

"소인이 아침에 별도로 들은 소식에 따르면 어젯밤 죽은 만신 역시 몸에 화승총을 맞은 것 같은 관통상이 나 있었다고 합니다."

"그 남자가 화승총을 쐈을 수 있죠."

애랑이 재빨리 끼어들었다. 형방은 애랑을 노려보면서 그녀의 말을 반박했다.

"터무니없는 소리. 비오는 날에 화승총을 어떻게 쏜단 말이냐? 화약이 젖어서 쏠 수가 없다."

"비가 오는 것과 총을 쏘는 게 무슨 상관이에요?"

형방은 답답한 표정으로 애랑을 쳐다봤다.

"아녀자가 뭘 안다고 자꾸 끼어드느냐? 생각해 보거라. 총에 장약을 넣고, 심지에 불을 붙여야 하는데, 어제처럼 진눈깨비가 쏟아지는 날에 장약은 어떻게 안 젖을 것이며, 화승에 불은 어떻게 붙겠느냐?"

애랑은 그제야 임진왜란을 배경으로 한 영화에서 본 조총 같은 것을 떠올렸다. 심지에 불을 붙여 그것으로 장약을 터트리는 아주 길고 원시적인 총이었다.

"그래도 비를 막을 수 있는 것을 쓰면 가능하지 않겠어요?"

"그럼 너에게 묻겠다. 첫 번째, 너는 남자 한 명을 보았다고 하지 않았느냐?"

"그런데요?"

"설사 비를 완벽하게 막을 수 있는 게 지금 세상에 있다고 치자. 남자 하나가 한 손으로 비를 막을 것을 쓰고, 다른 손으로 총을 붙잡는다 치면 어떻게 비를 맞지 않고 총에 장약을 잰단 말이냐? 그자의 손이 세 개라도 된단 말이냐?"

"그렇다면 비를 피할 수 있는 담벼락에 숨어서 쏘면 되지 않을까요?"

"그 어두운 밤에 화승총을 쏘아 맞출 수 있는 거리는 채 50보가 되지 않는다. 그런데 만신이 죽은 50보 내에는 비를 피할 수 있는 게 아무것도 없다."

애랑은 할 말이 없었다. 경찰일 때 쏴봤던 총만 생각했지, 화승총이라는 게 그렇게 형편없는 물건일 줄은 짐작조차 하지 못했다. 형방은 애랑이 입을 다물자 더욱 기세등등하게 몰아쳤다.

"그렇다면 또 묻겠다. 화승총은 길이가 세 척이 넘는다. 그자가 화승총을 들고 있었다면 못 봤을 리가 없다. 그런데 너는 아까 그자가 만신에게 다가가는 것만 봤을 뿐 화승총을 들고 있는 것을 봤다고 한 적은 없지 않느냐? 어떻게 그 큰 무기를 못 봤을 수가 있느냐? 또 화승총이라는 것은 쏠 때 불꽃도 인다. 날이 밤처럼 어두웠다고 하는데, 불꽃을 본 적이 있느냐?"

그러고 보니 애랑은 남자가 화승총을 들고 있는 것도 총에서 튀는 불꽃도 본 적은 없었다. 사실 소복을 입은 여인을 바라보느라 주변에 누군가가 더 있을 거라고 짐작조차 하지 못했다.

"그뿐 아니다. 화승총을 쏘면 화포 소리가 나기 마련이다. 아무리 비가 세차게 왔다 해도 그런 소리를 들은 적이 있느냐?"

애랑은 딱히 총소리도 들은 기억이 없었다. 그녀는 어느 질문에도 제대로 대답할 수가 없었다. 형방은 제주 목사를 향해 말했다.

"이자는 지금 말이 되지도 않는 이야기를 지껄이고 있습니다. 어쩌면 이자가 봤다는 그자는 만신이 죽었나 살았나를 살피러 갔던 사람일 수도 있지 않겠습니까? 그렇다면 이자는 지금 의인을 무고하는 것일 수도 있습니다. 소인이 보기에 이자가 말하는 것이 이치에 맞지 않고 더욱이나 배비장의 말로는 그 근처를 헤매는 것을 수상히 여겨 포박하여 왔다고 하니 시간을 두고 문초를 해보심이 옳은 것 같습니다. 오늘은 이미 날이 저물었으니 내일 문초를 할 수 있도록 준비해 놓겠습니다."

"그리하라."

제주 목사는 자리에서 일어났다. 배비장은 당황한 표정으로 제주 목사와 애랑을 보다가 제주 목사가 사라진 방향으로 달려갔다. 그 틈에 형방은 포졸들에게 눈짓을 했다. 포졸들이 애랑을 포박했다.

"풀어주세요. 제발요."

애랑은 다급하게 애원했다. 하지만 포졸들은 그녀를 끌고 가 던지듯 감옥에 밀쳐 넣었다. 애랑은 케케묵은 먼지 냄새가 나는 지푸라기 위로 쓰러졌다. 형방이 손짓으로 포졸들을 뒤로 물렸다. 포졸들은 감옥 밖으로 나가 문을 잠갔다. 형방은 애랑에게 바짝 다가갔다. 그녀는 구석으로 움츠러들었다.

"행색을 보아하니 혹 표류인이냐?"

"네……."

"잘 들어라. 내일 고신을 받고 싶지 않으면 그 무당이 저주를 받았다고 하고, 급살을 맞았다고 해. 그럼 나도 네가 온 곳으로 되돌아갈 수 있도록 풀어주겠다. 알겠느냐?"

고신이라면 고문이 아닌가. 그녀는 다급하게 고개를 끄덕였다. 형방은 애랑을 한 번 더 노려본 다음 자리에서 일어났다.

막 형방이 감옥에서 나오려는데 배비장이 걸어왔다. 형방은 그를 쏘아보다가 빈정거리는 투로 말했다.

"공사다망하십니다그려. 그까짓 무당 하나를 조사하기 위해 대정까지 손수 다녀오시고."

배비장은 너털웃음을 지었다.

"목사님께서 시키시니 할 수 없지 않은가? 하필 어제 죽은 만신이 지난번에 죽은 무당과 같은 신어미 밑에서 신내림을 받았다지 않은가? 사건이 하도 오리무중이라 조사하는 척이라도 해야겠기에…….”

“그러게 괜히 나서지 말고 소인들의 말씀을 들으라 하지 않았습니까? 비장이면 비장답게 목사께 바른 말씀을 올려야겠지요. 저런 이상한 표류인이나 잡아 오지 말고.”

“그러게 말일세.”

형방은 배비장에게 슬쩍 목례를 하고 그의 곁을 지나가려 했다. 배비장은 형방의 옷깃을 슬쩍 잡았다.

“요새 전에 없이 아전들 땅이 늘어났다지?”

형방은 돌아서서 냉랭하게 말했다.

“남의 집안일에 신경 쓰지 마시지요.”

“그럼. 신경 쓰지 않겠네. 형방이 부자가 되면 나는 부자 친구를 둬서 좋지 않겠나? 언제 술 한잔 사주게.”

“날 잡아서 오시지요. 환장하시는 기녀도 끼고 놀게 해드리겠습니다.”

배비장은 애랑을 곁눈질로 보고 손사래를 쳤다.

“기녀는 무슨. 막걸리면 충분하네. 참! 이 여인은 풀어주기로 했네. 행색이나 말하는 걸 보아하니 제정신이 아닌 것 같네. 광녀를 계속 문초하면 뭐 하겠나? 목사님도 풀어주라고 하셨네.”

“풀어주다니요? 표류인으로 들었습니다. 그렇다면 조정으로 압송해야 하지 않습니까?”

“물론. 하지만 이 여인이 조정으로 가서 무슨 말을 할지 어떻게 알겠나? 아전 땅이 늘어났다는 둥 허튼소리를 어전에서 한다면 골치 아프지 않겠나?"

배비장의 말에 형방은 이를 앙다물고 말했다.

"목사님의 말씀이니 그리하시지요."

"또 보세."

배비장은 형방에게 손을 흔들었다. 형방은 인사도 하지 않은 채 감옥을 빠져나갔다. 배비장은 구석에서 웅크리고 있는 애랑에게 말했다.

"오늘 하루만 참거라. 내일 여기서 나가도록 해주겠다."

"정말인가요?"

애랑은 눈물을 글썽이며 배비장을 올려다보았다. 배비장은 미소를 지어주고 조용히 돌아섰다. 배비장이 나가자 애랑은 얼굴을 무릎에 파묻었다. 하루 동안 자신에게 벌어진 일들이 도무지 믿기지가 않았다. 풀어준다고는 하지만 정말 풀어줄는지, 설사 풀어준다고 해도 다시 바위 터널을 지나가면 자신이 살던 시대로 돌아갈 수 있는지, 걱정들이 꼬리를 물고 이어졌다. 아무래도 오늘 밤도 잠을 자기는 글러버린 듯했다.

다음 날 약속대로 애랑은 풀려났다. 그 뒤를 배비장이 따라왔다. 손에는 보자기 같은 것이 들려 있었다. 배비장은 그것을 들어 보이며 말했다.

"추사 선생님 댁에 갖다 드릴 먹과 벼루지. 내가 또 이런 걸 갖다 드려야 선생님께서 글을 써서 나에게 줄 수 있는 것 아니겠나. 하하하."

애랑은 배비장의 너스레에 대거리해 줄 기운이 나지 않았다. 그녀는 한숨을 푹 내쉬고 손가락바위 쪽으로 방향을 잡고 걸었다. 배비장은 슬그머니 애랑과 나란히 걷기 시작했다.

"어차피 방향이 같으니 같이 가자."

애랑은 이자가 또 어깨라도 만질까 봐 걱정이 됐지만, 약속을 지키는 걸로 봐서 나쁜 사람 같지는 않아 그냥 내버려두기로 했다. 배비장은 바람에 흩날리는 억새를 보면서 물었다.

"너는 저주니 급살이니 하는 걸 믿느냐?"

애랑은 픽 웃었다.

"요즘 같은 세상에 누가 그런 걸 믿어요?"

"요즘 세상이라니? 언제 세상이 바뀐 적이 있느냐?"

배비장의 반문에 애랑은 새삼 지금은 19세기라는 사실이 생각났다. 저주니 급살이니 하는 것을 믿는 사람도 꽤 많을 것이다. 뿐만 아니라 시간도 거슬러 온 판에 저주나 급살을 못 믿을 것도 없었다. 그러나 애랑은 분명히 만신이 쓰러지고 두루마기를 입은 남자가 다가오는 것을 봤다. 교통계로나마 경찰을 했던 애랑의 감에 이건 분명히 살인이지 초자연적인 현상은 아니었다.

"분명히 살인이에요. 제가 현장을 봤으니까요."

"그렇다면 어제 형방이 한 말은 어떻게 반박하려느냐? 만신은 화승총에 맞은 것마냥 관통상을 입었다지. 그런데 그날은 비가 왔으니 화승총을 쏠 수도 없고, 너는 화승총을 본 적도 없고, 총소리를 들은 적도 없다고 했다. 하물며 화승총에서 이는 불꽃조차 본 적이 없다고 하지 않았느냐? 너의 증언이 오히려 저주니, 급살이니 하는 것을 더 확실하게 해준 꼴이 되고 말았다."

애랑은 잠깐 고민을 하다가 말했다.

"만약 권총으로 쐈다면 제가 총을 보지 못한 게 말이 되죠."

"권총? 그게 뭐냐?"

"권총 몰라요? 손에 쥐는 총."

애랑은 손으로 권총을 겨누는 시늉을 해 보였다. 배비장은 고개를 갸웃거렸다.

"한 손으로 들고 쏠 수 있는 작은 화승총이 있느냐? 나는 여태 그런 건 본 적이 없다."

"여긴 없어도 서양에는 있을 수 있어요. 하여튼 권총이라면 품에 숨겨 와서, 기름종이든 뭐든 비도 막고 불꽃이 이는 것도 보이지 않게끔 감싼 다음 쏘는 게 가능하죠."

"서양 오랑캐들이 한 손에 들 수 있는 화승총을 만들었다…… 황당한 얘기로구나."

배비장은 애랑의 말을 귀담아듣는 눈치가 아니었다. 생각해 보면 쇄국으로 일관한 조선의 일개 말단 관리가 믿기에는 어려운 말일 수도 있었다.

"아녀자에게 이런 일의 의견을 구한 내가 어리석었다. 그만 네 갈 길을 가거라."

애랑은 배비장이 자신을 무시하는 듯한 말투에 살짝 부아가 치밀었다. 그녀도 나름 경찰 출신이었다. 경찰학교에 있을 때 수

사 과목에서 우수한 성적을 받기도 했다. 애랑은 자신이 조선시대 비장인지 뭔지에게 비길 처지는 아니라고 생각했다. 그녀는 21세기 경찰로서 충고 한마디 정도는 해줘야겠다고 마음먹었다.

"이런 말이 있어요. 범죄를 저지른 자를 알려면 그 범죄로 인해 가장 많은 이득을 취한 자를 조사하라."

"듣기에는 그럴듯하구나."

"그럴듯한 말이 아니라 새겨들어야 해요. 아전들의 재산이 늘어났다면서요? 어떻게 늘어났는지 알아보세요. 4년 전부터 늘어난 건 아닌지 말이에요. 그렇다면 무당들의 살인사건과 연관 지어볼 수 있어요. 또 있어요. 무당들의 죽음에는 공통점이 있을지도 몰라요. 저주니 급살이니 하는 말로 그들의 죽음을 숨겼다면서요? 그렇다면 저주나 급살로 포장될 만한 정황을 만들었을 거예요. 어젯밤처럼 비가 오고 번개 치는 날만 골라서 범행을 저질렀다든지 하는 거요. 그런 공통점 속에서 범인의 윤곽이 드러날 수 있어요. 명심하세요. 이 범행으로 가장 이익을 보는 자가 범인이에요. 물증은 반복되는 범행 현장에 있는 거고요."

배비장은 애랑이 논리 정연한 말을 할 거라고는 생각지 못한 듯 멀거니 그녀를 쳐다보았다.

"다 일리가 있는 말일세. 그런데 자네는 원래 살던 곳에서 무슨 일을 했나? 혹 포도청 같은 데서 일한 적이 있는가?"

어느새 배비장은 애랑을 부르는 호칭과 말투가 달라져 있었다.

"뭐 한때는 그랬죠."

"그럼 나 좀 도와주면 안 되겠나?"

배비장은 간절하게 말했다. 하지만 애랑은 또다시 무슨 정의 같은 것을 위해 나서고 싶지 않았다. 그녀는 고개를 가로저었다. 배비장은 애랑의 손을 덥석 잡았다. 애랑은 이자가 또 수작을 부린다고 생각하고 다급하게 손을 뺐다.

"자꾸 왜 이래요?"

"아! 미안하네. 좀 예민한 낭자구만."

"예민하다뇨? 함부로 자꾸 이러면 안 되죠. 거기다가 조선시대잖아요?"

"알겠네. 절대로 안 하겠네. 나 좀 도와주게. 자네만큼 똑똑한 자가 주변에 없네."

"싫다니까요."

"뭐 이런 걸로 생색내고 싶지는 않지만 자네를 옥에서 빼내주지 않았나? 내가 좀 급하네."

애랑은 이자가 왜 생색을 안 내나 싶었다. 하지만 그녀도 할 말이 있었다.

"가두지 않았으면 풀어줄 일도 없었죠. 생사람 잡아놓고 왜 이래요?"

"내가 웬만하면 이러는 사람이 아닌데, 이런 사건을 해결하면 큰 실적이 된다네. 여기 와서 일 없이 밥만 축내는 것 같아서 그러네."

"제주 관아에서 가장 신임 받는 비장이라면서요?"

배비장은 아차, 하는 표정을 지었다. 무심결에 본심을 털어놓은 모양이었다. 애랑은 경찰에 있을 때 이미 게으르고 무능한 사수 밑에서 고생한 전력이 있었다. 경찰에서 쫓겨난 마당에 더 이상 이런 일로 시달리고 싶지 않았다. 애랑은 뒤돌아서서 바다를 향해 내달렸다. 배비장은 저 여자가 갑자기 왜 저러나 싶게 애랑을 보고 섰다가 뒤늦게 그녀가 바다로 달아나고 있다는 사실을 깨달았다. 그는 애랑을 뒤쫓기 시작했다. 하지만 나름 경찰 공무원 시험에서 만점으로 체력검정을 통과한 애랑이었다. 아무리 배비장이 남자라 해도 맨발로 백사장을 달리는 그녀를 한번에 따라잡기에는 힘에 부쳤다. 애랑은 바닷물에 발이 닿자마자 그대로 뛰어들었다. 배비장은 걸음을 멈추고 허망하게 애랑이 헤엄쳐 가는 모습을 바라보았다.

3.

애랑은 다시 이틀에 걸쳐 손가락바위 앞으로 되돌아왔다. 몹시 피곤하고 배가 고팠지만 이 시대에 더 머물고 싶지가 않았다. 애랑은 곧장 터널 앞으로 잠수해 들어갔다. 반대편으로 세찬 해류의 흐름이 느껴졌다. 여기로 올 때는 아침이었지만 지금은 저녁이라 조수의 흐름이 바뀌어서 그런 듯했다. 애랑은 정신을 잃지 않기 위해 두 눈을 부릅뜨고 터널 입구에 몸을 던졌다. 몸이 해류에 휘말리는가 싶더니 순식간에 반대편으로 튕겨져 나왔다. 숨이 차올랐지만 애랑은 천천히 수면 위로 올라갔다.

휘파람 같은 숨비소리를 내면서 애랑은 숨을 골랐다. 멀리 한창 지어지고 있는 리조트가 눈에 들어왔다. 되돌아왔구나! 저 흉물스러운 리조트가 반가워 보기는 처음이었다. 애랑은 자신이 살고 있는 곳을 향해 헤엄쳐 갔다.

해녀 탈의실에 들어선 애랑은 핸드폰을 꺼내 들여다보았다. 딱 하루가 지나 있었다. 아마도 과거에서 보낸 시간만큼 여기에서도 흐른 모양이었다. 그런데 부재중 전화가 몇 통 찍혀 있었다. 한 달에 한 번씩 할머니의 당뇨 약을 타 가는 병원이었다. 애랑은 전화를 걸어볼 것도 없이 급하게 병원으로 달려갔다.

할머니는 6인실에 홀로 누워 있었다. 머리에 붕대를 하고 다리에 깁스를 한 채였다. 담당 간호사는 할머니가 샤워를 하다가 다쳤다고 했다. 애랑은 눈물을 글썽이며 다가갔다.

"할머니……."

손녀의 목소리를 들은 할머니는 손짓해서 곁으로 불렀다. 애랑은 그 곁으로 다가가 앉았다. 할머니는 그나마 성한 손으로 애랑의 등짝을 때렸다.

"뭐 하다 이제 와 이년아!"

여전히 매운 손길이었다. 그래서 더욱 안심이 됐다. 애랑은 등을 문지르며 투정을 부렸다.

"환자 맞아? 아프잖아."

"징징거리지 마라. 오장육부가 다친 건 아니라고 하더라. 이까짓 뼈야 언젠가는 붙겠지."

애랑은 혹시 몰라서 할머니의 팔을 슬그머니 붙들었다. 그 빤한 속내 때문인지 할머니는 끝내 웃음을 보였다.

"어쩌다가 이렇게 됐어?"

"데모한다고 맨 앞에 앉았는데, 경찰이 어디서 소방차 같은 걸 끌고 와서는 물을 막 쏴대더라. 그걸 한 방 맞고 나서 나자빠졌지 뭐냐."

"그럼 물대포를 맞은 거야?"

"그게 물대포라는 거야?"

"그거 위험해! 물이라고 쉽게 보면 안 돼. 앞으로는 절대 나서지 마."

"나서고 말고 할 것도 없다. 꼴이 이 모양인데 뭐……."

할머니는 애랑이 시무룩해하는 표정을 보면서 한마디를 더 보탰다.

"너 경찰 잘 관뒀다. 그놈들도 다 아전 집안 놈들하고 죄다 한편이야."

"아전 집안 놈들이라니?"

"우리 앞바다에 그 흉물 개발한다는 사장놈 말이다. 그놈 집안이 조상 대대로 아전 노릇하면서 여기 사람들 등쳐 먹던 놈들 아니냐. 일제 때는 앞잡이 노릇도 했고. 망할 놈의 집구석."

애랑은 배비장이 형방에게 땅이 부쩍 늘었다며 빈정대던 모습이 떠올랐다. 오래도 해 처먹었네, 그녀는 속으로 중얼거렸다.

할머니는 일주일 후 퇴원했다. 여전히 다리에 깁스를 한 채였다. 애랑은 할머니를 방에 눕혀놓고, 그 곁에 같이 누웠다. 어차피 물질을 해도 신통치 않으니 바다에 나갈 생각도 들지 않았다. 내친 김에 하루만 쉬자 싶었다. 하지만 병원비 청구서가 자꾸만 눈에 아른거렸다. 벌이도 없는데 빚까지 늘게 생겼으니 앞으로 살아갈 길이 막막했다. 애랑은 자신도 모르게 한숨이 났다. 할머니는 무안했던지 리모컨을 더듬더듬 찾아 텔레비전을 켰다. 골동품의 감정가를 맞히는 프로그램이 방송 중이었다. 때마침 추사체 진본에 대한 감정을 진행하고 있었다. 애랑은 자연스럽게 텔레비전에 눈길이 갔다. 그리고 그 감정가가 10억 원이 나오자 자신도 모르게 벌떡 몸을 일으켰다.

4.

애랑은 다시 손가락바위 아래 터널을 지나 조선시대로 되돌아왔다. 겨울이었지만 다행히 날씨는 맑았고 파도도 잔잔했다. 애랑은 해변의 바위틈에서 조선시대 해녀복으로 갈아입고 그 위에 조선시대 스타일의 솜옷을 걸쳤다. 매고 왔던 방수 백팩은 준비해 온 면 보자기에 감싸 숨겼다. 그 안에는 제 몸 하나는 지킬 수 있는 호신용 가스총, 밤 시간에 돌아다니게 될 것을 대비한 플래시, 초콜릿 같은 비상식량이 들어 있었다. 뿐만 아니라《조선왕조실록》을 비롯한 몇 가지 역사서를 담은 태블릿 PC도 있었다. 김정희를 만나 글씨를 받는다면 그에게 줄 선물이었다. 21세기의 이 역사서는 19세기의 예언서가 될 터였다. 여기에는 당연하지만 역사적인 인물인 김정희의 운명도 들어 있었다. 애랑이 생각하기에 '미래의 시간'보다 더 큰 선물이 어디 있을까 싶었다.

해가 저물 때쯤 애랑은 김정희의 집 앞에 도착할 수 있었다. 하지만 집 안의 모습이 좀 이상했다. 정낭에 끼워져 있어야 할 나무는 아예 치워져 있었고, 담장 주위로 세워두었던 가시덤불은 걷힌 채였다. 사람이 살고 있는 것 같지가 않았다. 애랑은 계세요, 하고 서너 차례 불러봤지만 대답이 없었다. 그녀는 조심스럽게 김정희의 집 안으로 들어갔다. 역시나 세간살이 하나 없이 텅 비어 있었다. 애랑은 허망하게 댓돌에 걸터앉았다. 그녀는 태블릿 PC를 꺼내 김정희에 관한 기록을 살폈다. 김정희는 1848년 12월에 유배에서 풀려났다고 되어 있었다. 짐작건대 그는 간발의 차이로 한양으로 되돌아간 모양이었다. 애랑으로서는 김정희의 글씨가 마지막으로 긁어볼 수 있는 복권이나 마찬가지였다. 김정희를 쫓아 한양으로 갈까도 생각해 봤지만 비행기가 있는 시대가 아니었다. 한양으로 가는 배를 구할 수 있을지도 의문이고, 나무로 지은 이 시대의 배를 타고 먼 바다로 나서는 것도 엄두가 나지 않았다. 애랑은 여기에 남아 있는 김정희의 글씨라도 구할 수 있는 방법이 없을까 고민했다. 그 순간, 배비장이 김정희의 글씨를 들고 자랑하던 모습이 떠올랐다. 애랑은 다시 몸을 일으켰다. 배비장을 찾아가면 무슨 수가 있을지도 몰랐다.

배비장을 찾는 일은 그리 어렵지 않았다. 관아를 지키고 섰는 포졸에게 배비장을 찾으러 왔다고 하니 그 양반은 근처 주막에 가서 찾아보는 게 더 빠를 거라고 일러주었다. 아니나 다를까, 배비장은 주막 봉놋방에 앉아서 막걸리를 들이켜는 중이었다. 애랑은 무턱대고 그 앞에 앉았다. 배비장은 두 눈을 끔뻑끔뻑했다.

"추사 선생님의 글씨 좀 주세요."

"허허. 이 낭자가 실성을 했나? 말이 되는 소리를……."

"대신 무당 연쇄살인범 잡는 거 도와드릴게요."

배비장은 팔짱을 끼고 잠깐 고민하는가 싶더니, 자신 앞에 놓인 잔에 막걸리를 가득 부어 애랑에게 건넸다. 애랑은 거침없이 쭉 들이켰다.

그날 애랑은 주막에서 하룻밤을 묵었다. 배비장은 한낮이 되어서야 조랑말 한 필을 끌고 되돌아왔다. 애랑은 이제부터 수사를 시작하나 보다 하는 생각에 보자기에 싼 백팩을 단단히 치켜 매고 그를 맞았다. 하지만 배비장은 해장이 먼저라며 애랑을 다시 자리에 주저앉혔다.

애랑은 주막에서 내온 국밥을 먹고 있는 배비장을 보면서 물었다.

"혹시 저번에 제가 조사해 보라고 한 건 알아봤나요? 무당들의 죽음 때문에 누가 이익을 봤는지 말예요?"

배비장은 숟가락을 내려놓고는 밥상을 물렸다.

"내가 지금까지 조사한 바로는 아전들이 틀림없소. 죽은 무당들은 한 가지 공통점이 있었소. 금기를 지키는 자들이라는 거였소."

"금기요?"

"바다나 땅이나 사람들이 함부로 들어가서는 안 되는 곳에 신당을 모셔놓고 제사를 지내는 자들이었다는 거요. 이 무당들은 신어미에게 대대로 내림을 받아 그곳을 지켜왔다고 했소."

"그곳은 왜 지켰나요?"

"글쎄…… 나야 알 수 없는 노릇이지. 옛날부터 그랬다고 하니. 여하튼 무당들이 신당을 지어놓고 지키는 곳은 사람들이 잘 들어가지 않는 땅이 되었소. 자연스럽게 버려진 땅 비슷하게 된 거지. 하지만 여기 제주는 본래 농사지을 땅이 부족한 곳 아니겠소? 그래서 한때 관아에서 개중 평평한 곳을 개간해서 밭을 만들어보려고 했던 적도 있소. 하지만 흐지부지됐소. 우선 사람들이 꺼림칙해서 잘 안 들어가려고 했고, 무당들도 알게 모르게 불길한 말들을 퍼트렸거든. 여기는 섬이라 무당들이 하는 말이 의외로 잘 먹히는 편이라오. 그래서 사람들이 꿈쩍도 안 한 거지. 그런데 말이오."

배비장은 목소리를 낮췄다. 애랑은 조금 더 그에게 몸을 기울였다.

"바로 그 무당들이 급살이니 저주니 하는 것들을 받고 죽어버린 거요. 때마침 5년 전에 육지에서 풍수를 용하게 잘 본다는 지관이 하나 들어왔소. 그 지관이 무당이 급살을 맞을 정도로 기운이 센 땅은 모두 갈아엎어야 한다는 말을 하고 돌아다니고 있소."

"흠…… 무당들의 소문에 지관의 소문으로 맞서는 셈이네요.

그런데 육지에서 온 그 지관의 말을 사람들이 믿나요?"

"이 지관이 묏자리나 집 지을 자리 같은 걸 공짜로 봐주면서 인심을 얻는 모양이오. 문제는 여기에 아전들이 개입을 한다는 점이오. 신당을 지키는 무당이 죽으면 아전들 중 하나가 자기네 집 종놈이나 머슴들을 시켜 신당을 허물고 그 땅을 자기네 소유로 만들어버리는 거요. 그게 최근에 아전들의 땅이 부쩍 늘어난 이유였소."

"이상한데요? 본래 관아에서 개간하려던 땅이었다면서요? 그걸 아전들이 차지하는데 왜 가만히 있나요?"

배비장은 조금 생각해 보다가 대답했다.

"그거야 서로 타협하는 게 아니겠소? 사람들이 꺼리는 땅을 아전들이 들어가 개간을 하는 대신 세금만 꼬박꼬박 내준다면 관아 입장에서도 나쁜 일은 아닌 것 같소."

"그런가요……."

"하지만 관아에서도 아전들이 지주가 되어 육지의 세도가들처럼 조정의 통제를 벗어나는 건 원치 않을 거요."

"흠…… 하여튼, 무당들이 언제 어떻게 죽었는지 공통점은 찾았나요?"

"그것도 알아봤소. 내가 이래 봬도 항상 놀고 그러는 건 아니라오. 성실하게 비장으로서 일을 하면서……."

"됐고, 알아본 거나 대답해 줘요."

애랑은 배비장의 말을 잘랐다. 배비장은 기분이 상했는지 뜸을 들이며 퉁명스레 말했다.

"거 뭐…… 알아보니 다들 비나 진눈깨비가 오는 날에 죽은 것 같기는 합디다."

애랑은 배비장의 말투가 그러거나 말거나 신경 쓰지 않고 생각에 몰두했다. 배비장은 하릴없이 애랑의 얼굴을 멍하니 쳐다봤다. 잠시 후 애랑은 고개를 들었다.

"적어도 한 가지 의문은 풀렸네요. 제가 왜 그날 밤 총소리를 못 들었는가 하는 것 말예요."

"그게 무슨 말이오?"

"너무나 간단한 속임수였어요. 천둥이 치는 날 총을 쏘면 천둥소리에 총소리가 묻히죠. 게다가 번개가 치고 나서 일정한 시간이 지나면 천둥소리가 뒤따라오니까 딱 그 시간에 맞춰 총을 쏠 수도 있어요. 총소리만 숨기면 무당들은 저주니 급살을 맞아서 죽은 것처럼 꾸밀 수 있겠죠."

"일리가 있는 말이오. 하지만 애초에 비오는 날 품고 다닐 만한 그런 작은 화승총이 어디 있단 말이오? 나는 서양 오랑캐들이 그런 총을 만들어냈다는 말을 당최 못 믿겠소."

"하지만 저주나 급살을 맞았다는 것보다는 더 신빙성이 있죠. 안 그래요?"

배비장은 선불리 대답하지 않았다. 눈치를 봐서는 권총이나 급살이나 믿기 힘들기는 마찬가지인 성싶었다. 애랑은 보자기를 풀어 그 안에 든 태블릿 PC를 꺼냈다. 배비장은 처음 보는 물건에 호기심이 동한 눈치였다. 애랑이 태블릿 PC를 켜고 한글이 잔뜩 박힌《조선왕조실록》을 뒤지기 시작하자 눈을 동그랗게 뜨고 태블릿 PC 쪽으로 얼굴을 바짝 들이밀었다.

"이게 뭐 하는 물건이오?"

애랑은 계속해서 검색하며 대답했다.

"태블릿 PC라는 건데, 여러 가지 것을 알려주는 물건이에요."

"이…… 이런 게 세상에 존재한단 말이오? 혹시 서양 오랑캐들이?"

"이건 우리나라 건데, 지금 세상에는 존재 안 해요. 백 몇 십 년이 지난 후에나 나올 거예요."

"그게 무슨 소리요? 낭자가 어떻게 백 몇 십 년 뒤의 물건을 가질 수 있단 말이오? 뭐 시간이라도 거슬러 왔소?"

"네. 정확하게 그래요."

애랑은 배비장을 똑바로 바라보고 말했다. 배비장은 급살이라도 맞은 얼굴로 애랑을 쳐다보았다.

"뭐 안 믿으셔도 상관없어요."

애랑은 대답 대신 보자기에서 플래시를 꺼내 보였다. 배비장은 플래시의 불빛에 깜짝 놀랐다.

"이…… 이건 혹시 도깨비불?"

"안심해요. 불빛이 나오기는 하지만 도깨비불은 아니니까요. 이건요, 제 말만 잘 들으면 나중에 제가 미래로 돌아갈 때 선물로 드릴게요."

애랑은 플래시를 다시 보자기에 집어넣었다. 배비장은 신기한 물건이 끊임없이 나오는 화수분이라도 되는 것처럼 보자기를 쳐다봤다.

"찾았다!"

애랑은 태블릿 PC를 배비장 앞에 내밀었다. 배비장은 어명이라도 받드는 것처럼 부들부들 떨리는 손으로 태블릿 PC를 받아 들었다. 애랑은 1842년이라는 숫자가 있는 곳을 손가락으로 가리켰다.

"여기 이 기록을 보면 1842년, 그러니까 보자…… 지금이 추사 선생님이 유배에서 풀려난 해니까 1848년…… 그렇다면 6년 전이겠네요. 영국의 배가 가파도에 와서 소목장을 털어간 일이 있네요. 이때 서양의 권총이 전해졌을 수 있어요."

"그런 말을 예전에 한 번 들은 적이 있는 것 같소. 그때 온 나라는 영길리국이라고 하던데……."

"영길리국이 잉글랜드 즉 영국을 말하는 거예요. 이 나라는 이 시대에 과학기술이 가장 발달한 나라 중 하나예요."

"맞소! 청나라도 이 나라와의 전쟁에서 패했다고 들었소. 낭자는 어떻게 세상 돌아가는 것을 잘 아시오? 이 기왓장같이 생긴 것 속에 세상 풍문이 다 들어 있는 것이오?"

"그렇다고 봐야죠. 전부 다는 아니지만 대충 중요한 사실은 다 들어 있어요. 말했잖아요. 저는 미래에서 왔다니까요."

"낭자가 정말 미래에서 왔다면 말이오. 혹시 앞으로 무슨 일이 일어날지도 알 수 있소?"

"뭐 큰일들은 알 수 있지만, 왜요?"

애랑은 배비장에게서 태블릿 PC를 뺏다시피 넘겨받으면서 물었다.

"뭐 혹시 내가 어떻게 되나…… 그런 걸 알고 싶기도 하고 말이오."

"배비장님같이 평범한 분들은 역사에 안 남으니까 알 수 없어요. 추사 선생님 정도면 또 모를까. 그리고 미래를 알려주는 거야말로 천기누설이에요. 저는 절대로 알려줄 수 없어요."

애랑은 태블릿 PC를 끄면서 단호하게 말했다. 그녀가 생각하기에 배비장이 미래를 꿰뚫고 제주도 역사에 남을 무슨 큰일이라도 벌인다면 자신의 존재 자체가 사라질 수도 있었다. 애랑은 그저 김정희의 글씨를 미래로 들고 가 팔아서 빚이나 갚고 소소한 중산층으로 살고 싶을 뿐이었다.

"마지막으로 묻고 싶은 게 있어요. 그 금기를 지키는 신당은 또 어디에 있나요?"

"그 손가락바위 근처에 딱 하나가 더 남아 있다고 들었소."

"그럼 거기가 마지막 목표겠네요. 그리로 가요."

애랑은 보자기를 들고 자리에서 일어났다. 배비장도 덩달아 어물어물 그녀를 따라 일어섰다.

배비장은 주막 앞에 매어둔 조랑말을 끌고 와 애랑 앞에 섰다. 그러고는 마패를 꺼내 애랑 앞에 자랑스레 내밀었다. 애랑이 들여다보니 말 한 필짜리 마패였다. 뭔가 좀 초라해 보이기는 했다.

"암행어사라도 되는 거예요?"

"뭐 암행어사처럼 일을 집행하라는 그런 뜻 아니겠소? 내가 목사님에게 얼마나 신임을 받고 있는지 말해 주는 증표라고 볼 수도 있고. 하하하하."

배비장은 느닷없이 호탕하게 웃어 젖혔다. 애랑은 팔짱을 끼고 웃음이 그칠 때를 기다렸다. 배비장은 헛기침을 하고 웃음을 멈췄다.

"갑시다. 내 뒤에 타시오."

애랑은 배비장의 허리를 안고 말을 달리는 장면을 상상해 봤다.

"그건 좀……."

"그럼 이 날씨에 이틀 동안 걸어갈 거요?"

"그것도 좀……."

배비장은 애랑을 먼저 태운 다음 그 앞에 올라탔다. 애랑은 하는 수 없이 그의 허리를 안았다. 배비장이 말을 모는 동안 애랑은 생각에 집중했다. 언뜻 만신이 살해당하던 날 밤에 본 남자의 모습이 떠올랐다.

"저는 범인이 누군지 알 것 같아요."

"벌써?"

"생각해 보면 어려울 것도 없어요. 저는 배비장님이 믿든 안 믿든 만신이라는 분은 권총으로 살해당했다고 생각해요. 그때 제가 봤던 또 다른 사람이 있었어요. 제 생각에는 그가 범인 같은데요, 그 사람은 두루마기에 챙이 짧은 갓을 쓰고 있었어요."
"내게도 그렇게 말했었지."
"제게 그런 복장은 중인들이 한다고 했어요. 그럼 생각해 보세요. 누가 그런 복장을 할 수 있었는지? 첫 번째, 아전들이라면 가능하죠.
"역시 아전놈들인가……."
"단정하긴 일러요. 두 번째가 또 있으니까요."
"누구요?"
"풍수를 잘 본다는 그 지관일 수도 있어요. 중인들 중에 의원들일 가능성은 희박해요. 만신을 죽여서 얻는 이익이 없으니까. 그렇다면 용의자는 아전들이거나 지관이겠죠. 제 생각에는 아전들보다는 지관 쪽이에요."
"왜 그렇소?"
"간단해요. 범인은 천둥 번개가 칠 때 만신을 쏘았어요. 어떻게 그 시간을 정확하게 포착했을까요?"
"글쎄……."
"쉽게 생각하자고요. 때가 될 때까지 그는 만신 곁을 맴돌면서 기다렸던 거예요. 어쩌면 만신과 안면이 있을 수도 있어요. 비 오는 날 밤에 불러낼 수 있을 정도로 말예요. 그렇다면 천둥 번개가 칠 때까지 만신 주변을 맴돌 수 있을 뿐만 아니라 그 시간이 언제든 때맞춰 나갈 수 있을 정도로 여유가 넉넉한 사람이어야 하죠. 그러니까 특별히 하는 일이 없어야 해요. 아전들은 늘 관아로 출퇴근을 하니까 그런 일을 하기는 불가능해요."

"그럼 지관이 남는다는 말이군. 하긴 이곳의 날씨는 하루에도 몇 번씩 변하니까 천둥 번개가 칠 때를 맞춰서 아전들이 달려올 수는 없지……."

"만약 지관이 범인이라면 이제 마지막 남은 신당의 무당을 노리겠죠. 지금 우리가 가는 그곳에 지관이 있다면 그가 범인일 가능성은 아주 높다고 봐야죠."

"과연…… 낭자는 참 똑똑한 거 같소. 그런데 낭자가 산다는 미래에는 여자도 포도청에서 일할 수 있는 거요?"

"그럼요. 이 시대 같지는 않아요. 지금 시대로 따지면 여자 포졸도 있고, 여자 종사관도 있죠. 여기 제주에서 여자들이 바깥일을 하는 것과 비슷하죠."

"신기한 일이군. 여자들이 포졸도 하고 종사관도 하다니…… 낭자는 꽤 높은 직위에 있었소? 종사관 정도?"

"뭐 그 정도."

애랑은 배시시 웃었다. 그래도 배비장의 칭찬을 들으니 뭔가 자신이 경찰로서 쓸모 있는 사람이 된 것 같은 기분이 들었다.

배비장과 애랑은 말을 타고도 해가 질 무렵에서야 도착할 수 있었다. 고을에 들어서기 전 먼저 신당부터 둘러보았다. 신당은 바다와 접해 있으면서도 야트막한 오름으로 이어지는 길목을 막고 선 위치에 자리 잡고 있었다. 신당이라고 해봐야 조그마한 오두막에 불과했지만 그 위치 때문에 신당 뒤의 오름과 바다 모두 사람이 접근하기 어렵게 되어 있었다. 바다 쪽은 할머니가 그렇게 가지 말라고 했던 손가락바위를 향해 있었고, 오름 너머에는 평지지만 울창한 산림이 우거져 있었다. 애랑이 그 속으로 걸어 들어가자 꿩이나 노루가 순식간에 자취를 감추었다. 그사이 삼나무의 짙은 향이 온몸을 휘감았다. 애랑은 순간 신선의 세계에 와 있는 듯한 느낌을 받았다. 그때서야 그녀는 왜 이곳에 신당이 지어졌는지 알 것 같았다. 여기는 개간을 해서 없애야 하는 곳이 아니라 보호해 줘야 하는 곳이었다. 그러니까 이 지역에 대한 금기는 무분별한 개간을 막기 위한 조상들의 보호 장치였을 터다. 애랑은 미래에 이 자리에 지어질 리조트를 떠올렸다. 예나 지금이나 사람들 욕심은 달라지는 법이 없었다.

고을을 수소문해 보니 지관을 찾는 일은 어렵지 않았다. 그는 며칠 전부터 무당이 있는 당집 근처 초가에 머물고 있었는데, 사람들의 묏자리를 봐준다는 핑계로 부지런히 돌아다니면서 인심을 얻는 중이었다. 덕분에 이 고을에서 지관을 모르는 사람은 아무도 없었다. 배비장은 당장 이놈을 잡아야겠다고 소매를 걷어붙였지만 애랑이 그를 붙잡았다.

"서두르지 말아요. 증거가 있어야죠."

"증거는 무슨 증거요? 그놈이 여기 있다는 게 증거지."

"그래도 그 지관이 이 사건과 연관되어 있다는, 눈에 보이는 증거를 내놔야죠."

"그거야 고신을 해보면 자백할 거요."

애랑은 한심한 눈초리로 배비장을 바라봤다.

"고문을 할 수 있겠어요? 생각해 보세요. 범인은 지관이라고 해도 그를 사주한 사람은 따로 있어요."

"그게 무슨 소리요?"

"지관이 하는 일이 뭐예요? 풍수를 봐주는 거잖아요? 그런데 이걸 거저 해주고 있다고요. 모르시겠어요? 그건 뒤에서 먹고살 만큼 챙겨주는 자가 있다는 뜻이잖아요. 그럼 그자들이 누구겠어요?"

"아전들인가?"

"아직은 단정 짓기 어려워요. 확실한 것은 이 사건을 통해 이익을 얻는 자임에는 틀림없죠. 그러면 그자는 여기서 거물이에요. 그런 자가 지관이 고문당하도록 놔둘까요?"

배비장은 말문이 막힌 듯 손톱을 깨물었다. 하지만 곧 단호한 표정으로 말했다.

"그래서 더더욱 지관을 붙잡아야 한다고 생각하오. 그놈을 붙잡아서 곤장이라도 치면 그놈을 사주한 자가 풀어달라는 압력을 넣지 않겠소? 그럼 배후를 캘 것도 없지."

애랑은 답답해서 소리쳤다.

"왜 툭하면 고문을 한다고 그래요? 그건 옳지 못하잖아요."

"나쁜 놈을 잡는 데 무슨 옳고 그름을 따지는 거요?"

"왜냐면 배비장님은 관아에 속한 사람이니까요. 정해진 법과 절차에 따라야죠. 안 그럼 멀쩡한 사람을 잡을 수도 있잖아요."

"그럴 일 없소. 낭자 말대로 관아에 있는 사람은 나이니 내가 알아서 하겠소. 그것이 내게 마패를 준 목사님의 뜻이기도 할 거요. 여기서 목사님의 뜻이 바로 법과 절차요. 논쟁은 그만하겠소."

애랑은 뭔가 더 말을 하려고 했지만 배비장은 그녀를 외면하고 지관의 집으로 성큼성큼 걸어갔다. 애랑은 할 수 없이 그 뒤를 따랐다.

배비장은 지관이 묵고 있는 집의 정낭 앞에 서서 이리 오너라, 하고 기세 좋게 외쳤다. 그러자 키가 크고 비쩍 마른 남자가 안방 문을 열고 고개를 내밀었다. 배비장은 지관을 보자마자 범인을 추포하겠다고 소리쳤다. 지관은 이게 무슨 소리냐며 벌떡 자리에서 일어났다. 애랑이 보기에 전체적인 체구가 만신이 죽던 날 밤 봤던 두루마기 사내와 비슷한 것 같았다. 어쩌면 배비장의 막무가내가 이번에는 통할지도 모른다는 생각이 들었다. 배비장은 곧장 지관에게 돌진했고, 당황한 지관은 마당을 뱅뱅 돌며 도망 다녔다. 그 와중에 닭장이 박살 나면서 닭들이 튀어 달아났다. 그 순간 배비장이 뛰어올라 지관을 덮쳤다. 지관은 발버둥을 쳤지만 배비장은 그의 두 팔을 비틀어 묶어버렸다.

배비장은 마루에 앉아 땀을 닦았다. 지관은 자신도 알게 모르게 나랏일을 하는 사람이라며 당장 포승을 풀라고 고래고래 소리 질렀다.

"이거 당장 푸는 게 좋아. 내가 이 섬에 내로라하는 양반들하고 다 연결되어 있는 거 알고 있는가?"

배비장은 지관에게 다가갔다. 지관은 턱을 빳빳하게 들고, 몸을 앞으로 내밀었다. 포승을 풀어달라는 의미였다. 하지만 배비장은 지관의 턱에 주먹을 날렸다. 지관은 그대로 기절하고 말았다.

"이제 좀 조용하네."

배비장은 손을 털고 애랑을 돌아보며 씩 웃었다.

애랑은 잠깐 생각에 잠겼다. '연결되어 있다'는 말이 꺼림칙했다. 애랑은 지관을 잡는 것으로 끝낼 일이 아니라 그가 범인이라는 것을 뒷받침할 증거도 찾아내야만 한다고 판단했다.

"이러고 있을 일이 아니에요. 확실한 증거도 찾아야 해요."

"그게 뭐요?"

"권총요. 이자가 범인이면 권총도 여기 있겠죠."

아, 하고 배비장은 무릎을 쳤다. 그 즉시 둘은 지관의 거처를 뒤졌다. 워낙 불시에 배비장이 덮쳐서 지관이 미리 대비를 못 한 탓인지, 권총은 안방의 궤짝 깊숙한 곳에서 쉽게 발견됐다. 권총은 나무로 만든 길쭉한 손잡이에 화약을 쟁여서 한 발씩 발사하는 형태로 되어 있었다. 배비장은 권총이 신기한 듯 이리저리 돌려 보았다. 신기하기는 애랑도 마찬가지였다. 영화에서나 나올 법한 골동품 권총을 보는 것은 그녀도 처음이었다.

지관을 관아로 데리고 간 것은 그로부터 이틀 뒤 늦은 저녁이었다. 그를 묶어서 데리고 가느라 말을 탈 수 없었기 때문에 시간이 걸린 탓이었다. 배비장이 제주 목사에게 무당들을 죽인 범인을 잡았다고 고하자 갑자기 동헌이 분주해졌다. 제주 목사는 즉시 추국장을 열었다. 아전들도 그 옆에 나란히 시립했다. 지관은 동헌 마당에 무릎을 꿇고 앉았다. 배비장은 증거라며 권총을 제주 목사에게 내밀었다. 제주 목사는 권총을 보자마자 손에 쥐고 겨누는 시늉을 해보았다.

"이자는 이 권총이라는 물건으로 무당들을 살해해 왔습니다. 무당들이 화승총에 맞은 듯한 상처를 입고 있었던 것도 이 권총에 맞았기 때문입니다."

배비장은 아전들에게 돌아섰다. 그중에서 형방을 보면서 말을 이었다.

"권총이 있다면 몸에 쉽게 숨길 수 있으니, 만신이 죽던 날 밤 저 낭자의 눈에 보이지 않았을 겁니다. 또 검은색 기름종이 같은 것으로 감싸면 비를 맞아도 화승이 젖지 않게 할 수 있을 뿐 아니라 불꽃도 감출 수 있습니다."

그러자 형방이 나섰다.

"그렇다고 칩시다. 제 아무리 권총이라고 해도 총성이 나지 않을 리는 없소. 하지만 그날 누구도 총성을 들은 바 없었소."

"그것도 간단한 문제입니다. 천둥소리가 날 때 총을 쏘는 겁니다. 비바람까지 몰아치고 있으니 총성은 쉽게 감춰지겠지요. 그리고 이것이 만신을 비롯해서 무당들 모두가 천둥 번개가 치는 날 죽은 이유입니다."

배비장은 전에 없이 자신만만한 표정으로 지관을 돌아보았다.

"권총이라는 물건은 한양에서 무과 공부를 했던 저도 처음 보는 것입니다. 아마 이 제주에서 권총을 가지고 있는 자는 바로 저자 하나밖에 없을 겁니다."

지관은 계속해서 고개를 뻣뻣하게 들고 있었다. 제주 목사는 지관을 보면서 어떤 질문도 하지 않은 채 고민에 빠져 있는 듯했다. 애랑은 그가 결정적인 자백을 받아내야 하는 순간에 시간을 끌고 있다는 느낌을 받았다. 이때 아전 중에 가장 앞에 섰던 자가 앞으로 나섰다. 제주 목사는 그를 쳐다봤다.

"이방은 할 말이 있는가?"

"소인이 보기에는 워낙 중대한 사건이므로 오늘은 충분히 생각해 보시고, 내일 판결을 해도 늦지 않을 것 같습니다. 이미 시간이 늦었습니다. 피곤하시어 판단이 흐려지시면 안 될 것 같습니다."

애랑은 뭔가 이상하게 돌아간다 싶었다. 피곤해서 범인의 단죄를 늦추자는 게 납득이 가지 않았다.

"이제 자백만 받으면 되는데 시간 끌 게 뭐 있어요?"

제주 목사는 애랑의 말은 들은 척도 하지 않았다. 그는 결정을 내린 듯 자리에서 일어났다.

"이방의 말이 옳다. 내일 엄중하게 문초하겠다. 죄인을 가두라."

제주 목사의 명령이 떨어지자 포졸들이 와서 지관을 일으켰다. 배비장이 다급하게 그를 불렀으나 제주 목사는 대답하지 않고 추국장을 나갔다. 그 뒤를 아전들이 따랐다. 뭔가 조짐이 이상했다.

다음 날 오후가 되도록 추국장은 열리지 않았다. 배비장은 동헌 마당에서 소리 높여 제주 목사를 불렀다. 하지만 모습을 드러낸 건 형방이었다.

"왜 추국장을 열지 않는 거요?"

배비장이 따지고 들었다. 그러나 형방은 냉랭하게 말했다.

"간밤에 지관이 자살을 했소. 그 시신을 수습하느라 늦었을 뿐이오."

"뭐라고?"

난데없는 말에 배비장과 애랑은 어리둥절했다.

"그럼 시신이라도 볼 수 있게 해주시오."

"이미 수습했다고 하지 않습니까? 아랫것들에게 알아서 치우라고 했습니다. 소인은 어디 있는지 모릅니다."

이번에는 애랑이 따지고 들었다.

"그럼 시신을 수습했다는 아랫사람들이라도 만나게 해주세요. 저희가 확인해 봐야겠어요."

"네가 뭐라고 나서느냐?"

형방이 호통을 쳤다. 배비장이 팔을 걷어붙이며 형방에게 다가가려는데, 때마침 제주 목사의 근엄한 목소리가 들렸다.

"소란 그만 피우게."

애랑과 배비장은 소리가 나는 쪽으로 고개를 돌렸다. 제주 목사가 느릿느릿 동헌 마당으로 걸어왔다. 배비장은 급하게 그를 향해 고개를 숙였다. 제주 목사는 배비장에게 다가왔다.

“이 일은 자네 공이 크네. 잊지 않겠네. 그나저나 자네도 이제 무과를 준비해야 하지 않겠나? 한양으로 돌아갈 준비를 하게. 사건 마무리는 형방에게 맡기고.”

“그렇지만…….”

제주 목사는 배비장의 말을 잘랐다.

“다 알고 있네. 자네도 이 사건을 마무리 짓고 싶겠지. 하지만 죄를 지은 자가 스스로 죽음을 택했으니 사건이 끝난 거나 마찬가지 아닌가? 사건을 해결한 것은 전적으로 자네의 공이네. 조정에다가도 그렇게 장계를 올리겠네. 주상께서 상을 내릴지도 모르겠네. 허허.”

제주 목사는 배비장의 어깨를 툭툭 쳐주고 동헌 마당을 가로질러 집무실 쪽으로 걸어갔다. 형방은 배비장에게 비웃음을 흘린 다음 제주 목사의 뒤를 따랐다. 배비장의 어깨가 축 처졌다. 애랑은 그 곁에 다가가 섰다. 그때 다시 ‘연결되어 있다’는 지관의 말이 떠올랐다.

“정말 지관이 자살했다고 보오?”

“아니요. 그들은 모두 연결되어 있으니까요.”

“무슨 소리요?”

“직접 말씀하셨잖아요. 신당이 없어지면 아전들은 개간할 땅을 차지할 수 있어서 좋고, 관아는 아전들이 세금을 꼬박꼬박 내게 되면 손해 볼 게 없다고요."

"믿을 수가 없소. 어떻게 내게 이 사건을 알아보라고 명하셨던 목사님이 그럴 수 있단 말이오?"

"아까 목사님이 권총을 겨누는 시늉을 하는 거 못 봤어요? 그건 이미 권총이 무엇인지 알고 있었다는 거잖아요. 한양에서 무과를 공부하던 당신도 모르던 걸요."

배비장은 애랑을 말을 듣자 멍한 표정이 되었다.

"그렇게 모두 연결되어 있는 거였어요. 지관은 그들의 손발 노릇을 한 거고요. 아직 신당 하나가 더 남았다고 했잖아요. 그러니 손발을 벌써 자를 리가 있겠어요?"

"그럴 테지…… 그만 나갑시다. 낭자에게 드릴 것도 있으니."

배비장은 먼저 동헌을 나섰다. 태어나 처음 좌절을 맛본 것처럼 축 처진 걸음이었다. 애랑은 동헌을 나와 배비장과 함께 걸었다.

"이해가 안 가는 게 한 가지 있소."

"뭐가요?"

"낭자 말처럼 목사님도 아전들과 한통속이라면 왜 내게 마패까지 내어주며 조사를 시켰을까 하는 거요?"

애랑은 잠깐 생각하다가 말했다.

"본인 지역에서 살인사건이 연속적으로 났으니 조사를 안 시킬 수는 없고, 또 시키자니 진범을 밝혀서도 안 되고. 그래서……."

"그래서 나를 시켰겠군. 진범을 못 잡을 거라고 보고……."

배비장은 허탈하게 웃었다. 애랑은 너무 정곡을 찔렀나 싶었다.

"미안해요."

"미안하긴…… 내가 원래 그런 놈이요. 무과에도 번번이 떨어져서 부모님 뵐 면목이 없어서 이리로 도망쳐 온 거요. 그래도 말이오……."

배비장은 애랑을 똑바로 바라보았다.

"낭자와 이 사건을 해결하는 동안은 참 좋았소. 살면서 처음으로 내가 쓸모 있는 사람 같았거든."

"그건 저도 마찬가지예요. 처음으로 경찰 노릇 제대로 하는 것 같았는데……."

"경찰? 경찰이 뭐요?"

"제가 살던 시대에는 포졸이나 종사관이나 다 경찰이라고 불러요."

"아! 그렇군. 낭자가 사는 시대는 재미있는 세상 같소."

"그렇지도 않아요. 세상 돌아가는 건 지금이랑 똑같아요. 별 볼 일 없죠."

애랑은 푸념하듯 말했다. 둘은 우울한 기분으로 배비장의 집 앞까지 말없이 걸었다. 애랑은 길을 걸으면서 뭔가 잘못되었다는 생각이 자꾸만 치밀어 올랐다. 돈 앞에 위증을 해대던 환경보호 단체의 간사가, 증언을 하지 말라며 말리던 남자친구의 모습이, 자신이 경찰을 나오던 모습이, 할머니의 다친 발이 차례대로 떠올랐다 사라졌다. 무엇보다 자신이 떠나면 아마도 신당을 지키던 무당 한 명이 또다시 죽음을 맞이할지도 몰랐다. 시위대 맨 앞에 서 있던 할머니와 얼굴조차 보지 못한 무당이 자꾸만 겹쳐 보였다. 애랑은 입술을 꽉 깨물었다.

배비장이 사는 곳은 김정희가 살던 집과 똑같이 생긴 자그마한 초가였다. 집에는 사람이 없는지 배비장은 스스로 정낭을 내렸다.

"여기서 잠깐 기다리시오."

애랑은 배비장의 옷깃을 붙잡았다.

"아직은 추사 선생님 글씨를 받을 수 없어요. 사건이 끝나지 않았잖아요."

배비장은 의아한 눈길로 애랑을 바라보았다.

5.

애랑이 처음 시간을 거슬러 왔을 때처럼 곧 진눈깨비가 흩날릴 것 같은 날씨였다. 매서운 바람이 불었다. 어쩌면 오늘 진범이 나타날지도 모른다. 애랑은 하얀 소복을 입고 바닷가에 서 있었다. 그녀는 지관이 나타나기를 하늘에 기도했다. 눈발이 흩날리기 시작했다. 그와 동시에 질척한 비가 내렸다. 진눈깨비였다. 주위가 눈에 띄게 어두워졌다. 애랑은 긴장했다.

애랑과 배비장이 동헌을 나서던 날, 둘은 일단 배비장의 집으로 자리를 옮겼다. 배비장은 잔뜩 긴장한 얼굴로 혹시 계획이 있냐고 물었다.

“한 가지가 있어요. 성공할지는 모르겠지만.”

“어떤 거요?”

애랑은 보따리에서 플래시를 꺼냈다.

“이걸 이용하는 거예요. 도깨비불.”

배비장은 플래시를 받아 들었다.

“이걸로 우리가 금기를 다시 만드는 거죠. 죽은 만신의 신당 근처에서 밤에 불빛을 밝히고 돌아다니는 거예요. 그러면 사람들이 이상하게 생각하겠죠.”

“도깨비불 같은 거라고 볼 거요.”

“그러면 더 좋죠. 그리고 저는 날마다 소복을 입고 바닷가에서 기도를 하는 척할 거예요. 그럼 아마도 범인은 다시 현장에 나타날 거예요.”

애랑의 계획을 들은 배비장은 심각한 얼굴로 물었다.

“낭자을 쏠지도 모르오. 너무 위험하오.”

“다 생각이 있어요.”

애랑은 자신 있게 말했다.

그날부터 애랑과 배비장은 계획을 차례차례 옮겨 나갔다. 둘은 밤마다 플래시를 켜고 신당 주변을 돌았다. 과연 얼마 가지 않아 일대에 도깨비불이 나타난다는 소문이 돌기 시작했다. 죽은 만신이 신당을 보호하고 있다는 소문이 꼬리를 물었다. 신당을 허물겠다고 왔던 아전의 종과 머슴들은 신당 주변을 떠도는 도깨비불과 근처에서 흘러나오는 이상한 소리에 기겁을 하고 달아났다. 이 모든 것은 애랑이 플래시 불빛을 비추고, 태블릿 PC에서 섬뜩한 음악을 골라 튼 까닭이었지만, 아전의 종과 머슴들은 알 턱이 없었다. 이 일을 계기로 신당 근처에는 다시 예전처럼 사람들의 발길이 뚝 끊기고 말았다.

애랑은 날마다 저녁이 되면 바닷가에서 기도하는 척했다. 매일 같은 일이 반복되자 사람들 사이에서는 또 다른 무당이 와서 신당의 신을 모실 거라는 소문이 퍼졌다. 딱 애랑이 원하던 바였다.

다시 한 번 번개가 쳤다. 사람의 형체가 언뜻 보였다. 애랑은 눈을 질끈 감았다. 이어 천둥소리가 들렸다. 가슴에 둔탁한 충격이 왔다. 애랑은 뒤로 날아가듯 쓰러졌다. 잠깐 정신이 혼미했다. 모래를 밟는 발자국 소리가 멀리서 들려왔다. 애랑은 정신을 차리려고 애썼다. 남자가 애랑을 내려다보고 섰다. 챙이 짧은 갓에 두루마기를 입었는데, 키가 크고 비쩍 마른 자였다. 그가 애랑을 향해 고개를 숙였다. 그 순간 애랑은 소매 안에 숨기고 있던 호신용 가스총을 그의 얼굴에 쏘았다. 그는 얼굴을 감싸고 비명을 지르며 뒹굴었다. 애랑은 플래시를 쓰러진 자의 얼굴에 비췄다. 짐작대로 지관이었다. 뒤이어 급하게 뛰어오는 발걸음 소리가 들렸다. 배비장이었다.

"괜찮소?"

배비장은 숨을 헐떡이며 물었다. 애랑은 대답 대신 입고 있던 소복을 들췄다. 한지와 삼베로 몇 겹이나 친친 감은 방탄복이 드러났다. 애랑이 태블릿 PC에서 조선시대 방탄복에 관한 기록을 보고 만들어낸 것이었다. 성능이 생각보다 훌륭했던지 방탄복에 총알이 그대로 박혀 있었다. 배비장은 다행이라는 듯 큰 한숨을 내쉬었다. 이어 그는 땅바닥에 뒹굴고 있는 지관을 포승줄로 묶었다. 애랑은 그 모습을 물끄러미 지켜봤다.

"데리고 가봤자 또 풀어줄 거예요."

"그래도 앞날은 알 수 없는 일 아니오? 해보는 데까지는 해볼 거요."

애랑은 지관 옆에 떨어져 있는 총을 주워 들었다.

"이 일을 벌인 건 이것 때문이에요. 저주를 내리는 물건은 없애야죠."

애랑은 바다에 총을 힘껏 집어던졌다. 그러고는 허망한 투로 말했다.

"목숨까지 걸었는데, 할 수 있는 일이 고작 총 한 자루를 버리는 것이라니……."

배비장은 가만히 애랑의 어깨를 두드려주었다.

6.

애랑은 파도가 잔잔한 날을 골라 손가락바위 앞에 섰다. 배비장이 배웅을 위해 나와주었다. 그는 애랑에게 김정희의 글씨를 건넸다. 애랑은 함박 웃으면서 받아 들었다. 배비장의 얼굴에는 아쉬움이 가득 묻어 있었다.

"제가 떠나는 게 아쉬운 거예요? 아님 이 글씨가 아까운 거예요?"

"둘 다요."

"그렇다면 저도 답례를 해야죠."

애랑은 보따리 속에서 플래시를 꺼냈다.

"자요. 도깨비불."

배비장은 플래시를 건네받고는 깜빡깜빡 불을 껐다 켰다 했다.

"자꾸 보니 신기한 맛은 확실히 덜 하오."

"신기하라고 드린 건 아니에요. 여기를 떠나기 전까지 도깨비불을 더 많이 만들어달라고 드리는 거예요. 한 가지 확실한 건요, 금기가 늘어날수록 미래는 더 많이 바뀔 거예요. 이제 저 가요."

애랑은 배비장에게 손을 흔들어 보였다. 배비장은 정중하게 목례를 했다. 애랑은 배비장을 뒤로하고 바다를 향해 몸을 던졌다.

애랑은 집으로 돌아오자마자 백팩을 던져놓고 곧바로 김포행 비행기에 몸을 실었다. 서울의 인사동에 있는 고미술품 감정사에게 찾아가 배비장에게서 받은 글씨의 감정을 받아보기 위해서였다. 하지만 막상 추사의 글씨를 펼쳐든 감정사는 전혀 뜻밖의 감정 평가를 내렸다.

"이게…… 뭔가 이상한 위작입니다."

"네? 그게 무슨 말씀이세요? 이상한 위작이라니?"

애랑은 감정사에게 놀란 눈을 하고 되물었다. 그는 고개를 갸웃거렸다.

"이런 물건을 어디서 구했소? 이렇게 완벽한 위작은 처음 봐요. 글씨는 분명히 추사 선생이 쓴 건데, 종이가 너무 새것 아니오? 봐요."

감정사는 애랑에게 다시 김정희의 글씨를 내밀었다. 애랑은 글씨를 들고 찬찬히 살폈다. 그랬다. 분명히 160년이 넘은 종이치고는 너무나 새하얬다.

"세월의 흔적이 없으니까 위작인 건 틀림없는데…… 볼수록 글씨가 똑같단 말이야……. 참 대단하네! 대체 이 사람을 어디서 만났어요? 소개 좀 시켜줘요."

감정사가 진지하게 말했다. 애랑은 글씨를 둘둘 말아 챙겨 넣으며 어색하게 웃었다.

"지금은 만나기 어려워요. 돌아가셨거든요. 하하."

애랑은 골동품상을 나섰다. 한숨이 났다. 생각지도 못하게 종이가 말썽이라니. 인생이 왜 이렇게 안 풀리나 싶었다. 시계를 봤다. 제주도로 가는 비행기 시간이 다가오고 있었다.

제주 공항에서 내린 애랑은 집으로 가는 버스에 올라탔다. 천천히 속력을 내던 버스는 제주 시내를 벗어나자 해안을 따라 난 일주도로를 내달렸다. 애랑은 한라산 쪽으로 눈길을 돌렸다. 서쪽 해안선을 따라 곳곳에 숲이 울창한 곳이 확연하게 눈에 띄었다. 전에 보이던 리조트도 사라진 게 많았다. 애랑은 플래시를 들고 매일 밤 신당을 배회했을 배비장의 모습이 떠올라 자신도 모르게 웃음이 났다.

애랑은 손가락바위가 보이는 버스 정류장에 내렸다. 그리고 버스 정류장 옆에 서 있는 표지판 하나를 바라보았다. 조선시대 때 지어진 신당으로 가는 길을 가리키는 것이었다. 그 신당은 제주 지방의 사적지로 지정되어 있었다. 애랑은 리조트 쪽을 바라보았다. 여전히 리조트는 흉물스럽게 지어지고 있었지만, 그 규모는 전보다 훨씬 줄어 있었다. 들리는 말로는 사적지로 지정된 신당 때문에 리조트를 더 확장할 수 없었기 때문이라고 했다. 세상이 완전히 바뀌지는 않았지만 그래도 아주 조금은 바뀌어 있었다.

그나저나 세상이 바뀐 것은 바뀐 것이고, 애랑이 지고 있던 빚은 조금도 줄지 않았다. 집으로 발길을 옮기면서도 이 빚을 어떻게 갚아야 하나 고민이 됐다. 그때 어떤 생각 하나가 번쩍 스쳤다.

'세월의 흔적이 없는 게 문제라면 다시 시간을 거슬러 올라가서 이 글씨를 어디다 묻어두면 되는 거 아닐까.'

애랑은 손가락바위를 보고 미소 지었다. 배비장의 말마따나 해보는 데까지 해볼 일이었다. 이대로 끝낼 수는 없었다. 어쩌면 배비장을 다시 만나게 될지도 몰랐다.

끝.

폭수

문지혁

서울대학교 영어영문학과와 한국예술종합학교 서사창작과 전문사를 졸업하고 뉴욕대학교에서 인문사회학으로 석사학위를 받았다. 단편소설 〈체이서〉가 2010년 네이버 '오늘의 문학'에 선정되면서 작품 활동을 시작했다. 지은 책으로 단편집 《사자와의 이틀 밤》, 장편소설 《비블리온》, 《P의 도시》, 《체이서》, 여행에세이 《뉴욕》과 《홋카이도》가 있고, 옮긴 책으로 《끌리는 이야기는 어떻게 쓰는가》 등이 있다. 현재 한국예술종합학교에서 글쓰기와 소설 창작을 가르치고 있다.

1.

나가려던 시간보다 한 시간이나 늦게 집을 나선 건 두통 때문이었다. 원래 계획은 미리 근처에 도착해 질문 리스트도 점검하고 커피도 한잔 마시는 거였지만, 이젠 서두르지 않으면 약속 시간에 늦을 것 같았다. 나는 서둘러 계단을 내려가기 시작했다. 계단참에 크게 난 창 너머로 청명한 가을 하늘이 눈에 들어왔다. 밤새 거세게 내리던 비가 완전히 그친 모양이었다. 잠시 멈춰 높고 푸른 이국의 하늘을 바라보고 있자니 이게 다 무슨 소용인가, 내가 왜 이런 짓을 하고 있나 하는 생각이 들었다. 따지고 보면 두통도 이놈의 인터뷰 때문이었다. 하기 싫은 걸 준비한다고 밤을 새다시피 했으니 몸이 멀쩡할 리가. 기분 탓인지 괜히 속까지 더부룩하게 느껴졌다. 나는 억지로 걸음을 재촉했다.

미국에서 언어학 석사과정 마지막 학기를 보내고 있는 내게 한국 모교의 객원 잡지기자는 말 그대로 호구지책이었다. 내가 맡은 임무는 두 달에 한 번 편집장이 정해주는 인물을 인터뷰한 뒤 기사 형태로 정리해 보내주는 일이었는데, 솔직히 말하면 꽤나 귀찮고 보상도 별로였다. 그런데도 하지 않을 수 없는 이유는 첫째, 한 푼이라도 돈이 아쉬운 입장에선 그나마 용돈 벌이라도 해야 했기 때문이었고 둘째(실은 이게 더 직접적이고 중요한 이유인데), 내 한국인 지도교수가 소개해 준 일거리였기 때문이다. 모교의 잡지 편집부 지도교수와 같은 학번인 내 지도교수는 자신이 나에게 굉장한 은혜를 베푼다고 생각하고 있었다.

"이역만리 타국에서 같은 한국인에 같은 학교 선배를 지도교수로 만나다니 너는 전생에 덕을 참 많이 쌓았나 보구나. 그것도 모자라 교수가 파트타임 일거리까지 알아봐 주다니, 요새 젊은 애들 하는 말로 넌 전생에 지구를 구한 게 틀림없다."

석사 첫 학기에 그 말을 들으며 소름이 끼쳤던 건 농담 같은 말투와 달리 지도교수의 눈빛이 너무 진심이었기 때문이다. 순간 난 직감적으로 깨달았다. 아, 이건 하기 싫다고 안 하거나 그만둘 수 있는 일이 아니구나. 그때부터 벗어날 수 없는 굴레가 시작됐다. 벌써 2년 전 일이었다.

내가 쓰는 코너의 이름은 '미국 특파원 K군의 자랑스러운 K스타'였다(분명히 말해 두지만 내가 정한 게 아니다). 주로 미국에서 성공한 교민들의 이야기를 '성공시대' 스타일로 잘 풀어서 전달하는 게 이 꼭지의 목표였다. 이제까지 인터뷰한 사람들 중 몇몇

의 면면을 보면,

1. 세탁소를 운영하다가 의류 사업에 뛰어들어 대박이 난 교포 사업가 L씨
2. 오래된 헌 집을 사들여 잘 고친 다음 이를 비싼 값에 되팔아 부동산 재벌이 된 S씨
3. 시각장애를 갖고 태어났지만 이를 잘 수용하여 시카고 교향악단의 일원이 된 비올리스트 M씨

등이었다. 대개 학교가 위치한 중부를 기반으로 유명세를 탄 인물들이라 되도록 찾아가서 인터뷰를 했고, 부득이한 경우에만 이메일을 통한 서면 인터뷰로 대신했다. 나는 당연히 후자를 선호했는데, 이유는 쓸데없는 시간 낭비가 없고 굳이 기름값 써가며 멀리까지 갈 필요가 없기 때문이었다. 하지만 언어학과 교수임에도 불구하고 말보다 중요한 게 '비언어적 의사소통'이라고 굳게 믿는 지도교수 때문에 고작 한 시간짜리 인터뷰를 위해 왕복 네댓 시간을 운전해서 오가는 일이 다반사였다.

처음 인터뷰를 시작할 때는 성공한 사람들에 대한 호기심과 허황된 기대 덕분에 가벼운 흥분 상태를 경험하기도 했다. 그들에게 받을지도 모르는 유무형의 혜택이라든가, 인생의 교훈이라든가, 인맥 형성 같은 부수입에 더 관심이 있었던 것이다. 그러나 실제로 그들을 만나 이야기를 해보면 단 몇 시간, 때론 몇

분 이내에 모든 환상이 깨져버리고 말았다. 그들은 자신의 성공담을 지나치게 미화, 각색, 편집하여 마치 잘 짜인 오디오북처럼 재생하거나(비올리스트 M씨), 성공 과정에서 저지른 각종 불법과 편법, 범죄에 가까운 사기 행위들을 되레 무용담처럼 늘어놓거나(부동산 재벌 S씨), 물질만능주의에 사로잡힌 나머지 돈 버는 데 성공하지 못한 보통 사람들을 지나치게 폄하하여 인터뷰를 하는 나까지 모멸감이 들게 하는(사업가 L씨) 사람들이었다. 간혹 가다 정말 존경할 만한 사람을 만나는 경우도 없진 않았지만, 대개는 이 세 가지 패턴을 크게 벗어나지 않았다. 나중에는 정말로 성공에 어떤 정해진 공식 같은 것이 있나 하는 생각이 들 정도였다. 물론 부정적인 쪽으로.

인터뷰이는 대개 한국에서 정해주는 경우가 많았는데, 이번에는 특별히 지도교수가 직접 섭외를 해왔다. 수학과의 오상택 교수. 그는 처음 이 코너를 시작할 때부터 지도교수가 습관처럼 입에 올리던 사람이었다. 젊은 천재 수학자이자 한국인 최초의 필즈상 수상자. 한동안 한국과 미국 두 나라 모두에서 화제였던 그는 수학에 문외한인 나조차도 이름을 알고 있을 정도로 유명 인사였다. 하지만 그래서 뭐? 나는 아무 감흥도 없었다. 그저 천재답게 지나치게 괴팍하거나 의사소통이 어려워 날 괴롭게 하지 않았으면 하는 바람뿐이었다.

계단 끝자락에 이르러서야 나는 이 일의 긍정적인 면을 생각하려 애썼다. 좋았던 건 딱 두 가지였다. 하나는 그의 연구실이 호수 쪽이기는 하지만 캠퍼스 안에 있어 기숙사에서 차로 15분밖에 걸리지 않는다는 점. 또 하나는 이번이 내가 하는 마지막 인터뷰가 될 거라는 점. 물론 더 좋은 건 후자였다.

2.

주차장에 세워둔 2001년형 남색 코롤라는 어제 내린 폭우를 그대로 맞아서인지 여기저기 물 자국이 보기 흉하게 남아 있었다. 나는 차 안에 쑤셔 넣은 휴지 조각을 꺼내 몇 개를 지워보려다가 금세 포기하고 차에 올랐다. 내비게이션에 오상택 교수의 연구실이 있는 빌딩을 찍자 13분이라고 나왔다. 나는 액셀을 세게 밟아 미시간 호수 쪽으로 향했다.

— 오늘이 인터뷰라고 했지? 마지막 인터뷰니까 유종의 미 거두길. 수고.

중간쯤 신호 대기에 걸려 확인해 본 휴대전화 화면에는 지도교수의 메시지가 떠 있었다. 꼼꼼도 하셔라. 내 석사 논문도, 박사과정 추천서도 이렇게 꼼꼼히 지도해 주셨다면 참 좋았을 텐데.

무시하고 싶었지만 그의 메시지 중 '마지막'이라는 말이 운전하는 내내 마음에 남았다. 처음에는 그저 홀가분하다고만 생각했던 마지막인데, 생각해 보니 꼭 그렇지만도 않았다. 마지막 인터뷰. 마지막 학기. 마지막 논문. 갑자기 내 인생의 모든 것이 마지막에 해당하는 것 같은 기분이 들었다. 조수석에 아무렇게나 흩어져 있는 편지 봉투들이 눈에 들어왔다. 총 여섯 개의 편지는 모두 똑같은 내용을 담고 있었다. '귀하를 본교 박사과정에 초대하지 못하게 되어 유감스럽게 생각합니다.' 온갖 미사여구를 동원해 나를 위로하려 하는 말들이었지만 결론은 하나였다. 불합격. 모든 것을 에둘러 말하는 나라에서 몇 년 살다 보니 이제는 이곳 사람들의 완곡어법에 넌더리가 났다. 이럴 바엔 차라리 편지지에 엑스 자 하나만 그려서 보내주는 게 더 낫겠다 싶었다. 불합격자들은 아예 명단에 없는, 잔인하다고 생각했던 고국의 발표 방식이 차라리 인간적이었다. 읽으나 마나 한 수사들로 가득 들어찬 거절 편지를 보면 멀미가 날 지경이었다.

처음 미국에 건너올 때만 해도 나에겐 원대한 꿈이 있었다. 비록 박사과정에 떨어져 석사유학을(그것도 자비로) 오긴 했지만 나는 석사를 마치는 대로 박사과정에 들어갈 것이며, 훌륭한 석사 논문과 나를 인정한 미국 교수들의 추천서를 발판 삼아 더 좋은 학교로 옮길 거라고. 그렇게만 되면 한국에서 바로 박사유학을 오지 못한 것은 실패가 아니라 전화위복의 계기가 될 것이며, 박사 이후 치열한 잡마켓에서 자리를 잡는 데도 더 유리하게 작용할 거라고, 진심으로 믿었다. 그러나 석사 마지막 학기까지 논문은 표류 중이었고, 추천서를 써달라는 말에 여러 교수가 난색을 표했으며, 최종 학점은 그저 그런 데다 겨우겨우 지원했던 여섯 개의 박사과정에서는 같은 내용의 답장이 왔다. 여권에 찍혀 있는 비자 만료일은 이제 두 달도 남지 않았다. 그걸 넘기면 말로만 듣던 불법체류가 시작되는 거였다.

그 와중에 한국의 부모는 결혼할 처자를 찾으라고 성화였다. 내 한 몸 건사하고 공부 따라가기만도 벅찬데 이역만리에서 신붓감 찾기라니. 물론 한국인 유학생이 없는 건 아니었지만, 각자도생에 바쁜 그들이 내게 관심 있을 리가 없었다. 연애라는 게 서로 눈이 맞고 마음이 맞아야 시작되는 거지 어디 남자 쪽에서 사냥감 사냥하듯 돌아다닌다고 되는 일이던가. 누군가 교회를 가보라고 해서 몇 달 나갔었는데(부모는 불교였지만 내가 사람 만나러 교회 나간다는 말에는 펄 듯이 기뻐했다) 여자는 많았지만 얼마 후 부흥회인지 뭔지 하는 행사에서 정상이라 할 수 없는 집단 환각 증상을 목격한 이후에는 연애고 뭐고 아예 발길을 끊어버렸다.

부모의 압박은 얼마 전 추석 직후에 최고조에 달했다. 친척들 모임에서 무슨 소리를 들었는지는 몰라도 엄마는 공부고 뭐고 다 때려치우고 들어와 결혼이나 하라고 했고 아버지는 나를 밑도 끝도 없이 '불효자'라고 불렀다. 그동안은 그들이 부쳐주는 학비와 생활비 때문에 잘 참아왔지만 그날은 모든 게 너무도 짜증났다. 나더러 어쩌라는 건지 도무지 이해할 수도 없고 이해하고 싶지도 않았다. 전화를 끊고 냉장고에 있던 맥주를 몽땅 꺼내다 마신 뒤 약간 취해버렸는데, 저쪽에서도 분이 다 안 풀렸는지 또 전화가 왔다. 이상하게 기분이 착 가라앉은 나는 아까처럼 화를 내거나 소리를 지르는 대신 하지 말아야 할 말을 내뱉고 말았다.

"제발 그만 좀 하세요. 여자친구 생겼으니까."

말이 끝나기가 무섭게 정신이 번쩍 들었다. 얼굴이 화끈거리고 술이 단번에 깼다. 그냥 농담이었다고, 장난이라고, 그 말을 거둬들일 타이밍을 찾았다. 그러나 부모는 처음엔 당황하다가 곧 반색하며 반겼고, 그간 자신들의 무례를 전광석화처럼 사과했으며, 당연히 캐묻기 시작했다. 그리하여 우물쭈물하는 사이 '노스웨스턴대학에서 커뮤니케이션을 전공하는 한국 사립 여대 출신의 내성적인 스물아홉 살 아가씨' 한 사람이 만들어졌다. 하나님도 사람을 창조하는 데 하루가 걸렸다는데, 불과 몇 분 만이었다.

"참, 그 처자 이름이 뭐니?"

전화를 끊을 때쯤 엄마가 물었다. 나는 완전히 지쳐 있었고, 천지창조에 쏟아부은 에너지 때문에 더는 한마디도 하고 싶지 않은 기분이었다. 오직 전화를 끊기 위해 나는 마지막 말을 덧붙였다.

"은주요."

3.

목적지인 빌딩 앞에 차를 세운 것은 약속 시각 5분 전이었다. 속도 규정을 무시하고 밟았더니 시간을 3분이나 단축해서 결국 10분 만에 도착한 셈이었다. 차에서 내리자 줄지어 늘어선 나무 사이로 탁 트인 호수가 눈에 들어왔다. 대한민국의 절반보다 크다는 미시간 호수였다. 건물은 호수 옆에 완전히 붙어 있었는데, 각 방마다 호수를 바로 내려다볼 수 있도록 큰 창이 나 있었다.

이런 곳에 연구실을 가진 교수는 행복하겠다는 생각이 절로 들었다.

나무 가까이 다가가니 온통 붉고 노랄 줄만 알았던 나뭇잎들은 군데군데 여전히 초록빛을 간직하고 있었다. 그 뒤로 누군가 호수라고 말해 주지 않는다면 바다라고 착각할 법한 푸른 물빛이 오후의 햇살을 받아 반짝거렸다. 바람이 불 때마다 바스락거리는 소리와 함께 어디선가 나뭇잎이 타는 것 같은 가을 특유의 냄새가 났다. 흙냄새 비슷한 이 냄새를 맡으면 늘 어린 시절 해 저물 때까지 놀다 내려오던 고향 뒷산 생각이 났다. 저녁 무렵 두 손 가득 흙을 묻히고 집에 돌아오면 엄마는 밥 먹기 전에 손부터 씻으라고 성화였다. 하지만 그 냄새가 영 싫지 않았던 나는 몰래 그냥 식탁에 앉아 밥을 먹다가 혼나기 일쑤였다.

나는 나무 아래 서서 한동안 호수를 물끄러미 쳐다보았다. 규칙적인 듯하면서도 불규칙한 물결의 반짝임은 세상의 시끄러운 소문이나 나의 불확실한 미래 따위에는 관심도 없다는 듯 무심하게 반복됐다. 영원하지 않은 것이 분명한데도 영원이라는 단어를 떠올리게 하는 그 광경은 묘하게 감동적인 데가 있어서, 나는 인터뷰고 뭐고 그냥 여기 어디 벤치에 앉아 해가 다 저물 때까지 호수를 지켜보고 싶은 기분이 들었다.

하지만 정확히 5분 뒤 나는 오 교수의 연구실 문을 두드리고 있었다. 노크를 해도 문이 열리지 않아 직접 열고 들어갔더니 오 교수는 호수 쪽으로 난 창 앞에 서서 뒤를 돌아보지도 않았다.

나는 호수 대신 오 교수의 뒷모습만 한참 동안 바라봤다. 하늘색 옥스퍼드 셔츠에 베이지색 치노 팬츠를 입고 있는 그는 일견 평범해 보였지만, 자세히 들여다보면 어울리지 않는 녹색 위빙 벨트라던가 회색 뉴발란스 운동화 같은 것들이 은근히 거슬렸다. 사람이 들어왔는데 인사는커녕 뒤조차 돌아보지 않는 무례에 화가 좀 났다. 도대체가 성공한 사람들 중에는 제대로 된 인간이 없다고 생각하는 사이, 갑자기 그가 뭔가를 손에 쥐더니 창밖으로 힘껏 던졌다. 나는 황당하기도 하고 어이가 없기도 해서 뭔가를 말하려다가 이내 그만두었다. 그는 그러고도 한참을 더 밖을 내다보다가 뒤를 돌아봤다.

"앉으시죠."

그는 앳돼 보이는 얼굴로 말했다. 사진에서 본 것보다 열 살은 더 젊어 보였다.

"이메일 드렸던 강……."

"알고 있습니다."

다시 소개를 하려 했지만, 오 교수는 웃으며 내 말을 잘랐다. 그는 연구실 가운데 놓인 탁자 옆 의자를 권하며 물었다.

"배 교수님 모교 잡지라고 했나요?"

나는 대답 대신 고개를 끄덕이며 자리에 앉았다. 직사각형의 탁자 한쪽에는 가족사진이 담긴 액자가 놓여 있었다. 오 교수와 아내 그리고 아들로 보이는 사내아이가 호수를 배경으로 함께 활짝 웃고 있는 사진이었다.

"이번 달에만 벌써 세 번째 인터뷰입니다. 올해 한 걸 다 합치면 열일곱 건이에요. 상당히 많은 수치죠. 그래서 한번 이 데이터에서 어떤 유의미한 공통점을 도출해 낼 수 있을까 생각해 봤습니다. 대략 서너 가지 정도로 정리가 되더군요. 첫째, 어느 매체에서 오든 비슷한 질문을 한다. 둘째, 내가 관심 있는 것보다는 자신들이 관심 있는 것을 묻는다. 셋째, 인터뷰보다 사진 찍는 게 더 중요하다. 넷째, 이미 다른 사람이 한 인터뷰는 읽지 않고 온다."

오 교수는 맞은편에 앉아 내 쪽을 쳐다보며 물었다.

"강 선생님은 어느 쪽입니까?"

나는 당황했다. 그가 나를 선생님이라고 불렀기 때문만은 아니었다. 이번 인터뷰가 쉽지 않을 거라고는 진작에 생각했었지만 이건 내가 예상한 그림과는 많이 달랐다. 그는 말을 잘했고 능수능란해 보였으며 사회성이 떨어지는 사람 같지 않았다. 오히려 그 반대였다.

"무슨 말씀이신지……."

"일단 사진 기자와 함께 오지 않으셨으니 3번은 제외군요. 1번, 2번, 4번은 사실 일맥상통하는 면이 있고요. 어떤 질문을 가져오셨습니까?"

나는 얼굴이 조금 붉어지는 것을 느꼈다. 어젯밤 그의 인터뷰를 찾아 읽기는 했지만 그건 남들이 한 질문을 피하기 위해서가 아니라 베끼기 위해서였기 때문이다. 가방 속에는 아직 꺼내지 못한 질문지가 들어 있었다. 그러나 손을 내밀어 꺼낼 용기가 나지 않았다. 어쩐지 속을 들킨 것만 같아 부끄러웠다.

"이제까지 선생님께서 하신 인터뷰와 크게 다르지 않을 겁니다."

방어적으로 말했지만, 속으로는 체념했다. 이젠 인터뷰까지 망치게 되는구나. 되는 일이 없어도 어쩌면 이렇게 없을까. 지도교수 말대로 유종의 미를 거두긴 거두는 셈이었다. 정반대 방향으로.

"두 가지 방법이 있습니다."

오 교수가 말했다. 남의 속도 모르고 그는 여전히 희미한 미소를 띠고 있었다.

"하나는 이제까지 제가 했던 인터뷰대로 진행하는 겁니다. 강 선생님이 준비해 온 질문을 던지고, 제가 대답합니다. 순조롭게 진행된다면 삼사십 분이면 충분할 겁니다. 아니, 어쩌면 질문 자체가 필요 없을지도 모르겠습니다. 저에게도 이미 익숙한 질문들일 테니까요. 제가 쭉 대답만 하는 식으로 진행한다면 시간을 더 단축할 수 있을지도 모릅니다."

이건 또 무슨 소린가 싶었다. 인터뷰 자동재생이라도 하겠다는 건가?

"다른 하나는요?"

내가 묻자 희미하던 오 교수의 미소가 분명해졌다.

"제가 질문을 하는 겁니다."

4.

아주 잠깐 동안 연구실 안에 정적이 흘렀다. 대화를 하다 보면 둘러싼 우주가 정지하는 것처럼 느껴지는 순간이 있다. 말이 끊기거나 허를 찔리거나 기분이 상하거나 뭔가를 깨닫게 되는 순간들. 이제까지 흐르던 하나의 흐름이 끊기고 다른 흐름으로 변화하는 변곡점이 생성되는 지점들. 그의 말에 나는 우리 사이에 점 하나가 솟아오르는 것을 느꼈다. 그리고 동시에 혼란스러워졌다. 잊어버리고 있던 두통이 다시 살아나 인상을 조금 찡그렸다.

"……그럼 저는 질문을 못 하는 건가요?"

뱉어놓고 보니 바보 같은 질문이었다.

"그렇진 않습니다. 정말로 궁금한 것들이라면 물어보셔도 좋아요. 다만 나는 대화를 하고 싶다는 겁니다. 궁금하지도 않은 걸 의무감으로 묻고 대답하는 행위 말고."

오 교수가 말했다.

듣고 보니 나쁘지 않은 제안이었다. 진짜 '대화'를 하자는 말은 언제나 그럴듯하게 들리는 법이다. 하지만 한편으로는 걱정도 됐다. 지독하게 재미는 없었지만 나중에 글로 정리했을 때 그럭저럭 괜찮은 평을 들었던 인터뷰들이 생각났다. 반대로 분위기도 좋고 화기애애했는데 막상 글로 옮길 때는 쓸 말이 없어 고생했던 인터뷰들도 떠올랐다. 의무감으로 던지는 질문들은 지루하고 볼품없어 보이지만 반드시 확실한 결과를 남긴다. 반대로 즉흥적이고 생생한 대화들은 그 당시에는 즐겁고 살아 있는 느낌을 주지만 지면으로 옮겨지고 나면 생기를 잃고 죽어버린다. 그게 이제까지 내가 경험으로 체득한 인터뷰의 아이러니였다.

"강 선생님은 어떤 연구를 하십니까?"

내가 그의 말을 어디까지 받아들여야 할지 고민하는 사이, 오 교수가 선제공격을 날렸다. 그의 눈은 호기심으로 빛나고 있었다.

"뭐, 별거 아닙니다."

나는 말하기가 부끄러워 얼버무렸다. 인터뷰하러 와서 되레 인터뷰를 당하고 있는 기분이었다.

"그래도 말씀해 주시죠. 궁금한데요. 혹시 내가 못 알아들을 주제입니까?"

"아뇨, 그럴 리가요. 그게……."

난항을 겪고 있는 논문을 떠올리며 나는 한숨 쉬듯 내 논문 제목을 말했다.

"'A Study on Phonologically Null Expletives in Korean'입니다."

"흠, 어렵군요. 한국어로는 어떻게 되죠?"

"한국어에서의 음운론적 영형태 허사에 관한 연구, 정도가 될 것 같습니다. 실은 아직 다 쓰지도 못했습니다. 고작 50장짜리 석사 졸업 논문인데도요."

"조금만 더 설명을 해주시죠."

나는 그를 바라보았다. 그의 눈은 여전히 호기심으로 반짝거리고 있었다. 그는 이게 왜 궁금한 걸까. 이제는 논문을 쓰는 나

자신도 궁금하지 않을 지경인데. 허사란 영어의 '잇(it)'처럼 의미 없이 자리를 차지하는 말을 뜻한다. '영형태'란 형태가 없는 것, 보이지 않는 걸 말하고 거기에 '음운론적'을 붙이니까 말 그대로 해석하자면 내 연구는 '보이지도 않고 들리지도 않으며 내용도 없는' 무언가에 관한 것이었다.

어차피 아무도 읽지 않을 석사 논문이니 기왕 하는 거 튀는 걸 해보겠다며 온갖 주제와 개념들을 찾아 돌아다니다가 발견한 게 'null expletive', 즉 영허사였다. 지도교수는 내가 보낸 논문 프로포절에 답장조차 하지 않았고(그는 끝까지 이메일 확인도 하지 않다가 나중에는 아예 오지 않았다고 우겼다), 초조하게 기다리다 컨펌을 받지 못한 나는 얼마 남지 않은 시간을 핑계 삼아 그냥 논문을 시작해 버렸다. 개념과 의의를 설명하는 서론 부분은 오래 걸리지 않아 써버렸지만 정작 논지를 세워 발전시켜나가야 하는 본론 부분에 이르자 진도가 딱 막혀버렸다. 나도 내가 무얼 찾고 싶은지 알지 못하는 게 가장 큰 문제였다. 아니 그런 게 있는지조차 확신할 수 없었다. 만약 논문의 결론이 '이러이러한 연구를 하려고 했는데 찾아보니 대상이 마땅히 존재하지 않아 여기까지만 하겠습니다'처럼 나버려도 되나?

논문을 쓰다 막혀서 딴생각을 할 때면(최근에는 그런 시간이 대부분이었지만) 나는 내 논문과 은주 씨와의 상관관계에 대해 생각하곤 했다. 은주 씨는 정말 영형태 허사 같은 데가 있단 말이야. 한국의 부모님과 통화를 할 때마다 살이 붙어나가는 은주 씨의 존재를 보며 나는 생각했다. 왠지 슬며시 웃음이 나기도 했다. 하지만 은주 씨가 영형태 허사보다는 훨씬 낫지. 적어도 음운론적으로 소리는 지니고 있으니까. 나는 그녀가 마치 실존 인물이기라도 한 것처럼 킥킥거리며 그런 생각을 했다. 하지만 오늘 나는 낯선 천재 앞에서 내 논문을 설명하며 새로운 불길함을 마주하고 있었다. 음운론적 영형태 허사는 은주 씨만이 아닐지도 모르겠다는 생각. 내가 쓰는 논문도, 아니 어쩌면 나 자신도 그럴지 모른다는 두려움.

착잡한 마음을 숨기며 나는 오 교수에게 논문 초록에 가까운 연구 요약을 기계적으로 들려주었다. 내게 아무런 열정도, 완성할 의지도 없다는 것을 들키면 어쩌나 하는 걱정이 좀 됐다. 오 교수는 에이 플러스를 놓치지 않는 모범생처럼 주의 깊게 내 말을 들은 후 이런저런 질문을 했다. 그중에는 문외한의 훈수라고 하기엔 너무 아픈 질문도 있어서("그렇다면 애초에 형태도 소리도 없는 대상을 굳이 찾아야 하는 이유는 뭡니까?"), 몇 개는 나중에 논문에 추가할 수 있게 메모해 두어야겠다는 생각이 들었다.

"어떤 논문이 나올지 정말 기대됩니다. 나중에 꼭 보여주셔야 합니다."

오 교수가 말했다.

그러고서 그가 또 다른 질문을 던지려는 것처럼 입술을 들썩였을 때, 나는 필사적으로 그에게 던질 질문을 생각하기 시작했다. 여기서 벗어나고 싶다. 벗어나야 한다. 나는 두뇌의 모든 세포들을 총동원해서 질문거리를 찾았다. 준비해 온 뻔한 질문은 아니지만 정말로 내가 궁금한 것. 알고 싶은 것. 지끈거리는 두통 사이로, 문을 열었을 때 보이던 그의 뒷모습이 눈앞에 스쳤다.

"아깐 뭘 던지신 거죠?"

5.

오 교수는 의외라는 듯이 잠시 나를 응시하다가 어깨를 으쓱거렸다.

"쿼터입니다."

그가 말했다.

"동전 말인가요?"

"그렇습니다. 쿼터. 25센트짜리."

그는 몸을 일으키더니 아까 서 있던 창가로 다가가 머그잔을 가져왔다. 학교 이름이 새겨진 보라색 잔 속에는 은색 쿼터가 빼곡히 들어 있었다. 쿼터를 모으는 건 이상한 일은 아니었지만, 대개 통행료를 내기 위해 차에 모아놓거나 공용세탁기를 사용하기 위해 집에다 보관하는 게 일반적이었다. 나 역시 집에 빨래할 때 쓰려고 모아놓은 쿼터가 꽤 됐다. 하지만 연구실에서 쿼터가 필요할 일이 있을까? 더군다나 그걸 밖으로 던질 이유가?

"이상해 보입니까?"

오 교수는 알 듯 말 듯한 표정을 지었다.

"솔직히 그렇습니다. 실은 아까 문을 열고 들어와서 처음 본

교수님 모습이 이 동전을 창밖으로 던지는 거였거든요. 이상하다는 표현은 좀 그렇지만 뭐랄까, 호기심이 생기네요."

"그런가요. 적어도 인터뷰에 나올 법한 질문은 아니군요."

그가 웃으며 덧붙였다.

"마음에 든다는 뜻입니다."

오 교수는 머그잔을 들고 일어나 창가로 걸어갔다. 그러고는 나에게 자기 쪽으로 오라는 손짓을 해보였다.

"여기서 저기까지의 거리가 얼마나 될 것 같습니까?"

그가 땅과 가장 가까운 호수 끄트머리를 가리키며 말했다.

"글쎄요. 뭐, 한 15미터?"

"정확히 33피트입니다."

답을 뻔히 알면서 물어보는 사람이 세상에서 제일 재수 없다고 생각하는 사이, 그는 머그잔을 창틀에 올려놓고 동전 사이를 헤집기 시작했다. 다 똑같은 쿼터라 고를 필요가 없는데도 그는 마치 특별한 표시를 해놓은 동전이 있기라도 한 것처럼 세심하게 동전을 골랐다. 한참 고른 끝에 하나를 쥔 그는, 마운드에 처음 오른 사회인야구 투수처럼 어설픈 동작으로 창밖을 향해 쿼터를 던졌다. 갑작스러운 그의 와인드업에 나는 약간 놀라 뒤로 물러섰다. 동전은 포물선을 그리며 날아가더니 호수 끝자락에 겨우 닿았다. 물속으로 들어갈 때는 거품이나 소리는커녕 증발하듯 잽싸게 흔적을 감췄다.

"뭐 하시는 건가요?"

물었지만 오 교수는 대답하지 않았다. 그는 마치 실험의 결과를 기다리는 사람처럼 초조하게, 그러나 집중해서 동전이 사라진 쪽을 바라보고 있었다. 나는 황당하기도 하고 조금은 불쾌하기도 해서 호수와 호수를 바라보는 그를 번갈아 쳐다보았다.

"이번에도 아니군요."

한참 후에 그가 입을 열었다. 그렇게 말하면서도 못내 아쉬운지 호수 쪽에서 눈을 떼지 못했다. 나는 그의 기이한 행동을 도무지 이해할 수가 없었다.

"왜 이런 일을 하시는 건가요?"

그는 그제야 나를 바라보았다.

"아까 영형태 허사라고 했나요?"

나는 네? 라고 되물었다가 곧 다시 네, 라고 답했다.

"강 선생님이 보통 사람들에게는 쉽게 이해되지 않을 그런 주제를 연구하는 것처럼, 저도 요즘 관심을 기울이고 있는 주제가 있습니다. 어쩌면 이상하게 보일 수도 있겠지만."

"그거랑 이 쿼터가 대체……."

"아주 깊은 연관이 있죠."

그가 말했다.

6.

"지금보다 조금 더 젊고 어릴 때는 사람들이 좋아할 만한 연구를 했습니다. 아니, 실은 그게 사람들이 좋아하는 거라는 것도 몰랐죠. 내가 정말로 관심 있는 게 뭔지 몰랐으니까요. 스스로 하고 싶은 게 뭔지 모르면 남들의 인정을 필요로 하기 마련입니다. 많은 사람이 관심을 갖고 있는 주제라면 당연히 나도 관심이 있을 거라고, 있어야 한다고 착각했습니다. 인문학에서는 이걸 타인의 욕망을 욕망한다고 하나요? 뭐 그렇게 말할 수도 있겠습니다."

오 교수는 창가에 기대선 채로 말했다. 호수는 여전히 침묵을 지키며 빛났다. 아까보다 태양의 각도가 더 틀어졌는지 반짝이는 물결의 방향이 어딘가 달라진 것처럼 느껴졌다.

"그런데 어떤 계기로…… 다른 생각을 하게 됐어요. 나한테 정말 중요한 게 뭔가. 내가 정말로 궁금한 게 뭔가. 한번 그런 고민을 하기 시작하니까 걷잡을 수가 없었습니다. 한동안 문자 그대로 아무것도 할 수가 없었어요. 여전히 내가 하고 싶은 연구가 뭔지도 모르면서, 더 이상은 남들이 중요하다고 말하는 연구를 못 하겠는 거지요. 이민 생활을 하다 보면 그런 시기가 있지 않습니까. 영어도 모국어도 못 하겠다고 느끼게 되는 순간. 이제까지 내가 외국어만 말해 왔다는 사실을 깨닫게 되니까, 모국어로도 말을 못 하게 된 거예요."

"말씀은 알겠지만 그게 왜 쿼터와……."

참지 못하고 내가 끼어들었다. 아무리 유명하고 훌륭한 사람이라도, 이제 한 사람의 개똥철학이 어떻게 형성되었는지에 대해서는 정말로 관심 없다. 오 교수는 그런 내 마음을 알아들기라도 한 듯 슬쩍 내 말을 자르며 말했다.

"물의 폭발입니다."

"네?"

나는 반사적으로 되물을 수밖에 없었다.

"말 그대로입니다. 내가 요즘 관심을 기울이는 주제는, 물과 같은 액체 상태를 설명하는 방정식들을 계속해서 들여다보다가 문득 깨닫게 됐습니다. 아무리 살펴도 그 방정식 안에, 물이 갑작스럽게 모이고 포개져 와류와 소용돌이를 만들고, 그 한가운데의 에너지 밀도가 무한대로 늘어나는 현상이 일어나지 않을 이유가 없다는 사실을 말입니다."

"무슨 말씀이신지……."

"싱귤래리티라는 말, 들어보셨습니까?"

나는 고개를 저었다. 못 말리는 문과적 상상력이 발동했다. 싱글인 사람들의 성질 같은 건가?

"특이점이라고도 하지요. 질적 도약이 생기는 특정 시점. 만약 평범한 물이 어느 순간 특이점에 도달하게 되면, 아까 말한 대로 에너지 밀도가 급작스럽게 높아져버릴 수 있고, 그렇게 되면 엄청난 폭발력을 지닌 폭탄이 될 수도 있다는 얘깁니다. 그런데 그런 일이 일어나지 않을 이유가 수학적으로는 어디에도 없어요. 바꿔 말하면 그런 일이 언제든 일어나도 이상하지 않다는 거지요. 물이 갑자기 폭발한다면 우리는 굉장히 특이한 일이 일어난 것처럼 생각하겠지만, 어찌 보면 진짜 질문은 반대편에 있다는 애깁니다. 왜 그동안은 물이 폭발하지 않고 가만히 있었을까."

"그러면 아무 때나 터질 수 있다는 건가요? 물이?"

"아주 단순하게 말하면 그렇지요. 하지만 아마 어떤 계기가 필요할 겁니다. 누군가 어떤 압력을 가한다거나, 자극을 준다거나, 성질을 변화시킨다거나……."

"쿼터를 던진다거나?"

내가 말하자, 오 교수의 얼굴에 미소가 떠올랐다.

"그렇습니다."

7.

창가에서 자리를 옮겨 다시 탁자 앞에 앉았다. 커피 드시겠습니까? 오 교수가 물었고 나는 그러겠다고 답했다. 그가 원두를 갈기 시작하자 연구실 안에 커피 냄새가 퍼져 나갔다. 세상에 그런 게 있는지 모르겠지만 달콤한 흙 같은 냄새였다.

"진짜 물이 폭발하는 걸 보신 적 있어요?"

내가 못 미덥다는 말투로 묻자, 오 교수는 핸드밀에서 갈린 원두 가루를 꺼내 드리퍼에 부으며 답했다.

"물론 없습니다."

"언제부터 던지기 시작한 건가요?"

그는 대답 대신 끓는 물을 주둥이가 얇고 길쭉한 주전자에 담아 원두 가루 위에 붓기 시작했다. 나는 재차 물었다.

"아니면 언제까지 하실 건데요?"

하지만 커피가 다 내려질 때까지 그는 아무 말도 하지 않았다. 나는 대답을 기다리다가 나중에는 조금 머쓱해져서 그냥 가만히 앉아 있었다. 잠시 후 그는 사기로 된 커피잔 두 개를 가져와 자신과 내 앞에 하나씩 놓은 다음 커피를 따랐다. 달콤하기도 하고 시큼하기도 한 커피향이 코끝으로 스며들었다. 그의 침묵으로 출렁였던 마음이 조금 누그러졌다.

"아드님이 귀엽게 생겼네요."

나는 가족사진이 담긴 액자를 가리키며 말했다.

"그랬었죠."

이번엔 오 교수가 대답을 했다.

"지금은 아닌가 보군요. 하긴 원래 아이들이 크면 다 그렇죠."

나는 썰렁한 웃음을 지으며 말했다. 오 교수도 희미하게 따라 웃더니, 대답했다.

"그 아인 2년 전에 죽었습니다. 쿼터는 아이가 죽은 다음부터 던지기 시작했고요."

갑작스러운 그의 고백에 나는 당황했다. 굉장히 못된 질문을 던진 사람이 된 기분이었다. 가족사진에 나온 아이에 관해 묻는 건 대개 안전하고 확실하게 '의미 없는' 질문을 던지는 방법인데, 이렇게 난감한 상황이 닥칠 줄이야. 나는 무슨 말을 해야 할지 모르겠어서 애꿎은 커피만 들이켰다. 마실수록 커피에서는 떨떠름한 흙 맛이 났다.

"아이는 저 호수에서 죽었습니다. 카약을 타다가 배가 뒤집혔죠. 아이 엄마와 나는 호숫가에서 저녁을 준비하고 있었고, 카약에는 다른 어른도 타고 있었습니다. 모두 구명조끼를 입고 있었으니 위험하다고 생각할 이유가 없었죠."

오 교수가 말했다.

"테이블 세팅을 마치고 맥주를 한 병 따서 마시고 있는데 멀리 호수 쪽에서 누가 걸어 나왔습니다. 처음엔 수영하는 사람인가 싶었죠. 그런데 가까이 다가와서 보니 우리 애와 같이 탔던 사람인 겁니다. 물에 완전히 젖어가지고, 정신이 나간 것처럼 초점 없는 눈동자를 하고 있었죠. 그 사람은 실성한 듯이 같은 말만 계속 반복했습니다. 당신 애가 호수에 빠졌다고. 미안하다고."

그는 커피를 한 모금 마시고 잠시 창밖을 바라보았다. 어느새 하늘 멀리서부터 붉은 기운이 희미하게 올라오고 있었다.

"그러고 나서 호수를 바라봤는데, 지금처럼 해가 막 지려고 하는 순간이었습니다. 아주 아름답고, 조금 처연한…… 그다음엔 뭘 했는지, 어떻게 했는지 모르겠어요. 소리를 질렀던 것도 같고, 호수에 뛰어들었던 것도 같고. 누군가 911을 불렀던 것도 같고. 지나고 나니 이상하게 다른 건 다 흐릿하고, 그 장면만 선명하게 생각납니다. 조금씩 붉게 물들어가는 호수와 미안하다면서 울먹이는 낯선 남자……."

"아이를 찾았나요?"

"못 찾았습니다. 보통 사나흘이면 어딘가에 떠오른다고 하는데, 우리 애는 나타나지 않았어요. 그 애는 그냥 사라져버렸습니다. 처음부터 없었던 것처럼."

한참 동안 두 개의 커피잔 사이에 고운 모래 같은 침묵이 흘렀다. 결혼도 하지 않은 나로서는 자식을 잃는다는 것이 어떤 무게인지 상상조차 할 수 없었지만, 적어도 그가 왜 호수에 동전을 던지기 시작했는지는 이해할 수 있을 것 같았다. 그러자 또 다른 질문이 머릿속에 떠올랐다. 그가 동전을 던지는 것은 수학자로서의 호기심 때문일까, 아들에 대한 그리움 때문일까, 아니면 스스로 가진 죄책감 때문일까. 그에 관한 인터뷰를 그렇게 읽었지만 어디에도 그런 이야기는 없었다. 아무도 묻지 않은 걸까? 아니면 아무에게도 말하지 않은 걸까. 오 교수는 말없이 커피만 마셨다.

"그 쿼터."

나는 불쑥 입을 열었다.

"저도 한번 던져보면 안 될까요?"

8.

오 교수는 순순히 동전을 내주었다. 내가 창문 쪽으로 다가가 쿼터를 손에 쥐고 준비 자세를 취하자 그는 직접 각도와 방향을 교정해 주기까지 했다.

"세게 던지는 것보다는 포물선을 잘 그리도록 약간 높이 던지는 것이 중요합니다."

그가 말했다. 나는 어린 시절 동네 아이들과 뒷산에서 공놀이

하던 때를 떠올리며, 몇 발짝 뒤로 물러섰다가 창 쪽으로 다가서면서 있는 힘껏 동전을 던졌다. 내가 던진 쿼터는 오 교수가 던진 것보다 훨씬 멀리 날아가 호수 속으로 사라졌다. 오 교수는 놀란 표정을 지어 보였고, 나는 동전이 사라진 지점을 눈으로 훑었다. 잠깐 기다렸지만 역시 아무런 일도 일어나지 않았다.

"아직 금액이 부족한가 보네요."

나는 멋쩍게 웃으며 돌아섰다. 순간적으로 힘을 너무 줬는지 어깨가 뻐근했다. 오 교수는 창틀에서 움직이지 않았다.

"저기!"

테이블 쪽으로 몇 걸음 떼었을 때, 오 교수가 갑자기 소리를 질렀다. 뒤를 돌아보는 순간 동전이 떨어진 수면 근처에서 갑자기 펑, 하는 소리가 나더니 하얀색 물보라가 수직으로 솟아올랐다. 이무기가 승천해서 용이 되는 광경이 이런 걸까? 물은 마치 잠시 동안 중력을 벗어나기라도 한 것처럼 하늘 높이 솟구치다가, 빌딩의 세 배쯤 되는 어마어마한 높이에서 정점에 이르자 다시 비처럼 아래로 쏟아지기 시작했다. 그러면서 거센 바람과 물방울이 우리 쪽으로 훅 밀려왔다. 창틀이 심하게 흔들렸고 쿼터가 담긴 머그잔이 요란한 소리를 내며 바닥으로 떨어져 산산조각이 났다. 오 교수와 나는 물벼락을 맞고 휘청거렸다.

"괜찮으십니까?"

오 교수가 물에 흠뻑 젖어 짙은 남색이 된 셔츠를 손으로 쓸어내리며 물었다. 나는 뭐라고 대답을 하려다가 기침을 하고 말았다. 돌아보니 테이블에 있던 잔까지 뒤집혀져 커피가 바닥을 적시고 있었다. 안경이 물에 젖어 사물이 크고 작은 모양으로 왜곡되어 보였다. 나는 안경을 벗어 셔츠 끝으로 닦았다. 무슨 일이 일어난 건지 어안이 벙벙했다.

"아무래도 커피를 새로 내려야겠군요."

오 교수는 아무 일도 없었던 것처럼 테이블로 돌아가 핸드밀에 원두를 넣고 다시 갈기 시작했다. 등지고 있어 얼굴을 볼 수는 없었지만, 그의 뒷모습은 마치 웃고 있는 것 같았다. 또다시 달콤한 흙냄새가 조금씩 연구실에 퍼져 나가기 시작했다.

그를 보고 있자니 문득 지도교수 얼굴이 떠올랐다. 뭘 꼭 물어보라고 했던 것 같은데 그게 뭐였는지 도무지 생각이 나지 않았다. 아무래도 이번 인터뷰는 망한 것 같다는 생각이 들었지만, 이상하게도 기분은 썩 나쁘지 않았다. 하루 종일 날 괴롭히던 두통이 사라졌기 때문일까?

나는 고개를 돌려 창밖을 바라보았다. 어느새 연구실과 호수 사이에는 선명한 무지개가 떠올라 있었다. 젖은 나뭇잎처럼 바닥에 쏟아진 쿼터들이 창밖에서 들어오는 붉은 햇빛을 받아 타오르듯 반짝거렸다.

끝.

육식주의자 클럽

초판 1쇄 인쇄 2018년 12월 7일
초판 1쇄 발행 2018년 12월 14일

지은이 임성순 한현영 김이환 정명섭 전건우 배상민 문지혁
펴낸이 김문식 최민석
기획편집 강전훈 이수민 김현진
디자인 엄혜리
제작 제이오

펴낸곳 (주)해피북스투유
출판등록 2016년 12월 12일 제2016-000343호
주소 서울시 마포구 독막로 178-1 성보빌딩, 5층(구수동)
전화 02)336-1203
팩스 02)336-1209

ISBN 979-11-88200-49-8 03810